Awarded Novels
长青藤国际大奖小说书系

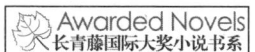

从天而降的幸运

Three Times Lucky

〔美〕希拉·特内奇 著　何禹葭 译

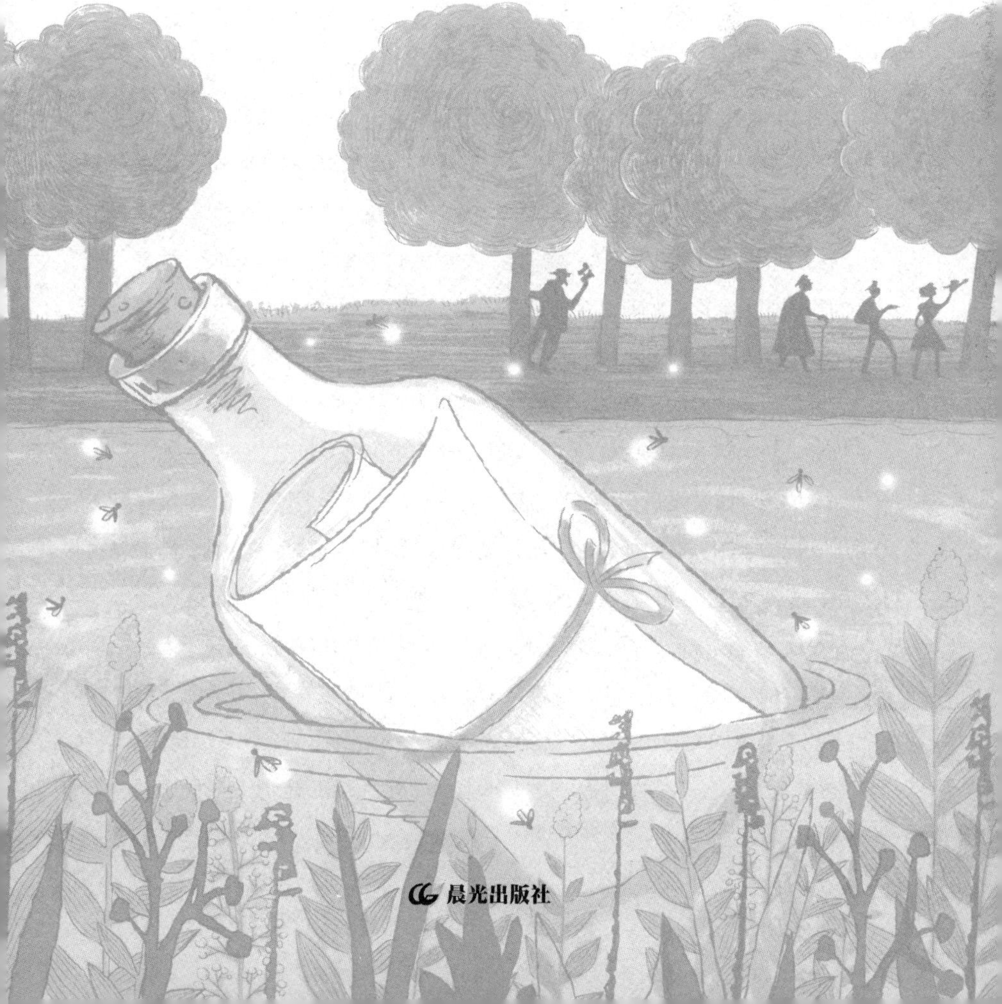

晨光出版社

没有什么比被爱更幸运
Three Times Lucky

  儿童小说《从天而降的幸运》是美国女作家希拉·特内奇所著，荣获 2013 年度纽伯瑞儿童文学银奖，并荣登当年的《纽约时报》畅销榜单。

  故事发生在美国东南部的北卡罗来纳州，那里地势西高东低，雨季时常有洪水发生。图珀洛是作者虚构的一个小镇，非常安宁祥和，简单而有序。整个小镇只有一家咖啡馆，是居民们聚餐和活动的场所，故事的线索即围绕这家咖啡馆展开，从这里辐射出去又收纳回来。

  小主人公摩西·洛波 11 岁，是被人们从洪水中救出并收养的孤儿，大家都爱称她为摩。全书以她的孩子视角在机智幽默中观察和探究这个世界。故事带有浓厚的推理色彩，比如摩和上校的身世之谜，比如杰西先生的死，以及发生在附近地区的盗窃案和凶杀案，搅动了这个异常平静安详的小镇。疑案如缝针走线，或明或暗地穿插在故事中，推动着情节的发展。但故事的内核更多体现的是小镇居民人与人之间的关爱。

  或者应该说，故事通篇浸透了浓浓的爱。摩从褓褓时就失去了亲生母亲的爱，但却幸运地拥有了养父母上校和拉娜小姐的爱，并得到了几乎整个小镇的关心与呵护。心境明亮的她也很爱身边的人，爱小伙伴，爱这个小镇——在她和小镇周围笼罩着灿烂澄澈的阳光。小镇居民之间

前言

虽然偶有嫌隙，但也是友爱的。原本不太有人缘的杰西先生去世后，大家在惊恐之余，也表现出了悲伤和同情。自然而温暖的关爱在每个人的一言一行、举手投足之间流露，丝毫不矫揉造作。

作者对于人物的塑造非常成功，个个形象跃然纸上。人小鬼大的女主人公摩勇敢而有爱心，小男生戴尔则胆小敏感。而无论是血性有担当的上校、浪漫到骨子里的拉娜小姐，还是优雅善良的萝丝女士，甚至爱打官腔的利特尔镇长、莱西·桑顿老祖母、法律迷斯基特，以及戏份不太多的老师和警察，都能给读者留下非常深刻而鲜明的印象。

当然，儿童文学都离不开"成长"的主题，本书中的小主人公和伙伴们也在一次次变故中逐渐长大。摩是一个非常要强的女孩，遇事积极勇敢，甚至常有冒险的尝试，她在逐步变得成熟、自立；戴尔跟着摩经历一番磨练，从畏缩走向了自信……所有这些成长都离不开爱的推动。

一个不能忽视的情节，就是天真的摩不时地托人带一些漂流瓶，投放到河的上游，以期找到自己的亲生母亲——这是她能做到的，并为此坚持着。故事发展到最后，有没有找到亲生母亲似乎已变得不那么重要了，经历过风雨的摩已被身边温暖的爱包裹得严严实实。

总之，这是一部非常出色的专门写给孩子的作品，它把浓浓的爱调侃式地传递给每个孩子，引导他们在爱中成长。这些美好的特质正是一部优秀儿童文学作品所应该具备的。

或许幸运不会随便从天而降，但有爱就足够了。

1. 图珀洛镇的麻烦 1
2. 上校 13
3. 三日之规 27
4. 拉文德的车库 40
5. 北卡罗来纳赛道 51
6. 门窗紧闭 67
7. 绝命徒侦探所 82
8. 拉娜小姐 94
9. 表兄妹消息网 102
10. 烟草棚 110
11. 寻找凶器 117
12. 犯罪现场禁令 127
13. 别叫我宝贝 138
14. 副探长玛拉 150
15. 月光下的秘密 156

目录

16. 拉文德的烦恼　　　　　　　　169
17. 杰西先生最后的贡献　　　　　176
18. 拉娜小姐失踪了　　　　　　　185
19. 倾听星空之声　　　　　　　　200
20. 装满钱的手提箱　　　　　　　206
21. 赎金　　　　　　　　　　　　215
22. 空无一人的小镇　　　　　　　225
23. 超乎预期的混乱　　　　　　　237
24. 就在眼皮底下　　　　　　　　251
25. 飓风中的聚会　　　　　　　　258
26. 对不起　　　　　　　　　　　263
27. 狂风大作　　　　　　　　　　270
28. 从未想到　　　　　　　　　　281
29. 亲爱的河流上游的母亲　　　　286

Three Times Lucky

这一切的发生都还是谜,拉娜小姐称之为命运,戴尔却认为这是奇迹……

1. 图珀洛镇的麻烦

麻烦找上图珀洛镇的准确时间是六月三日,也就是周三中午十二点零七分,随着一块金色警徽,由一辆灰扑扑的雪佛兰羚羊车一路送来。还没等车停稳,尘落地,杰西先生就离开了人世,整个小镇的生活也开始翻天覆地。

据我所知,没人想到会是这样。

顺便提一下——我是马上就要升入六年级的摩西·洛波小姐。

当天清晨六点,我轻手轻脚地穿过戴尔家的门廊时,还完全没想过会遇到什么麻烦。"嘿,戴尔,"我将脸贴在他家的窗帘上,尽量小声地呼唤,"快醒醒。"

戴尔翻了个身,却只是拽紧了床单。"走开。"他嘟囔道,睡在门廊边绣球花下的小杂种狗——伊丽莎白女皇二世,也跟着抽动了一下。

一到夏天，戴尔就会开着窗睡。他说喜欢听着树蛙和蟋蟀的叫声睡觉，但其实是因为他老爸没钱装空调。"戴尔，"我低吼道，"醒醒！是我，摩！"戴尔顿时弹坐了起来，顶着一头金色乱发，蓝色的眼睛瞪得好大。

"啊！！！"他胡乱地指着我，惊叫起来。

我叹了口气。戴尔一家都有点神神叨叨的。"是我。"我说道，"我只是过来告诉你，上校刚刚才回来，今天不能指望他下厨了。"

他眨了眨眼睛，活像只吓呆了的猫头鹰。"你就为了这事叫醒我？"

"抱歉，戴尔，可是我今天得让咖啡馆开门。"

"噢。"戴尔沮丧地说，心情似乎一下低落到了地底下，"可这次钓鱼行动我们差不多计划一辈子了，摩！"他边说边揉着惺忪的睡眼，"拉娜小姐呢？她可以随便做点坷拉饼或是……"

"可丽饼，"我纠正道，"法国小吃。另外，上校后脚回，拉娜小姐前脚走，她出门了。"

戴尔嘀咕了一句什么，声音小得像风过小草。从去年开始，戴尔就学会了用这种方式抱怨。还好我没有这么抱怨过。但就之后发生的事情来看，我随时都有这个可能。

"对不起，戴尔，钓鱼可以下次再去，但让上校和拉娜小姐失望可不行。"

上校和拉娜小姐就是我的家人，没有他们，我就没有家，甚至连个名字都没有。命运带走了我原来的亲人——拉娜小姐这么说——还冲走了我的过去，拜它所赐，我的生活很不寻常。

突然，戴尔的卧室门开了，他妈妈走了进来，一双绿色的眼睛看起来仍然睡意浓浓。"戴尔？"她小声叫道，一手抓住自己那褪色的粉红睡衣领子，"你还好吗？你不会又做噩梦了吧，宝贝？"

"我倒宁可做噩梦呢，妈妈。"戴尔怨气沉沉地回答，"摩来了。"

萝丝女士在嫁给戴尔的爸爸之前是个大美人，人们都这么说。她有着乌黑的头发，当她仰起纤巧的下巴风姿绰约地走过时，总能让从她身旁经过的男人下意识地抬头挺胸，站得笔直。

"早上好，萝丝女士。"我在窗边打了个招呼，尽量露出最好看的笑容。

"愿神慈悲。"她惊得后退了一步，"现在才几点，摩？"

"刚过六点。"我回答，继续保持微笑，"抱歉，惊扰了您的美梦。"

"没错。"她不客气地说，"我才睡着了一小会儿。"和戴尔一样，她也没睡到自然醒，语调虽然柔和但仍透着不满，"太阳都还没睡醒，你就杵在我家门廊里，这是要干什么？"

我深深地吸了一口气。"因为上校回来了拉娜小姐却不在，我必须让咖啡馆开门营业，于是戴尔和我都不能去钓鱼

了,但这样一来我就不能不事先告诉戴尔,所以我来了。我只是在做正确的事。"我几乎是一口气说完。

萝丝女士微微皱起了眉。

所幸的是,她是个彬彬有礼的人,拉娜小姐一直这么说。"好吧。"她最终说道,"既然我们都已经醒了,你要不进来坐坐?"

"她不坐了。"戴尔插嘴道,将腿垂下床,"咱和摩今天得去给咖啡馆开门。"

"别说'咱',说'我'。"萝丝女士喃喃地纠正道,看着戴尔站起来,身上穿着外出服,还将脚踩进了一双大码的拖鞋。"你睡觉没换睡衣?你怎么穿你哥哥的鞋?"

"懒得脱衣服睡,节省时间嘛;我的脚正在长大呢。"他边回答边将黑色T恤的下摆塞进短裤里,然后伸手理了理头发。戴尔家男人的头发总是一塌糊涂,不过,事出有因。

"他的脚会先变大,"我补充道,"然后其他部分也会追上来的。"我这么说是因为戴尔是班上个子第二小的同学,只比萨莉·阿曼达·琼斯大一点,他在这方面挺敏感的。"我们快走吧。"我叫道,转身推着我的自行车穿过庭院。

戴尔很快追上了我,我们一起骑过了镇长在海边新竖起来的广告牌——"欢迎来到北卡罗来纳州图珀洛镇。本镇人口共148人"。到了咖啡馆的停车场,我们把脚伸到地上来了个急刹车,扬起一片沙子和牡蛎壳。"噢,天哪,"戴尔把车一扔,喊道,"上校弄了辆新车!"

"田鸟58型,"我郑重地念道,"原厂喷漆。"

"是雷鸟吧?"他边绕着车打量边纠正我。

戴尔一家都对车了如指掌,他的大哥,唔,就是我长大了要嫁的那位拉文德,更是一位赛车手。戴尔踢了踢车胎,又眯起眼睛仔细看了看车挡板上的银色字母。"或者说曾经是辆雷鸟,"他声明,"'雷'字上面的'雨'脱落不见了。"

"所以现在就是田鸟车喽。"我边说边用钥匙打开咖啡馆的大门。

"你何必拿把钥匙装样子呢?"他瞪着我说,"全镇的人都知道这门根本不上锁。"

"我当然不是做给镇上的人看的,我就蒙一下外来者嘛。对陌生人多留点神总没错,这是上校说的。"

戴尔却抓住了我的胳膊,叫道:"等等,摩,今天还是别开门了,好吗?我们去钓鱼,我还给你准备了一个惊喜呢,只是……好吧,是艘船。"

我愣住了,门刚开一半。"船?你从哪儿弄来的船?"

"杰西先生的。"他说道,有些心虚地后退了一点。

我尽量让自己的声音听起来不那么惊讶。"你偷了杰西先生的船?"

戴尔心虚地抠起了手指甲。"也算不上偷吧,"他回答,"只是借得比较……不由分说。"

我叹了口气说:"不行,戴尔,今天真的不行。"

"那就明天。"他笑了笑,把门上"营业结束"的牌子翻

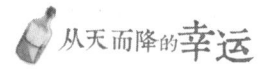

到"营业中"那一面来。

你瞧,戴尔真是我最好的朋友。

我们刚来得及打开空调,拧开吊扇,第一个顾客就进门了。熟客虽不算多,但清晨六点半就出现了,还真不想他们来这么早。当肩膀很窄肚子却很圆的杰西先生慢悠悠地晃进来时,我赶快站到柜台后面的百事可乐板条箱上——我的个子还不够高。他穿着褪色的格子衬衫,卡其布裤子,胡子拉碴的脸一看就还没来得及刮。"早上好啊,杰西先生,"我招呼道,"您想来点什么?"

"嘿,摩,"他边回答边抓起菜单,"你怎么没去上学?"

"上周就放暑假了,杰西先生。"

"哦?你该上几年级了……"

"开学就六年级了。"

"六年级了?好家伙。姑娘,"他这时才望向我,"长高了不少嘛!"

我叹了口气说:"我站在板条箱上呢,杰西先生。昨天我们还见过,一夜之间我长不了这么多。您先看看菜单,我招呼一下别的客人。"

他环顾了一下空荡荡的店内,这时对面墙上七喜附赠的钟刚好走到七点,咔地发出了一声孤零零的声音,听起来无比清晰。"别的客人?在哪儿呢?"

"在路上。"

"哦,好吧。"他说,"我不知道要吃点啥好。昨天夜里

Three Times Lucky 7

有个混蛋偷走了我的船,把我的胃口也给倒了。"他话音刚落,戴尔手里的玻璃杯就掉到了地上。"从脚印来看,还是个大脚恶棍。"杰西先生接着说道,"我猜那家伙至少有一米九,两百斤重。"听了这话,戴尔悄悄地把大码拖鞋踢进了吧台下面。杰西先生舔了舔薄薄的嘴唇说:"拉娜小姐的饼干出炉了吗?"

我用无比柔和的声音回答他,就是当我发烧时拉娜小姐会用的那种调子。"今天没有饼干供应,杰西先生。"

"噢!"他说道,接着又"噢"了一声。然后他像猎犬一样四处嗅闻着,胡子拉碴的脸上又皱了一阵眉。"这里闻起来不对,"他说道,"没咖啡味,没培根香,没饼干……"

"拉娜小姐休假了。"我解释道,仍然压低了嗓音,"也许这样更好,她的饼干吃了很容易发胖啊。这会儿您可以不用担心腰围减不下来了,杰西先生,再接再厉。"

他的目光又投向了厨房灰色的双扇门。"上校在吗?"他问道,一脸紧张,不过这倒不怪他。

"我去看看?"我说着从板条箱上跳下来。我的个子不能说矮,但不踩那箱子我还真不高。

"去打搅上校?"他惊叫了一声,"别!千万别!我只要知道他此刻在镇上就好了。"他干脆放下了菜单,"对于早餐你有什么建议吗,摩?"

我笔直地站着,按拉娜小姐教我的方式,将一块餐巾搭在胳膊上做出标准的侍者姿势,说道:"早餐备有多种花生酱 entrées[1]。花生酱配果冻,花生酱配提子干,还有无比可口的花生酱配花生酱,任选松脆口感和柔滑口感,夹在奇迹牌面包里,并根据您的喜好来决定是否手工压平。今日特选则是我们闻名遐迩的花生酱香蕉三明治,同样选用奇迹牌面包并对角切好以碟子呈上,您可以选择吐司是否切边。那么,要先来哪一种呢?"

"今日特选。"他答道。

"明智之选!要蓬松原状还是手工压平?"

"原状好了,记得切边。另外……"他望向咖啡机,灰白的眼睛里满是期待,"有咖啡吗?"

我摇了摇头。"饮料 du jour[2] 是百事激浪,"我说,"已备好两升装。"

他的肩膀失望地垮了下来。

"早安!"这时利特尔镇长唱歌般地问候着,推开活动门走了进来。他沿着肚皮将冰蓝色的领带抚平,然后露出一个夸张的灿烂微笑。

"小声点,"杰西先生厉声叫道,"拉娜小姐出门了,上校可能就在厨房里!"

利特尔先生啪嗒啪嗒地走向吧台,锃亮的皮鞋每走一步都敲出清脆的响声。"拉娜小姐出门,上校却回来了?真是不幸,不过有史以来,镇子里还从没有过不去的坎儿。"他

---

[1] 法语:前菜。
[2] 法语:今日推荐。

低声说道,"早啊,摩。给我今日特选和推荐饮料,不加冰,不然我牙疼。"

"马上就来。"我边说边转身离开。

本镇人一直都选利特尔家的人当镇长,这是为了应付电视台的人。利特尔家的人喜欢演讲,又天生重视仪容整洁,连婴儿都穿得一本正经。在镇长喝下他的第一口激浪时,吃早餐的人群也开始涌进来了。

莱西·桑顿老祖母将别克车停在田鸟旁边,进来坐在靠窗的位置。她总是穿着海军蓝的外套和鞋,好搭配她围着心形脸蛋向后梳成蓬松半圈的蓝白色头发。虽然她站着也只比我高一点,却总让人感觉她比谁都高了一头。

随后而来的是丁克斯·威廉姆斯,他的约翰·迪尔牌拖拉机停在阴凉处,还没熄火就跑进来匆匆要了份三明治。接着来的是说话慢条斯理的萨姆·昆纳里,他是拉文德的赛车搭档和机械师,永远是满手机油。戴尔正为萨姆做三明治时,店里又迎来了汤普森先生和他的儿子——帖撒罗尼迦。

"嘿,小帖,"我招呼道,推给他一杯水,"暑期补习班怎么样啊?"

他咧嘴一笑,胡萝卜色的头发闪闪发亮。"谁知道呢,我又没去。"

和我一样,小帖学习不用功。可和我不一样的是,这家伙的成绩只有 F。我则一直要求自己保持在 A,我喜欢在别人想不到的地方大动脑筋。"你是怎么逃掉的?"我问道。

"补考,外加祈祷。"汤普森先生抱怨道。

小帖却眉开眼笑地说:"嘿,摩!今早有三股飓风刚从非洲离开哦,我们有百分之三十的可能性把它们给等来。"小帖是狂热的气象迷,做梦都想去电视台播报天气,他一直为此勤学苦练,谁都拦不住。

"双份特选,辛苦了,摩。"汤普森先生说道。

"马上来。"

到了七点半,几乎半个镇子的人都聚到咖啡馆来了。又高又瘦、马上要读七年级的斯基特·麦克米伦占据了吧台前的最后一个位置,她那张布满雀斑的脸就像刚切开的熏肠。

"早上好,摩。"斯基特说道,摊开随身带着的法律书,"来份被指控为特选的早餐,拜托了。"斯基特一心想当律师,满嘴都是指控啦,嫌犯啦。据说她用假名字在网络学院报了助理律师课程,不过她本人肯定不会直说这消息是真是假,只会表明"未经证实的传言法庭不予支持"。

"嘿,斯基特,上校回来了。"戴尔对她说道,从她身边匆匆走过。

斯基特一把将法律书塞进了包里。"这不是逼我走吗?"

上校讨厌律师。斯基特还能进咖啡馆,是因为她还不是正式的律师,何况出于自尊她也一直保持低调。

八点半时,戴尔和我忙得简直就像屁股着了火。咖啡馆是我家开的,我得帮着点餐送餐,但我又不被允许用炉子。

从天而降的幸运

上校说以我的身高和脾气来看,炉子太危险了。为了迎接午餐的客流,我只好启开拉娜小姐的有机蔬菜汤罐头,很幸运,它们是非常好的冷汤。"拉娜小姐最好能快点回来,"我边说边拔起罐头上的拉环,"这可是最后一批存货了,我又不会种菜。"

"这倒是真的。"戴尔小声说道。

因为萝丝女士的关系,戴尔很会种东西,而我就是个除草机。自打在幼儿园第一次种利马豆芽开始,我就种什么死什么。

在顾客陆续进店吃午餐时,我插上了自动点唱机。午餐的顾客基本还是来吃早餐的那一批,只不过收拾得体面了一些,外加杜鹃花女士们。她们一共六人,自称成立了一个城郊花园俱乐部。店里热闹得就像开了锅时,一个陌生人将一辆灰色的雪佛兰羚羊车停在门口,推开了咖啡馆的门。

"下午好。"他说道,店里一下子安静得像口深井。我下意识地看了看墙上的钟,十二点过七分。

2. 上校

陌生人的眼睛就像冬日的天空，他慢慢地扫视了一圈，然后走向吧台，说道："一份汉堡，一杯甜茶。"

才几秒钟，我就不喜欢他了。

我不喜欢他浆得硬硬的衬衫和熨出折痕的裤子，不喜欢他的鹰钩鼻和瘦削的面颊，也不喜欢他瘦窄的胯骨还有擦得锃亮的鞋子。要说最不喜欢的，还是他连丝毫笑容都没有的表情。

我站上板条箱后才回答他："抱歉，没有您要的东西。来份今日特选吗？"

"都有什么？"他问。

我朝小黑板指了指。

"肉食者欢愉之选。"他念道，"拉娜小姐的有机蔬菜冷汤，三明治夹博洛尼红肠和黄瓜片，百事激浪——套餐每份二点

七五美金;素食者特供:拉娜小姐的汤,黄瓜花生酱三明治,百事激浪——套餐每份二点五美金。"

他皱起了眉,说:"就这些?"

"对我们来说足够了。"坐在他旁边的丁克斯·威廉姆斯没好气地说。

陌生人眯起了眼睛。"给我肉食者欢愉之选吧。"

丁克斯将三美金递给我。"零头你留着当小费。"他柔声说道,把绿色的约翰·迪尔牌帽子扣在头上,"我们这儿给小费向来慷慨。"他对着陌生人的方向,意有所指地说。

这真是赤裸裸的谎言,但我喜欢。"谢谢您,丁克斯先生。"

还没等我清理完丁克斯先生坐过的桌子,利特尔镇长就一屁股坐了过来。"欢迎来到图珀洛镇,"他对陌生人自我介绍道,"我是镇长克莱伯恩·利特尔。"

屋子里的气氛终于有所缓和,利特尔家的人就是知道怎么应付陌生人。

"敝姓斯塔尔,"陌生人边回答,边翻开证件露出金色的徽章,"乔·斯塔尔,我是名警探。"

镇长惊讶的嘴唇做出了一个完美的O形。"一名探长!"他惊叫道,使劲摇晃着斯塔尔的手,"贵人啊,我们这里很少见到探长呢!"

"我的船昨晚被偷了,"杰西先生在吧台的另一头说道,"你是来调查这事的吗?"

"它迟早会出现的。"戴尔叫道,声音听起来嘶哑又慌张。

14

利特尔镇长勉强地挤出一个微笑,"你的小船不过是地方上的一桩小事,杰西,我会处理的。"然后他又转向斯塔尔,"探长从哪儿过来的,介意我问问吗?"

"温斯顿-萨勒姆市。"斯塔尔答道。

"噢!那可真是够远的。我想……你只是从我们这儿路过,要去某个犯罪现场之类的地方吧?"

"可以这么说。"斯塔尔说道,然后望向我,"你叫什么?"

我用力地咽了咽口水,我可不擅长面对这种权威人物。"摩。"我回答,脸一直红到了脖子,真想把给我取这怪名的上校给宰了。

"很少见的名字。"斯塔尔评价道。

"这是有出处的。"我解释道,"别弄错了,最后一个拿这名字开玩笑的人可是被红海给吞了。"

一位杜鹃花女士窃笑了起来。

戴尔把装有斯塔尔食物的纸碟子沿着吧台滑了过去,说道:"这是你要的——肉食者欢愉之选。我多加了黄瓜条,送你的。"

"谢谢你,孩子。"斯塔尔说道,目光从厨房门上贴着的一张美钞移到咖啡机上,上面有上校手写的标签:律师莫入。斯塔尔拿起三明治,又端详起戴尔来。"你叫什么名字?"

戴尔立马吓白了脸。"我?我叫……菲利普,先生。"

店里一片哗然，我当即踹了戴尔一脚。"我是说，戴尔。"他赶紧改口，眼泪已经在眼眶里打转了。戴尔一家子就是这样，一旦有法务人员进入周围二十米内，那他们家不管是当爹的，当叔叔的，当哥哥的，还是当表弟的，只要年过六岁，就都会脑子混乱地开始撒谎。正如拉娜小姐所说，戴尔也有这样的天性，一紧张就满嘴胡说八道。

"那么，"利特尔镇长问道，"斯塔尔探长，我们能有幸为你做点什么呢？"

"我只是路过而已，就像你说的。"斯塔尔回答，"我要去的是威明顿。那是谁？"他突然问道，眼睛盯着墙上的一张黑白照片。

"是拉娜小姐。"我答道，收起丁克斯先生的钞票，把本该找他的钱放进我的小费罐里。"不过她平时不是这样的，"我补充道，"那天她只是故意打扮得像梅·韦斯特[1]。"

利特尔镇长将手肘支在吧台上，语气炫耀地接着说了起来："你不知道，这是咖啡店的好莱坞之夜活动。"他边说边翘起胖腿，摇晃着他的鞋，"我们这个镇子可是相当有想法和活力的。"

"看出来了。"斯塔尔说着，又四处打量起来，"这店是拉娜小姐开的？"

"哦，老天，当然不是。"利特尔镇长说，"是上校开的，不过他今天不在，大概是身体不适吧。"

---

[1] 梅·韦斯特（1893—1980）：美国著名女演员。

斯塔尔却向照片走去，顿时又吸引了所有人的目光。当他经过杜鹃花女士们时，她们全都向后避开，就像兔子躲避大山猫似的。"她看起来好眼熟。"他凝视着照片说道。

"这正是我们的目的所在啊，探长先生。"利特尔镇长有些沮丧地说道，"我说了，我们在这里举办好莱坞之夜活动，大家全都扮成了名人——全镇的人。拉娜小姐扮成了梅·韦斯特，我则扮成了查理·卓别林，终于有机会幽默了一把。哈哈，这是个内部笑话，你大概不知道笑点在哪儿。我们一整晚都在模仿明星，表演短剧。"

戴尔悄悄挪到了我身边，看起来稍微镇定了一些，即便探长还是在伸手可及的范围内。但他一开口就推翻了我的判断。"那胸部是假的。"他大声说道。

"戴尔！"利特尔镇长皱眉喝道。

"我是说照片里的拉娜小姐，胸部是填充的，"戴尔还在喋喋不休地说，"头发也不是真的。"

"戴尔，麻烦你去看看百事激浪还剩多少。"我边说边把他推进厨房，厨房的门在他身后摇晃着关上了。

"那么，长官，你在调查什么呢？"利特尔镇长对已经坐回位子上的斯塔尔问道，"是很刺激的事儿吗？"

"一起谋杀案。"他简短地回答，却让杜鹃花女士们全都战栗不已。

"在哪儿？"利特尔镇长追问道。

"几周前，温斯顿－萨勒姆市。"斯塔尔边说边凑近碗边舀了口汤喝。"汤不错呢。"他含糊不清地说。

"这是去年夏天拉娜小姐特意做的,"我告诉他,"绝对的有机食品。"

利特尔镇长抚了抚领带,尽量镇定地问:"那么谁……呃,是谁不幸丧生了呢?"

"一个叫多尔夫·安德鲁斯的家伙,听说过吗?"斯塔尔边说边从衣袋里拿出一张照片,顺着吧台推了过来。我和镇长都俯身望去,仔细端详。就算照片是倒着放的,也无损多尔夫·安德鲁斯英俊的样貌。

"有点像大明星乔治·克鲁尼。"利特尔镇长评价道,"不过,这位多尔夫·安德鲁斯应该从没来过这里,不然我肯定有印象。"他把照片推了回去,"是谁杀了他?"

"还不知道。"斯塔尔又把照片推向我,"来,传给大家看看。"于是整个咖啡馆里的人都依次看了起来。

"有人割了他的喉咙?"我猜测道,这话让一位杜鹃花女士吓得掉了勺子。

"有趣的猜测,可惜错了——他被人一枪打中了脑袋。"斯塔尔轻描淡写地说,"对方切断他的电话线之后才进了他的屋子,然后扣动扳机。"在吧台的最远处,杰西先生盯着照片看了好一阵,递回来时手还在不停地发抖。

"什么人会杀这样体面的年轻人啊?"镇长叹了口气。斯塔尔吃光三明治,推开了碟子。

"认为多尔夫必须死的人吧。"斯塔尔耸了耸肩,"我该给你多少钱,摩?"

"二点七五美金,别忘了加上税。"

"别傻了,"利特尔镇长边掏钱包边说道,"这顿午餐我来请。"

乔·斯塔尔已经递了五美金过来。"不用找了,"他说,"额外的算给你和厨房里那孩子的小费。"

"你是指菲利普?"

"我是指戴尔。"斯塔尔说着,把照片放回衣袋并扣好扣子,"告诉他,下次我来时希望能看见他脚上穿着鞋。"

他向门口走去,突然又停了下来,望着外面的停车处,问道:"不错的雷鸟车,是谁的?"

我犹豫了。上校说过要诚实,可有时候说真话却一点也不合时宜。"呃……"我张着嘴,却发不出声音。

幸运的是,就在此刻,我身后的厨房门终于被用力地推开了。门上钉着的美钞一阵摇晃,咖啡机也被震得跳了起来。"是我的车,你这多管闲事的家伙!"上校在门廊中怒吼道,"关你什么事?"

"上校!"我叫道。上校伸出修长的手臂将我拥入怀中。

拉娜小姐曾说过,拥抱上校就像拥抱一架人形铁犁,但是我喜欢他钢铁般坚硬的肌肉和突出的骨节。"我还以为你会多躺一会儿。"我说。

他紧了紧绿色格子睡袍上的腰带,这睡袍还是我在六岁那年的圣诞节送给他的。"戴尔说有陌生人来了。"他边看了

眼斯塔尔,边回答我的话。

"这是乔·斯塔尔,"我指了指探长,又轻声补充道,"是名执法者哦。"

所有人都眯起眼睛偷偷望向斯塔尔,仿佛他是条随时会咬人的野狗。"他看起来是有点麻烦,"我压低嗓音继续说道,"但我能应付得了。"说完,我向斯塔尔露出微笑,"无意冒犯。"

"没关系。"斯塔尔轻松地说。

"除此之外,一切都好。"我补充道,"除了有桩发生在远方的谋杀案,以及我们的汤罐头卖完了。"

还坐在吧台最里面的杰西先生向这边探过身子,故意清了清嗓子。我只好又补充了一句:"对了,还有杰西先生的船不见了。"

上校拍了拍我的肩,说道:"干得好,士兵,你可以暂时解散了。"

"谢谢你,长官。"

整个咖啡馆又陷入了令人不安的沉寂之中。

"哦,天哪,我的礼貌上哪儿去了?"利特尔镇长离开吧台走了过来,"斯塔尔探长,这位是洛波上校,这家咖啡店的老板。上校,这位是乔·斯塔尔探长,从温斯顿-萨勒姆来。摩刚才说过了,他正在调查一桩谋杀案。"

"下午好。"上校说道。

乔·斯塔尔打量起了上校,从上校军队风格的锅盖头开始,到他橡果棕的眼睛,再到粗硬的胡子,接着是穿旧了的睡袍和褐色的室内拖鞋。"上校!"他叫道,听上去要是他戴了帽子的话,已经在脱帽敬礼了。

上校露出了一丝假笑。

在面对这类权威人士时,上校的态度比我的还要糟糕。有人说这都是他当年在越南服役的经历造成的——当然也可能是在波斯尼亚或者中东。拉娜小姐则认为他只是太骄傲了,完全不能忍受别人来掌控一切。总之,午餐顾客们现在已经像惊弓之鸟了。

"洛波上校?"斯塔尔重复了一遍,然后望向我,"也就是说你……"

"我叫摩·洛波,波字请读重一点。"我回答,"原本是叫摩·狼波,重音在前,但我上小学前拉娜小姐给我改了,她说这样听起来比较有法国风情。"

"何况'狼波'里还有个'狼'字,"戴尔插嘴道,"谁会愿意顶着个'狼'字去上学啊?简直和脚上绑着砖头去跳尼亚加拉瀑布没什么两样。"

斯塔尔没有理他。"上校,你看起来有点眼熟,我们见过吗?"

"不可能。"

"你去过温斯顿-萨勒姆吗?"

"没印象。"

利特尔镇长在凳子上转过身,大笑起来:"上校?去温斯顿-萨勒姆?怎么可能!上校从波斯尼亚回来之后,看见城市就绕道走,是吧?"他望向戴尔,戴尔却只耸了耸肩。

不知为何,斯塔尔也没搭理他。"你认识叫多尔夫·安德鲁斯的人吗?"他边问上校边将多尔夫的照片放在吧台上。

"不。"上校回答,"他是凶手?"

"是受害者。"

"恐怕我帮不了你。"上校说着转身向厨房走去,"如果没有别的事……"

"最后一个问题——"斯塔尔坚持道。

咖啡馆的空气顿时僵滞了。上校维持礼貌的时间已经超乎预期了,当他回过身来时,微笑早已不见,而是双手叉腰,仰起了下巴。"你不介意的话,我也有一堆问题:你要逮捕我吗?"

"不,先生。"

"你打算讯问我吗?"

"不,先生。"

"你还饿吗?"

"不,先生。"

"那就请说我们之间还有什么事吧。"

咖啡馆的气氛缓和了一些。就上校来说,这表现已经挺不错了。

"我要问的是你的雷鸟车。"斯塔尔说道,"你是从哪儿弄来的?"

"罗伯逊县。"上校说,声音平滑得像块玻璃,"现金买来的,有问题吗?"

斯塔尔摇了摇头说:"没问题,不过什么时候买的?"

"好几年前了。"

此话一出,我和戴尔都震惊得面面相觑——这车明明是上校才开回来的!怎么回事?上校从不说谎。不过马上我就压住了自己的惊讶。"能别找上校的茬儿了吗?"我叫道,为了看起来高一点又站回板条箱上。

"我只是随便问问。"斯塔尔回答,"多尔夫·安德鲁斯收集的复古车里,有几辆不见了。"

利特尔镇长惊讶地张大了嘴,望向了顾客们,试图找到同伴来分担他的惊恐。"你,你不会是在暗示上校就是……"

"我什么都没暗示。"斯塔尔说,"开辆老款车又怎么了?我自己也挺喜欢的。"

镇长勉强笑了笑,咖啡馆里的大伙再次放松了些。"如果你喜欢老款车,北加利福尼亚的东部地区很适合你。"镇长边说边抚弄他的领带,"那儿有形形色色的老款车,不是吗,上校?虽然就我个人来说,老款车只能算是穷人的小浪漫啦。"

斯塔尔丝毫没有被逗笑。"再次感谢你,摩,我们很快还会再见面的。"

"你还会再来?"镇长边问边伸出手,"我们会非常期待。"

我才不期待呢,我边看他们握手边想。

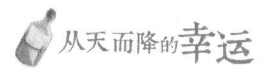

等斯塔尔终于开门走了出去，上校也打着呵欠走向了厨房，说道："总有些家伙觉得自己戴个徽章就是地球球长了，只有律师比他们更烦人。"

我说过，上校讨厌律师。

门外，斯塔尔却在绕着田鸟车打转。

"你负责收款没问题吧，士兵？"上校问，我点了点头。"很好，我来对付晚餐。"

戴尔踮着脚，想要越过杜鹃花女士们的头顶看向停车处。"斯塔尔在干什么？"

"在蹲着抄上校的驾驶证号，"坐在窗边的莱西·桑顿老祖母说，"以他的年纪来说，他的平衡感真是棒极了。"

杜鹃花女士们唧唧喳喳地表示赞同。

当斯塔尔坐进他的羚羊车，开始在本子上写着什么时，午餐的客人们也涌向了结款台，只有杰西先生不慌不忙地拖在后面。"这些人，对半日路程外的谋杀案都漠不关心，果然不能指望他们在意我丢船的事儿。"他说着将三美金递过来，手还留在半空中等待找零。

"是啊，先生，太遗憾了。"戴尔边把调味瓶排列整齐边回答，"可惜你的船找不到了。嘿！"他突然叫道，睁大了眼睛，"也许我们可以……还是算了。"他说着又低下了头，"没用的，我确实就像老爹说的那样，比灰尘还没用。"

"让我来判断有没有用。"杰西先生说道，"你有什么办法，说出来吧。"

"好吧,"戴尔喃喃地说,"我只是在想也许你可以悬赏……"

悬赏?我的心跳得像个拉拉队长一样,虽然我永远都当不上吧。戴尔对于开动这种小脑筋真是无师自通,利泽尔小姐就是这么说他的。

杰西先生却大吼了起来:"你认为我该付钱给小偷,来要回我自己的东西?"

"你没听明白吗,杰西先生?"我把找他的零钱放在他手里,"如果不对送船回来的人奖励一下的话,那他们还不如自己留着呢,这话可比小狗的真诚还要真。不过,你也不怎么用船,不如拿那点奖励的钱去……"

"买罐头吃。"戴尔建议道。

"没错,买金枪鱼罐头。这样你每顿也能吃到鱼了。"我补充道,用衣服下摆把一个纸巾筒擦得亮亮的,"可惜哦,舍不得一点小赏金,一艘船就没啦。"

杰西先生若有所思地在吧台上敲着手指。

"一点小赏金而已,"戴尔沉痛地重复,"看,多明智啊。"

"就是。"我说道,"奖励不过是点福利,杰西先生却说得好像人类文明会因此毁灭一样,不是吗?一点小赏金!哪怕看成最低工资呢。"

杰西先生瞥了我一眼,眼睛瞪得快要冒出火了。他抓过我的笔在点菜单上草草写了一条信息:

归还我小船便有十元小赏金。

杰西·塔特姆

从天而降的幸运

"贴到公告牌上去。"他说完,转身离开。

我和戴尔望着杰西先生,看着他走过停车场,在斯塔尔的羚羊车发动时躲得老远。

"你觉得斯塔尔真的还会再来吗?"在斯塔尔的车尾灯消失在蜿蜒的公路上之后,戴尔问道。

"会。"我回答,脑子里浮现出上校的田鸟车。

"我也觉得会。"

我还从骨子里觉得,这回图珀洛镇的麻烦可不是一时半会儿能解决的。

3. 三日之规

晚上，上校在整理起居室，我坐在床上，用印刷体在一个新的活页本封面上写上标题：

《摇摆小猪编年史》第六卷
绝对机密，如非本人，请勿阅读

据我所知，我是图珀洛镇上唯一一个在写自传的孩子，也只有我有这个必要。到目前为止，我的来历还是一个巨大的谜团，而其中最核心的问题就是：将我放入水中逐流而下的母亲到底是谁，为什么她还不来找我？

不过还好我是个天生的侦探，刚出生就懂得寻找蛛丝马迹，并将线索都留存在自己的房间里。

《摇摆小猪编年史》的第一卷至第五卷，在我从跳蚤市场淘来的书桌上排成了一排。拉娜小姐帮我把一张北卡罗来纳州的地图展开贴在床头,用大头针标出了我母亲可能会居住的位置,我则用排除法将确定她不在的地区以彩色图钉标明。研究到现在,这地图看起来就像只豪猪,布满密集的刺。

卧室里的电话——一台又黑又重还有拨号盘的五十年代老型号——刺耳地响了起来,我在第二段铃声奏响之前抓起话筒。"你好,这里是摩·洛波公寓,我是摩。"我说道,"漂流瓶?是的,先生,是我的……你是在哪儿发现的?"

我爬上床,边听电话边看地图。"柏树点?我在地图上找到了,先生……不,我没有因为发现它的人是你而不是我妈妈而难过,谢谢你打来电话。"

把一个绿色图钉钉在柏树点上,我躺了下来。

我怎么会没有妈妈呢?问得好。

十一年前我在一场飓风中出生。据说那一夜人们还在沉睡时,河里的水就像造反的士兵一般袭上了岸,把屋子从地基上拱开,让死人从坟墓里漂出来,还吞噬了无数的生命,犹如一只沉默而贪食的牡蛎。

人们说在那样的夜晚出生很不幸,我倒不这么认为,因为我至少有三次幸运的经历。

第一次,是居住在河流上游的母亲将我绑在一个临时制成的小筏子上,让我安然地顺流而下;第二次,是上校当时刚好撞了车,掉进河里时正好抓住了洪流中的我;第三次,是拉娜小姐收养了我,还把我当成自己的亲生女儿一样看待。

Three Times Lucky   29

这一切事情的发生都还是谜，拉娜小姐称之为命运，戴尔却认为这是奇迹。只有上校若无其事地耸耸肩，说："反正已经是这样了。"

然而在我背后，安娜·西莱斯特·辛普森——我此生的宿敌——却说我是个被抛弃的小孩，没有一个真正的家。虽然这话谁也没胆子当着我的面说出来，但仍然像暗箭般不断射向我。

我恨安娜·西莱斯特·辛普森。

上校敲了敲我开着的门，探头进来，灰色的粗硬短发在灯光下熠熠生辉。"在忙吗，士兵？"

"抱歉，长官。"我边说边合上了日记本，"我正在考虑怎么写第六卷的序言，这可是最高机密。"

"但我没接到回避的命令。"他说，"作为你忠诚的餐伴，我在考虑今晚由爆米花出列。你怎么想？"

"最佳战略，长官。"说完，我有些犹豫地问："上校，拉娜小姐签到了吗？"

"还没，但她今早才走的，离我们的三日之规还早着呢。"去年上校去了阿巴拉契亚山，一个星期不见人影，我和拉娜小姐便因此制定了三日之规。当时拉娜小姐快急疯了，几乎发动了半个镇的人去找他。现在，不管拉娜小姐和上校何时出门，一旦离家，三日之规便自动生效。

三日之规对拉娜小姐来说不在话下，她每天都会打电话回来。就算出门，她也不过是去探望住在查尔斯顿的表弟吉迪恩，顺便一起购物。去年有两次她带了上我，还给我买了双板鞋。

但对上校来说，这个规定可就没那么好受了。他出门是为了睡在星空下，通常是山丘上或者海边。北卡罗来纳州边界的电话信号一直很差劲，图珀洛镇也是如此——除非我们用电报，但又没有仪器，于是上校就连每到第三天打个电话回来都成了难事。

上校看了看电话机，说："拉娜和你比较能聊，士兵，你应该有吉迪恩的电话号码吧？"

"有的，长官，牢记于心。"我回答，"但是我不想联系得太急。"

他点了点头，又走回了起居室。

我打开第六本日记，跳过了序言部分，好直接把关于母亲的备忘写下来。在记第二本日记时，我学会了用印刷体写字，便开始写东西给她。我曾幻想她能读到这些无法寄出的信。虽然现在我明白了这不可能，却仍然继续写着，一方面是出于习惯，另一方面也有助于记录思绪。何况我的老师利泽尔小姐也说过，私人信件对于研究一个人的生平是非常有用的材料——就我的情况来看，这一点更加明显。于是我提笔写道：

亲爱的河流上游的母亲：

利泽尔小姐认为，我在寻找你时所耗费的巨

从天而降的幸运

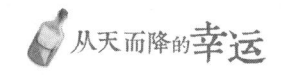

> 大精力并不是毫无用处，但坦白地说，我的地图已经快没地方插图钉了，我的心也一样。十一年的寻找真的很漫长，给我点线索或者来个电话吧，我快要到青春期了。
>
> 摩

整整十一年，不掺假。

拉娜小姐在我一周岁时就开始了第一次寻找。她顺着河流上游的方向，挨个儿给沿河的住户和市政厅打电话，一直打到西边遥远的洛利镇，都没发现有谁丢了婴儿。我们的邻居若是离镇外出的话，也会帮忙询问："有没有人遗失了一个幸运的新生儿？"答案则是我地图上一百六十七个表示"没有"的黄色图钉。

绿色图钉是漂流瓶钉，从我八岁那年的暑假开始钉上的。当时戴尔和我正在河边避暑，悠闲地将脚伸进水里，看着河水卷过来的一片片树叶。"快看！"我突然指着前方惊叫了一声。

太明显了！为什么之前我却没想到？

"戴尔，关于我河流上游的母亲，我们都了解些什么？"我问道。

"她不在河的下游。"他边往外倒口袋里的土块边回答。

"她一定住在河边。"我启发道。

他坐直了些，灰土落在水中激起一股烟尘。"所以呢？"

"所以，如果说是水流将我从她身边带走的，那水流一定也能将我带回去。"我回答，看着那片树叶漂远，"我要用流水给她传送信息，好让她找到我。这主意太棒了，我们快去告诉拉娜小姐！"

很快，我就站在咖啡馆中，一边解释我的计划一边将鞋里的河水踩得到处都是——我要将纸条放在瓶子里，然后在更远的上游放下瓶子，让水流将它们送到我母亲手上。

拉娜小姐打量我的眼神，就好像在研究星象图时发现了火星。"我不确定这管不管用，亲爱的，"她最终说道，接过丁克斯·威廉姆斯递来的饭钱，然后给他找零，"听起来有些异想天开，几乎没有任何保证。"

"可是拉娜小姐，我们必须这么做，我只能指望河水了。"

"我正好要去上游一个地方弄拖车零件。"丁克斯突然说，"如果你愿意，我可以帮你从那里的桥上扔个瓶子下去。"

莱西·桑顿老祖母用餐巾轻轻擦了擦嘴。"我倒觉得这是个好主意，明天我要去洛利镇一趟，如果你需要的话，我也能帮你放一个。"她说着微笑起来，"拉娜，你必须承认，有些事情去尝试一下确实会让人感觉更好。"拉娜小姐点了点头。

可到目前为止，我的漂流瓶全都失败了，有些奇迹般地被人捡到，大部分则消失无踪。就像拉娜小姐说的，我也意识到这事儿确实不靠谱了。可我还是一直都在准备漂流瓶，以备有人往西去时帮我带上。每个瓶子里的信息都一样：

Three Times Lucky 33

亲爱的河流上游的母亲：

　　十一年前在一场飓风中你遗失了我，我现在很好。给我回信或是打电话吧：252-746-0000。

　　　　　　　　　　　　摩

有时我会梦见瓶子带回了她的回复，但每次又都在正要阅读时醒来。

上校用敲电码的方式敲了敲我的门。"已经确定拉娜的食用油和爆米花盘的位置，"他报告说，听起来很疲惫，"爆米花正在行动，将于五分钟内就绪。"

"消息收到，长官！"我回答。

上校在厨房里简直就是朵奇葩，能将所有的东西都摆放得井井有条。拉娜小姐收拾东西的方式则即兴得多——盘子和碗像耍杂技般堆成高塔，罐头则按颜色区分摆放，冰箱里满是快发霉的健康食品，上校说从里面找到一样正经的东西都难。他本来还会抱怨得更厉害，但拉娜小姐不许人说脏话。

电话又响了起来，我边喊着"我来接"边摘下了话筒。"你好？拉娜小姐？哦，是莱西·桑顿老祖母呀，你好吗？"我尽量掩饰着语气里的失望，"我也很好……不，夫人，还没有，但她会打来……"

拉娜小姐说过，住在一个小镇里最好的事，就是大家联系紧密，互通有无。可上校却说，住在一个小镇子里最坏的事就是大家联系紧密，互通有无。事物都有两面性。

"好的，夫人，安娜·西莱斯特的聚会是周六，但我不需要搭顺风车……没关系的，夫人，安娜·西莱斯特是我的死敌，我宁可一头扎进一碟子生鸡肠里，也不想去参加她的聚会，何况她也没邀请我……好的，夫人，我会转告上校你来过电话，再见。"

安娜·西莱斯特·辛普森，金发棕眼，笑容甜美，却和我在上幼儿园的第一天就成了仇人。

拉娜小姐把我送到幼儿园后就哭着跑了，留下我等待着决定命运的铃声。然后我看到了一个小公主一样的女孩正穿过泥泞的操场，觉得她会是个新朋友，便向她走去。她那长着锥子脸的妈妈却一把抓住了她的胳膊。"不，宝贝儿，"她假装对她说悄悄话，实际上却要让我也听见，"这是咖啡馆那个女孩子，和我们不是一路的。"

不是一路的？

在那一刻之前，我的世界里出现过的所有人都和我是一路的。当时我仍保持着传奇般的镇定，直到安娜·西莱斯特眯着眼看了看我，然后微微吐了下月牙形的粉红舌尖。

那一幕真讨厌，我差点哭鼻子，心里却有了个更好的主意。

我低下头，像头公牛一样向前冲去，白色凉鞋重重地踏在地上，声音在充血的耳朵中回响。在铃声响起时我的头顶正中安娜柔软的腹部，让她跌坐在泥里只顾得上喘气。

Three Times Lucky 35

从天而降的幸运

那真是值得纪念的一天，我发现了一名敌人，然后做出了一生的决定：要么逃避战斗跑回家去，要么因为晚归而受罚，但我绝不会哭着回家。直至目前，我还没有哭过。

上校对该给我的教训采取了大而化之的态度，拉娜小姐则没那么简单。"等等，宝贝儿，"她边说边拿出那本被翻得卷了边的《新手妈妈必读》，"看看这事儿专家是怎么说的。"我依偎着她，看着她的手指在书页上划过，"正如我所料，要让幼儿的愤怒情绪得到释放，是有很多好办法的。"她说完就牵起了我的小手，"走，我们去摇摆小猪连锁店。"

到了那家杂货店，她给我买了第一本活页日记本，封皮是大红色的。于是，《摇摆小猪编年史》便诞生了，我在上面画满了安娜跌得一身泥的简笔画。

电话铃又响了，我接了起来。"这里是摩的家，我是摩。"

"嗨，宝贝儿，"拉娜小姐说道，"你好吗？"

"很好。"我不禁微笑起来，合上编年史第六卷，"你在查尔斯顿过得怎样？"

"这里美极了，但也热死了。"拉娜小姐的声音听起来就像枫糖浆里阳光的颜色，"今天一切还顺利吗？"

"还好。"我好一阵才说出口。

"怎么了？"拉娜小姐问道，她从声音里解读我情绪的本事简直就像吉卜赛女巫阅读茶兆[1]。

我该跟她说杰西先生的船吗？要提起乔·斯塔尔探长

---

[1] 茶兆：一种迷信的占卜方法，以解读杯子里喝剩下的茶叶形状来获得预言。

吗？还有温斯顿－萨勒姆的谋杀案、田鸟车以及上校说谎的事？

"没事，"我最后这么说道，"吉迪恩还好吗？"

"挺好的，不过有一点紧张，他的戏剧今晚上演。上校怎么样？"虽然拉娜小姐没直接说出口，但她一直很担心上校，不管是出于他的背景，还是出于他其实根本就没背景。

上校和我在同一个飓风之夜来到镇上，他开车撞倒了镇子边的一棵松树。有人说是车祸让他失去了记忆，也有人说他很可能在上车之前就失忆了，否则怎么会在飓风到来时还在户外。不管怎么说，当从车里挣扎着爬出来时，他同时也把过去都抛在了背后。

流言缠绕着上校，就像章鱼喷出的墨汁一般雾影重重——有人说他可能是个退役士兵，也可能是个政府职员；也许他来自亚特兰大，或是纳什维尔；有人说他来到镇上时身无分文，也有人说他带了整整一手提箱的钱。

不过我怀疑大部分流言都是他自己制造出来的。

"上校也挺好的,拉娜小姐，"我回答，"他正在做爆米花。"

"噢，是吗？"她的声音里满是笑意。

"爆米花出列！"上校在起居室里大喊道。

拉娜小姐大笑了起来："听起来倒像是他刚死里逃生。快去吃吧，宝贝儿，代我向上校问好。过几天我就回来。"

"是，女士！"我拿着编年史第六卷，直奔起居室自己最爱的椅子。上校已经在拉娜小姐的天鹅绒长椅上落座了。坐

从天而降的幸运

在这张装饰复杂的维多利亚风格躺椅上,他看起来真是格格不入,就像一头野狼穿着正式的晚礼服。

和咖啡馆简洁的砖饰风格相比,我们的房间显得出奇的精美。两栋房子其实是一体的,只是咖啡馆临街,而我们住的地方更靠近河流。

安娜·西莱斯特管我们住的地方叫"泰厚城",她认为我们脸皮太厚,给只有五间屋子的房子取名还花样百出。拉娜小姐的房间叫小套房,上校管自己的房间叫兵舍。去年开始,上校和拉娜小姐就给我准备了单独的房间。安娜·西莱斯特声称,那只不过是个带浴室的封闭起来的走廊,可我要说,我是图珀洛镇上唯一拥有自己小公寓的孩子。

"拉娜小姐打电话来了,"我告诉上校,他笑了起来,"她很好。"

"看历史频道吗?"他问道,递给我一碗爆米花。上校喜欢观看和重温那些他参加过或者未曾参加过的战役,"序言有进展了吗?"

"毫无头绪时,自传可真难写。"我承认道,坐下来拿起了笔。

拉娜小姐将自己的生活比喻成一张织锦挂毯,按这个说法,我的生活简直就是一床乱拼起来的百衲布被套,缝它的人手头有啥就用了啥。那么上校的呢?

"打扰一下,长官,你觉得自己更像挂毯还是被子?"

上校将一大把爆米花塞进嘴里说:"像羊毛毯,暖和但扎人,丑得都没人想偷。"

"谢谢回答,长官。"我合上日记本,舒服地陷坐在椅子里,然后瞥了一眼窗外。沿着河流而下几百米的地方,杰西先生家的灯正亮着,如同平常的每一个夜晚。

有意思的是,当你对某件事习以为常时,那件事偏偏就不一样了。

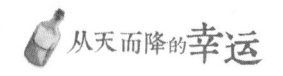

4. 拉文德的车库

第二天午餐时,杰西先生仍然拖到最后一个才走。"布丁吃起来不对劲,"他说道,胡子拉碴的下巴上沾着一点酥皮,"得给我免单。"

我扫了眼已经被吃掉一半的甜点,答道:"上校做的香蕉布丁远近闻名,杰西先生,你不能每次点甜点都是吃了又嫌贵。"

戴尔忍不住翻了个白眼。上校曾说过,即使你把二十美金的钞票卷在三明治里只卖两块钱,杰西先生都会嫌贵。

"吃了一半就不能退了,杰西先生,你是知道的。"

杰西先生愤怒地将四张一美金的钞票拍在桌上,"这玩意儿的钱和你的小费都在这里了。"他吼道,然后昂首走出门去,眼里冒出的火就像正午的阳光般炽烈。

上校从厨房里溜达出来,把脱下来的围裙向吧台随手一扔。"你们俩表现得不能再尽职了,"他看着杰西先生的背影消失在小道上,对我和戴尔说道,"下午你们可以自由安排。"

我俩赶紧狂奔出门,以防上校改变主意。

"去钓鱼吗?"我问戴尔。

戴尔把一罐汽水喝光,然后一把捏扁了罐子。"等杰西先生对船的事儿盯得没那么紧再说。我不是怕被捉到,而是……"他扫了我一眼,补充道,"而是拉文德说,我这么帅应该保持形象。"

拉文德是戴尔的大哥,我之前应该提过。

"来,陪我练习吧。"戴尔边说边将空罐子递给我。他做梦都想成为第一个在刚升入六年级时,就被高中橄榄球队选中的孩子。他之前加入了唱诗班,他爸爸却说唱诗很娘娘腔,但打橄榄球的话就不一样了。戴尔虽然没有正经学过,却潜力惊人。别看他个子小,接球时灵活得像只野猫,带球时更是英勇无畏。我叹了口气,只好答应:"三次接球进攻。"

他在我左边就位。

"开始!"我喊道,按比赛惯例向左右两侧望了望,"跑位!跑位!跑位!"

戴尔来回跑动,我向后退了三步,然后和他来了个利落的接球进攻。我传球的轨迹太高,他竟然像猫一样迅捷地爬上一棵树并接住了球。达阵!

"我要先回家看看妈妈。"他边喊边扭头跑向停自行车的地方。戴尔一直都对他妈妈很有保护欲。"一会儿要不在拉

Three Times Lucky 41

文德的车库碰面？我们可以去看他调试赛车。"

去拜访拉文德？今天真是越来越美了。

"好啊，"我回答，努力使声调显得随意，"一会儿在那儿见。"

图珀洛小镇只有两条大街：咖啡馆所在的这一条和拉文德住的那一条。我们经常说，如果你在图珀洛找人，通常不是在这儿找到，就会在那儿找到。

我到达时，拉文德正在院子里焊车，半旧的红色赛车的引擎盖敞开着。我坐在枝叶浓密的水栎树树荫下，跟他讲了乔·斯塔尔的造访——尽管在我之前估计已经有五个人跟他八卦过了。他一直没吭声，直到我说到上校说谎的部分。

"关于雷鸟车的事他说谎了？"他看着汽车引擎，柔和的蓝色眼睛若有所思，"为什么？"

我耸了耸肩，看着他用手腕拂了拂小麦色的头发。拉文德个子很高，精瘦得像条猎犬，头发全都齐齐向后梳去，总好像刚刚飙完车。"你没问过吗？"

"没有，上校想说的时候自然会说的。"

拉文德有着赛车手所特有的帅气，要是我现在成年了，不等今天日落我就逮住他让他娶我。自从六岁之后我就无数次向他求婚，他总是哈哈大笑，说我太小了。拉文德今年十九岁，微妙而危险地即将从男孩变成男人。

"上校不像是会说谎的人。"他评价道，"当然，他也一直都是个谜。我们不知道他到底从哪里来，还有没有家人。"

Three Times Lucky 43

说到这儿他又为失言而脸红起来,"我不是那个意思,摩,我想说的是……"

"我明白,"我把一颗橡子扔进树上给鸟准备的水碗中,"上校和我本来就不是传统意义上的一家人,大家都知道。"

"你们是一家人,只是没有血缘关系而已。再说有血缘关系又怎样,看看马肯和我就知道了。"拉文德提起他爸爸时只肯直呼其名,不过据我所知,他并没有当面这么叫过。拉文德一满十八岁就离开家搬到了这里,再也没回去。

他住的屋子很破旧,屋顶东补西补,但他很有尊严地一直将门廊打扫得很干净,院子里竖着他手写的广告牌:"汽车维修——随叫随到"。他维护杜鹃花女士们的车,还让莱西·桑顿老祖母的别克车引擎声温柔得像猫咪。不过大家都知道,这只能让他勉强度日。

"也许你是对的,"我说道,"血缘关系并不代表一切。而最重要的是,上校对我非常好。"

"不,"他边说边捡起几个火花塞,"最重要的是,上校爱你,拉娜小姐也一样。说起拉娜小姐——"

"她很好,在查尔斯顿,和吉迪恩在一起。"

"别担心,"他随意地说道,"她可受不了身边没有你。"

"我知道,我也希望她别离开我。"

"你的自传写得怎样了?"他把面罩拉下来时问道。

"还在研究资料的阶段。拉娜小姐走之前给了我一份报纸,上面有一篇关于我来到镇上的新闻,里面还提到你爸爸。"

"是吗？我很好奇，想看看。"

拉文德对我的事好奇？

我忍不住微笑起来，说道："事实上，自传比我想象的要难写得多，也许是因为有太多空白需要填补。"

"没错，我也是个未来充满无限可能的男人。"

一阵默契的沉默降临在我俩之间。

"嘿，拉文德，"我好一阵才再次开口，问道，"你新朋友的名字叫什么？糖果？太妃？取这种名字的女孩子一定会坏了你的牙，不如我们俩好呀。"

他将一把螺丝刀扔进表面凹凸不平的工具箱。"你？你还没断奶呢。"他坏笑着说道，"棘轮递给我，我得调好这辆车，去参加今晚的比赛。对了，戴尔呢？你们俩不是一直形影不离吗？"

"他回家看你们的妈妈去了。"我回答，看着他俯在引擎上忙活。

有件事我还没跟拉文德提起过，那就是如果我们结婚后要收养小孩的话，孩子的名字得由我来取——他们一家在取名这件事上，智商几乎为零。

举个例子，拉文德的全名叫拉文德·阴影·约翰森。这是真的！萝丝女士说，这个名字是她在诗歌表演时想到的。戴尔出生后，马肯先生则给他取名叫戴尔·伊恩哈迪·约翰森三世。因为有个著名的赛车手叫戴尔·伊恩哈迪，而"三世"的来源则是戴尔·伊恩哈迪的车，永远的三号车。马肯先生本来还想叫戴尔"点数三"的,但被萝丝女士一脚刹住了,那可是非常用力的一脚。

戴尔在各个方面都和他父亲截然不同,唯一的相似之处,就是他也迷信取名要用名人的名字。他那条叫做伊丽莎白女皇二世的狗就是个明证。

"戴尔来了。"我对拉文德说。他抬起头,正好看到戴尔刹车停住,扬起一片白色沙粒。

"嘿,小弟。"拉文德招呼道。

"嘿。"戴尔应道,扔下自行车和我一起挤在树荫下。他在凉爽的草地上躺下,交叠起两条晒黑的腿。虽然换了件干净衬衫,但他的衣着还是一贯的黑色系。

"妈妈还好吗?"拉文德问。

"很好,她出门去果园了。老爸回来了,就几分钟前。"

拉文德盯着他看。就算是马肯先生那么懒的农民,这个时间回家也太早了。"一切都好吗?"

戴尔耸了耸肩,回答尽在不言中:马肯先生回家时又喝得酩酊大醉了。拉文德将棘轮狠狠扔回工具箱中。"今晚你们有什么打算?"他问道,用力把引擎盖扣上。

"今晚是咖啡馆的空手道之夜,"我回答,"李先生会从雪丘过来,教大家一些新招式。"我尽可能谦虚地说道,"虽然我从没提过,但我是黄带级别哦。"

戴尔叹了口气。他不喜欢空手道之夜,但他更讨厌马肯先生喝醉。"好吧,"他勉强地说道,"空手道之夜,我大概也会去吧。"

拉文德仔细地擦拭着引擎盖上的指印,说:"听起来不错。我只差一点就能把这辆车调试好,去参加西卡摩尔200的比赛了。"

"西卡摩尔200?"戴尔惊叫道,马上坐直了身子,"那可是一流的比赛!"

拉文德笑了起来:"也不能说是一流,但对我来说确实又上了个台阶——赢了的话奖金也不少,只要我能调试好这车的引擎。"

"从什么时候开始,我们比赛是为了奖金了?"我问道。

拉文德合上工具箱。"有钱并不是错,只要花得合理。总之,今晚我缺单圈计时的人,希望你们能来帮忙。你们看得懂时间吧,嗯?"

"我们俩?"戴尔惊叫起来,"单圈计时?"

这可是做梦都想不到的荣幸。

"我问问上校让不让我去!"我跳起来说道。

"萨姆会用拖车把赛车运过去。"拉文德说着看了看表,"你们俩坐我的货车走,四点出发,一个小时车程。"

"算我一个。"戴尔说着扶起了自行车,然后靠近我轻声说道,"我先去找杰西先生,然后我们就有一笔小钱花了。"他眨了眨眼睛。对了,还有赏金呢!然后他回头喊道:"在双桥那儿接我就好!"

拉文德点了点头,对我说:"摩,告诉上校,我保证十点前送你回家。"

"我在咖啡馆等你。"我回答,拼命地往回跑。

"嘿,带上你说的那份剪报。"拉文德在后面叫道。我挥了挥手表示知道了,连头都来不及回。

我狂奔回家,换了件T恤,把压平了的剪报塞进衣服口袋,然后冲向厨房。上校穿着褪色的工作服,脚边有一袋土豆。我没刹住脚,直接扑上了不锈钢工作台边的椅子。他忍不住笑起来:"下午好啊,士兵。"

"下午好,上校。"我上气不接下气地说。

"我正打算今晚做些蒜香土豆和清蒸芜菁,外加绿洋葱以及烤鸡。之前我从外面带了照烧酱回来,你应该会喜欢。肉汤里放姜和芝麻油,再来点照烧酱的话……"

"听起来很棒。"我说道,"但是,上校,今晚能由你一个人做饭和照顾客人吗,如果你不介意的话?"

他右边的眉毛挑了起来,问道:"你这是在请假吗?在空手道之夜?"

我点点头。

"理由?"

"暂时被雇去北卡罗来纳赛车场,拉文德需要我和戴尔做单圈计时。别担心,长官,这活儿很安全。"

"我知道了。"他说,"怎么过去?"

"拉文德·阴影·约翰森会开货车来接我。"

"那倒是个好小伙子,"他笑了起来,"就是名字矬了点。

出发时间?"

我看了看钟,尽可能不动声色地心算出时间。四点可不好算。"1600时(16:00)?"我猜测道,"我已经换好衣服了。"我边说边抚平自己紫色的T恤衫,"我知道你喜欢我在人群中穿得好看点。"

他点了点头,又问:"何时回来?"

"2200时(22:00)。"

他把一个土豆扔进罐子里,任它在里面滚动。我屏住了呼吸。拉娜小姐绝不允许我在外面待到十点,好像那会关系到整个星球的命运。"很好,士兵,"上校终于开口道,"即使会很忙,我也应该能找到帮手。许可令颁发给你了,但你一定要按时回来。"

"是,长官!"我回答,然后走过去快速地吻了吻上校的头顶,他身上闻起来有姜和男士香水的味道,"上校,我不知道之前你和拉娜小姐达成了什么协定,但别担心,她会回来的。"

他叹了口气说:"我知道,我只是希望她别跑太远。她总是喜欢……突发奇想,让她做你的榜样可真让人毛骨悚然,亲爱的。"

"也许有点,"我说,"但你更能让她发飙。"就在这时,拉文德的通用货车呼啸着开进了停车场,接着响起了喇叭声。"拉文德来了!"我开心地叫道。

"快去吧,士兵。"

从天而降的幸运

　　我走到门口又停下,转过身。上校看起来又老又瘦,在一堆锅碗瓢盆里显得好孤单。"上校?"

　　"在,士兵?"

　　"关于拉娜小姐,我想我懂你的意思。"

　　他看着我,表情突然变得像小鹿般脆弱无助,"真的?"

　　"是的,先生,"我回答,"我也想她。"

　　他笑了起来:"快行动吧,士兵,别让同伴等着你。"

5. 北卡罗来纳赛道

拉文德在他那辆1955年产的通用货车里扭过身,越过椅背向后伸手打开了后车门锁,推开门,好让我踩着踏脚板跳上去。

"你好。"我打了个招呼。

"好你。"他驾轻就熟地发动引擎。

"这车看着不错。"我说道。

确实不错,虽然这是拉文德去年从废车场里捡回来的,但已经被细致地修补过了,喷了深蓝色的漆。"戴尔应该就在附近。"开到小镇边界时我说道,挺起身子向路边张望,"看到了,在断松树那儿。"

车刚停稳戴尔就跳了上来。"抱歉,我一脚泥。"他嘟囔着,两只脚上的黑色板鞋互相蹭了蹭。我向浑浊的河岸边望去,勉强能看到被戴尔藏在灌木丛后的自行车。

"你怎么把脚弄湿了?"拉文德问道。

在戴尔开口傻乎乎地提起杰西先生的船之前,我赶紧转移了话题。"你们看,那儿会是上校发现我的地方吗?"我的目光越过桥栏,"我得好好地在自传里描述一下。"

"描述什么?"戴尔叫道,好像我刚塞给他什么坏东西,"你不会放暑假了还在写东西吧?这不合规矩。难道没有这样的规定吗,拉文德?"

拉文德一边给车换挡一边回答:"冷静点,戴尔,摩只是在调查。"

"又来了?"戴尔责怪地说,"每年快到生日时你就开始调查自己,摩,结果到现在还没查完。真希望你别管它了。"他懒懒地靠在车门上,"连我都有点听烦了,而且现在你身边的人都对你挺好的。"

"得了,你对我河流上游的母亲没兴趣,不代表别人也没有。"我说着掏出口袋里的剪报,清了清嗓子开始读起来:

发现女婴

上周四,图珀洛镇的康特尼河边,马肯·约翰森于飓风中救助一位出车祸的男人时,同时还发现了一名刚出生的女婴。

"我发现上校时,也发现了被包在衣服里的婴儿。"约翰森表示,"上校说自己在沿河漂下的杂物里发现了她,并给她取名摩西。要我说,她能活下来可真是幸运。"

而这个男人身份不明,衣服口袋上绣有"洛波"二字。任何知道有关他和女婴身份信息的人,请务必联系利特尔镇长。

"确实提到马肯了。"拉文德说,"关于上校的篇幅这么少,我倒有点吃惊。"

"另外有一篇是专门写他的,"我回答,把剪报小心地装回衣袋并扣好扣子,"拉娜小姐替他保存着。"

戴尔扭过头来说道:"爸爸说得对,你能从河里活着出来就够幸运了。"

"摩一直都很幸运。"拉文德说。引擎的轰鸣声中,货车平稳地行驶着。

一小时之后我们到了北卡罗来纳赛车场。货车穿过赛场的门,草地上满是凌乱的车辙。"嘿,波比,"拉文德向门卫打了个招呼,"认识一下新成员。这位漂亮女孩是摩西·洛波小姐,另一位长得不怎么样的是我小弟戴尔。今晚他俩来帮我计时。"

波比递过来两张绿色的工作人员卡。拉文德开车进场时,人群就像被摩西分开的红海一般让出一条道来。"小弟,拿着。"他把车停在小吃摊那条道的对面,拿出一张二十美金的钞票,"你去买点吃的,然后来内场找我。摩,工作人员卡拿好了吗?"

"当然了。"我把卡贴在心口的位置亮给他看,希望脸没有跟着红。

"很好。"他伸了个懒腰,"听着,萨姆会带两个姑娘来,多买点零食,记住了?"什么?萨姆不知道拉文德带我来了吗?"别让我们显得像小气鬼。另外,饮料也是,多买点,我带了冷藏箱。你们能行吧?"

"没问题。"戴尔说着下了车,我紧随其后。整个区域被分隔线划分成好几块,包括露天看台、小吃摊和家庭休息区。"我数数啊,"戴尔说道,"你,我,拉文德,萨姆,两个女孩,一共六个人。"

"不用浪费钱给那两个姑娘买。"我告诉他,"萨姆带来的女孩子肯定是那种小竹竿儿,硬是想把自己饿瘦,好穿最小号的牛仔裤。"我看了看排队的人群,突然有了别的需要,"嘿,我要去厕所,在你排到之前我一定回来。"戴尔点点头,继续伸长脖子看招牌上的菜单。

从厕所出来时,我遇到了今晚的第一次冲击。当时我正全速跑过拐角,不小心撞上了一个高大苗条的女人。女人的尖叫声就像手风琴被猛地合上了。我也被撞得向一边歪去,先是单脚跳着以免踩到一株杜鹃花,然后才蹒跚着扑倒在满是沙石的小路上。"天啊,这位女士,"我叫道,"你走路都不看道的吗?"

"我看着呢,摩,"女人边站直边答道,"倒是你看了吗?"

"什么?"我转过身,惊讶地看到了一张熟悉的脸——利泽尔小姐,我五年级时的老师。当然六年级的老师也会是她,简直是被两级连任诅咒了。"利泽尔小姐?你该当心一些,刚才我们俩都差点没命了。"

她却忙着拉平白色上衣,还要梳理头发。

我叹了口气。实际上,我很喜欢利泽尔小姐,她个子又高又苗条,有着火红的头发和棕色的眼睛,睿智又从容,还非常有时间观念。另外她住在挺不错的房子里,开的是一辆深蓝色的敞篷车。她拥有的一切都很出色,而且,她也很喜欢我。这会儿我绞尽脑汁想要说点聪明话,却发现脑子里一片空白。"老天,"我喃喃地说道,指着她的腿,"那是什么啊?"

她紧张地后退了一步,看了看自己的凉鞋。"你指什么?"

"膝盖,"我叫道,"你有膝盖!"

她不解地皱起眉说:"我当然有了,谁没有呢,摩?"

"话是这么说,但我从没见过你的膝盖啊。你总是穿着那种淑女长裙——天哪,热裤!"我又叫了起来,"利泽尔小姐,你穿着热裤!"

她有点不安地笑了笑:"你没事吧,摩?刚刚撞到头了吗?"

"我没事,"我边拍掉腿上的沙土边回答,"你怎么会在这儿?"

"我……来看赛车。"

"是吗?戴尔的哥哥下一个就出场,我加上戴尔给他计时。"

"我和戴尔。"她纠正道。

"嗯!看,这是我的工作证!"我挺挺胸,亮给她看,"你记得戴尔吧?坐在第三行第五排,金色头发,数学极差,老穿着黑衣服?"

"我当然记得。"

"他哥哥拉文德开32号车。"

"我会留心的。"她说着,准备离开,"和你聊天很开心,但还有朋友在等我,另外……"

"朋友?"我倒抽了口气,"你还有朋友?我还以为学期结束后你只会回家不停地看书,看书,再看书呢。从没看你和朋友玩过。"

她笑了起来。"我当然有朋友,摩,下次见。"她说完便消失在人群中。我赶快回去找戴尔,见他前面只有一个人在排队了。"你肯定不会相信我刚刚遇到了谁,"我宣布,"利泽尔小姐!"

"这有什么,你看那边。"他说道,我顺着他的视线望过去。

今晚的第二次冲击简直不亚于被斧头劈。"利泽尔小姐,还有……"

"乔·斯塔尔,"戴尔冷峻地说。只见乔·斯塔尔探长正递给利泽尔小姐一个热狗,还笑了!我脖子后面汗毛直竖。

利泽尔小姐和乔·斯塔尔,他俩在一起?这世界疯了吧?

"你们要点什么呀,小宝贝?"吧台后的女人声音刺耳地问道。低头向戴尔微笑时,她的眼影粉顺着鼻梁滑了些下来。

"六个炸博洛尼香肠三明治,三份薯条,剩下的钱全买

M&Ms巧克力豆。"他说着把钱递过去,"摩,你还想要什么吗?我这里还有杰西先生的酬金。"他边问边拉开口袋,给我看里面的两张五美金钞票。

我拿了一张,却摇了摇头。

我们带着这几袋油腻的食物返回内场。萨姆带来的女孩正如我所说:一对有着长发和锥子脸的双胞胎,名叫可瑞希和米希。她俩坐在货车后排的座位上,一边啜着低热量的七喜一边和拉文德以及萨姆眉来眼去。戴尔殷勤地迎了上去,"要来份博洛尼三明治吗?"

可瑞希往袋子里瞥了一眼,说:"不用,谢了,亲爱的,我们在节食呢。不过你真是太可爱了,我能一勺把你吞了。"

戴尔的脸一下子红得像双胞胎的指甲油一样,慌张地把一个袋子塞给我,然后奔向了拉文德。"第四弯道时注意内侧,"萨姆在赛车旁叫道,"到时候赛道那里会被磨得很滑,你要小心打滑。"

拉文德拿了个三明治,"戴尔,摩,你俩去货车里面一下。"

"和那对双胞胎一起?布菲和玛菲?"我边把薯条递给萨姆边问。

"是可瑞希和米希——她俩哪个我都不会娶,所以,表现得友好一点。"拉文德说着,递给戴尔一个秒表。"戴尔,你来计时,不要漏计。摩,你把结果分批记下来,拜托了,好姑娘。我要看这车跑得怎么样,每圈都要看,好吗?"

我点点头,戴尔伸手接过了秒表。"你就放心吧。"

拉文德有些惊讶,但掩饰住了。"我当然放心,"他说着拍了拍戴尔的肩膀,"所以我才让你们来。"

我和戴尔背对着双胞胎,坐在货车的后车厢里。拉文德把脚伸进一直精心保管的赛车服裤腿里,扭动着把赛车服拉上来套上胳膊。他戴上头盔,跨进32号车,跟随其他车手走上赛道。

"看!"我用胳膊肘顶了顶戴尔,让他看赛道另一边——斯塔尔像艘拖船般艰难地在人群中犁出一条离开的路,利泽尔小姐紧跟着他。"他们要错过比赛了,"他俩走出大门时我说道,看到停车场里蓝色的车灯闪了闪,"希望利泽尔小姐不是被捕了。"

"罪名呢?"戴尔问,"找男朋友的品位太差?"

拉文德发动了引擎。"他要去起跑线了,"戴尔叫道,"我们准备好!"

旗帜向下挥动。

夜晚沸腾了,比赛终于开始。

戴尔在每一圈过后大声叫出时间,到了第二十八圈时,萨姆把拉文德召进了维修区。萨姆咆哮着指了指赛车的左后胎,但拉文德一把挥开他的手,又开回了赛道,轮胎发出刺耳的摩擦声。

萨姆用力地一跺脚,从冷藏箱里拿了罐苏打水。"怎么了?"戴尔问道,"拉文德怎么气成那样?"

"噢,"萨姆怒气冲冲地说,"能怎么样?左后胎看起来有问题,但你哥却执意不管。"他深深地吸了一口气,"别理我,戴尔,拉文德说得对,我比他妈妈操的心还多。"

三圈之后,撞车了。拉文德在第四弯道时向一侧打滑,后车胎冒出了烟。观众们站了起来,齐刷刷地张开了嘴,像是被牵了同一根线的木偶。我屏住呼吸,看着拉文德的车危险地在赛道上打转。呜——呜——呜——有几辆赛车奇迹般地避开了他,可45号车撞上了他的车尾,导致他一头冲向了场边的水泥障碍。

这一幕在我眼里就像慢动作回放,我眼看着拉文德的车翻滚着撞上围墙,然后向右倒下,横冲直撞地冲进内场。在我还没意识到之前,我就已经跑向了他。

戴尔跑得比我还快,他扑向驾驶座,和萨姆一起将拉文德拖了出来。急救人员冲过来时,拉文德躺在两人的臂弯里,一动不动。

一个半小时后,拉文德被送上医疗车。医生把他的胳膊放平,用手电照了照。"车撞成那样你还能安然脱身,可真是奇迹。"医生说道,"手臂需要缝几针。有医疗保险吗?"

拉文德缩了一下。"开什么玩笑,随便包一包就好了。"

医生点了点头。"那我再给你开点抗生素。不过你头上的伤……"他说着按住拉文德的头向后仰,用小手电照了照他的眼睛。

"他的头怎么样了?"戴尔发着抖问道。拉文德一被抬上急救轮床便又踢又叫,戴尔忙得一直都没怎么开过口。

医生是个像海象般胖乎乎的男人,和拉文德一样高,但身体有他两倍宽。医生和善地笑了笑,说:"可能会有脑震荡,但现在无法确诊。"他从钱包里拿出一张名片,塞到拉文德的衬衫口袋里,"他需要休息,但如果接下来的时间里他神志不清或者开始呕吐的话,马上打电话给我,然后我们就要以最快的速度去医院会合,不管有没有医疗保险都要去,明白了吗?"

戴尔和我就像玩具点头狗般拼命地点头。

"那么,拉文德,现在你有什么打算?"医生问道。

拉文德却一直看着萨姆,看他把赛车残骸吊起来放到拖车上。"带大家回家,然后和萨姆去……"

医生顺着他的目光望去,"不行,不许喝酒,也不许和姑娘们玩闹,尤其是双胞胎姑娘。"

戴尔关切地碰了碰拉文德的手,"今晚回家吧,就一晚。妈妈会很高兴的,爸爸……大概也不会介意吧。"

"那样最好不过。"医生附和道,"总之我的建议如下,要么在有指定看护人的陪同下去妈妈那儿,要么去医院。"

"看护人?"听到这话我站得笔直,"需要穿护士服吗?"

"你自己选吧,拉文德,"医生说道,"怎样更好?"

拉文德皱了皱眉,轻轻地说:"回家住一晚上,没什么大不了吧。"

"很好。另外,你头部受伤了,不能开车。那么……"

我意识到此刻如果我再不赶快行动,事情很可能就会变成这样：上校接到电话，然后像接幼儿园小孩似的把我们分别送回家。于是我马上开口："医生，那对长头发双胞胎就是为了开车送我们回家才来的。可瑞希开通用货车带上我们三个，萨姆要是太沮丧不想开拖车的话，米希正迫不及待呢。她们不但愿意，还因为整晚都只喝低热量的七喜而神志清醒，不信的话，可以检测一下她们血液里的酒精浓度，我不会介意的。"

这段话就像咒语般生效了。

"你确定能开这辆车？"几分钟后，拉文德看着方向盘后的可瑞希问道，"它的车型有点老……"

"出发！"我大喊一声，和戴尔一起爬进车里。可瑞希发动引擎，带着我们驶入夜色之中。

车开到小镇郊区时，我和戴尔本来在打盹，被突如其来的一下刹车惊醒了。"应该到愚人桥那条小路了吧。"戴尔打了个呵欠向车外望去，夜色中有蓝色的手电筒光芒在胡乱扫动，"好像有警用路障。"

"可能在查酒驾，给每个人做测试。"我猜测。

戴尔摇摇头。"不，你看那些光，警车灯，救护车灯，各种车前灯。好像是发生什么意外了。"他说道，"他们似乎在让大家掉头。"

一辆白色的凯迪拉克沿着窄路开到我们旁边，停了下来。摇下的车窗里露出了贝琪·辛普森太太——我的宿敌安娜·西莱斯特的妈妈——的锥子脸。"你好，辛普森太太。"

我叫道,"是我,摩。"

"摩,"她扫了一眼通用货车的轮廓,"这辆老破车看起来真没品位,不过倒挺适合你。"

辛普森一家从来都是这么刻薄。"这可不是老破车,这款很经典。"我争辩道。

"随便吧,反正都得掉个头。"她说着瞥了眼可瑞希,"愚人桥封桥了,警察不会让你们过去的。"

"封桥?"戴尔问道,"为什么?发生什么事了?"可凯迪拉克的车窗又闭上了,辛普森太太已经扬长而去。

可瑞希令人惊讶地做了个漂亮的三点转向,绕路开往戴尔家。车刚刹住,戴尔就跳了下去。"你们先在这儿等着,我去看看爸爸睡了没。"

"抱歉打乱了你的计划,小甜心,"可瑞希说着也跳下了车,"我急着上厕所,米希也得去,我确定。"米希果然也来了。我们四个一起向前门走去,戴尔帮我们扶着门。

"妈妈,"他叫道,"我回来了。"

萝丝女士正坐在桌边,一边听广播一边在一份法律文书上写着什么。"嗨,宝贝,"她头也没抬地回答,"玩得好吗?"

"晚上好,萝丝女士。"我走进屋去,打了个招呼。

"你好,摩。"她这才注意到了双胞胎女孩,"哦,天哪,"她叫着站了起来,"我不知道你还带了朋友回来,戴尔。"

"她俩不是戴尔的朋友,是萨姆的。"我解释道,"萝丝女士,请让我向您介绍双胞胎姐妹,这位是可瑞希,那位是米希,当然也可能刚好是反过来的。"

"很高兴认识你们,"萝丝女士回答,"请坐。"

"她们不想坐,她们急着上厕所。"我指了指客厅,"洗手间在你们右边,灯开关在门口的走廊墙上。萝丝女士,您还是自己坐下来吧。"

戴尔也点了点头。萝丝女士缓缓坐回长椅,动作极为优雅。"妈妈,爸爸在哪儿?"戴尔问道。

萝丝女士犹豫了一下,答道:"在休息。"

戴尔放松了下来。"在拉文德之前的房间?"

她点点头。

戴尔的爸爸每次喝多了都会睡在拉文德的房间,因为萝丝女士嫌弃他。这是戴尔告诉我的,萝丝女士本人当然不会这么说。"他睡得鼾声如雷了吗?"他继续问。

"睡得鼾声如雷"其实是他们之间对于"睡死过去了"的隐晦说法。

她缓缓地点了点头,问道:"为什么要问这个?"

"让我来说吧,戴尔,"我插嘴道,"要等你说清楚她可就急死了。"

"说清楚什么?"她问道,绿色的眼睛里满是猜疑。

我深深地吸了一口气,说道:"萝丝女士,我十分惋惜地告诉您,您的大儿子开车以一百六十公里的时速一头撞上了水泥墙,不过幸运的是,您一家人都有着铮铮铁头。他现在就在外面,期待他的爸爸能让他进来,并且不会有任何不妥的举动。医生说一旦他出现脑震荡的症状,就得马上送医院,并且指派了我和戴尔作为看护人。"我一口气总结完。

萝丝女士已经走过了大半个房间,"拉文德·阴影·约翰森,你赶紧给我进屋来。"她边说边打开纱门。

拉文德走了进来,一脸尴尬地说:"妈妈,你好。"

萝丝女士倒抽了口气。拉文德头上的淤青颜色更深了,一直蔓延到眼睛周围。"快坐下。"她推着他坐在躺椅上,"戴尔,拿毛巾和冰块来,再从我床上拿个枕头。"她俯身脱下了拉文德的靴子,在看到他脚上的袜子时不由得一愣——一只是灰色的,另一只却是黑色的。"太好了,你还不用去医院。"她说道,"戴尔,冰块怎么还不拿来?"

"嘿,萝丝女士,"萨姆小心地走了进来,开口问道,"我能帮上什么忙吗?"

萝丝女士站直身体,用力打了萨姆的手臂一下。"你干的好事够多了,"她生气地说,"怂恿我儿子去赛车,你脑子里都在想什么?"

拉文德咧嘴一笑。

"我怂恿他去赛车?"萨姆边揉胳膊边向门口退去,"萝丝女士,我从来都没有……"

"他会因此丧命的。"她打断了他的话。

"这倒没错,"我补充道,"医生也这么说了,或多或少。"

"还有这对双胞胎又该归谁管?"听到厕所冲水的声音时,她盘问道,"你要为自己辩解一下吗,萨姆·昆纳里?"

"我……我的意思是,我马上就让女孩们回家。"他边说边不断向门口挪动。

"很好,别把拉文德爸爸吵醒了,也别由你来开车。"她回答,"你闻起来就像个酿酒厂。还有,叫戴尔赶快拿冰块来。"

"是,女士!"萨姆马上回答,又转向我,"摩,你要搭便车回家吗?"

"回家吧,摩,"拉文德冲我眨了眨眼,"今天你已经帮我很大的忙了。"

"等等,"我说着抓住萝丝女士的手,"请允许我给上校打个电话,问一下是否能在这儿留宿一晚吧,拜托了。"我恳求道,"医生指定了我在这儿。"

自打拉文德进屋后,萝丝女士还是第一次将目光转向我。她的表情柔和起来,伸手将遮住我眼睛的刘海轻轻拂开。"有时候我觉得,你简直和我一样爱拉文德。"

"真肉麻。"戴尔终于来了,把裹满冰块的毛巾递给妈妈。

"给上校打电话吧,"萝丝女士对我说道,"说我邀请你留下。"

我像箭一般穿过屋子拿起电话,上校在第一段铃响时就接了起来。"我是上校,"他说道,"说话。"

"嘿,上校,我是摩。"

"士兵,你在哪儿?"

"戴尔家,他们邀请我在这里过夜……"

"我要你赶快回来。"他说道。

"是,长官,可是……"

"回家,马上。这是命令。"

"我明白了,稍等一下,长官。"我捂上了话筒,"萝丝女士,上校要和你说话,应该是想商量一下我在这里过夜的细节。"

萝丝女士走过来,接过了听筒。"晚上好,上校,你还好吧?如果能让摩在这里待一晚的话,我们会很开心……"她突然停住了,然后开始边听边点头,笑容消失了,"我知道了。萨姆正要走,我让他带上摩。"

然后她脸色灰白地说:"没,我之前没听说。"

接着她似乎无法承受,坐在了电话旁的高背椅上,膝盖发抖。"当然,我会让她安全地等你过来。"她把听筒放回电话机上,一时间整个屋子都陷入了死寂。

"怎么了?"拉文德问道。

好一阵子,萝丝女士看着我们的眼神就好像在看一群陌生人。"愚人桥附近发生了一起谋杀案,"她说道,声音缓慢得仿佛来自远方,"杰西·塔特姆死了。"

"杰西先生?"我惊叫道,"我们认识的那位杰西先生?"

"谁杀的?"拉文德也问道。

"没人知道是谁干的,什么原因,还有谋杀发生的确切地点。"她边回答边瞟向大门,"被人发现时,杰西先生的尸体正在他的小船上漂着,就是那艘前几天被人偷了的小船……是哪天来着……周一还是周二?"

我望向戴尔。

戴尔的脸色一下子变得刷白,快得就像窗帘被突然拉上。而拉文德站了起来,穿过屋子,锁上了门。

6. 门窗紧闭

田鸟车驶出萝丝女士门前的车道,开上通向镇子的柏油路。在车前灯的红色光线中,上校的脸看起来一派憔悴。

"死了?你确定他们说的是我们认识的那位杰西先生?"我问道。

"确定。"

我窝在田鸟车的副驾驶座上,深深地吸了一口气,脑子里混乱得就像有一千只蜘蛛在里面织网。"一定是有人弄错了什么。"我说道,"不到八小时之前,我还给杰西先生端上了午餐,他也跟往常一样在小费上斤斤计较,那时明明还好好的。在布莱洛克小姐的仓库这儿转弯吧,"我指了指,"我们可以从树林间穿过去,到杰西先生家的后门那里看看,他会出来澄清误会的。"

"我想这不可能了。"上校回答,减速开过转弯处。

从天而降的幸运

我突然感到胸中一阵热流炸开,愤怒让我跳了起来,就像只炸毛的猫。"掉头!"我大声吼道,但上校却连眼皮都没有眨一下。"好吧,"我小声念叨,用力地坐了回去,"我自己骑车过去,去找杰西先生。没准警察也会找到他的,你等着看。"

上校把手放在我的手上。"警察已经找到他了,"他说道,"所以才知道他死了。"

上校的手很粗糙,可他的碰触却温柔得像逐渐降临的夜幕。

"死亡总是让人震惊,即使你有所准备也一样。这是你第一次经历,而杰西的死谁也没有料到。你得花点时间来接受这个事实。"

我泄气了,看着车窗外闪过的一棵棵松树。"你大概没有想过,杰西先生对我来说就像父亲……"我开口道,上校的右边眉毛挑了起来,"好吧,也谈不上是父亲,大概更像个叔叔,虽然他小气又自私,但内心却有不为人知的善良。"

上校叹了口气。"杰西·塔特姆是只神秘、恶臭的老山羊,事实上你和我都不是特别喜欢他,可是我们仍然习惯了他的存在,他是我们世界的一部分,我会想念他的,你也会。"

我们沉默地来到了小镇边缘。"上校,会是谁杀了杰西先生?"我问。

他摇了摇头,嘴唇抿得好紧。"我不知道,警察也在猜测,但凭他们的脑子一时半会儿是想不出来了。永远不要低估我们司法机关的愚蠢程度，士兵。"

"是，长官，我不会的。但是……"

"听我说，"他继续说道，语气突然变得急切，"眼观六路，耳听八方，但不要轻易说出自己的想法。有关杰西先生的消息都来告诉我，如果我不在就告诉拉娜，除此之外跟谁也别说。在更多消息出来之前，一定要保持紧密联系，现在我们是安全的，但凶手还在逍遥法外。必要的话，我们要为保护自己而战。最好的防御是什么，士兵？"

"是有效的进攻。"我回答，"你跟我说过几百万次了，我只是不知道怎么……"

"方法交给我来想。我们到了。"他边说边向右拐，开向咖啡馆。

我望向停车场。"空手道之夜，"我小声说道，田鸟车因为刹车最后晃了晃，"我差点忘了。"

他点点头。"还有些人是因为杰西的事而聚在这儿的，他们吓坏了。图珀洛镇还从未发生过类似的事情。"他打开门，迅速对我笑笑，"李先生的空手道课都快结束了，不过也许练习一下踢腿你会感觉好些。"

"也许吧。"我叹了口气，向咖啡馆走去，"反正也不可能感觉更糟了。"

李先生在咖啡馆举办空手道之夜活动，已经有两年了。等晚餐人流一过，上校就会让李先生将桌子全都移到墙边，只留着还要营业的吧台。作为回报，李先生免费教我和戴尔空手道。戴尔不太喜欢，但我却非常热衷于拳打脚踢，如果规则允许吐唾沫的话，我还能做得更好。

上校把空手道之夜办成了大众服务，此外还有周二的青年商会和周四珍妮弗小姐的舞会。周一和周三我们一般会空出来，以便应对紧急婚礼。走进咖啡馆时，上校把结实瘦长的胳膊按在我的肩上。"保持机警，"他悄声说道，"我们中间有个敌人，而你又是个战场新手。"

李先生仍穿着白色的空手道服，腰上系着褪色的黑色腰带，他几乎立刻就发现了上校。"敬礼！"他喊道，学生们齐齐转向上校，一起鞠了个躬。我和上校当然也鞠躬回礼。

有传言说，上校曾在空手道的故乡日本冲绳县赢得了黑带，并且是杀了一个人才得到的。也有人说他不过是在北卡罗来纳州的某个跳蚤市场上买了一根黑带子，其实一天空手道都没学过。无论如何，李先生仍然总是向他行礼，以防万一——当然这是拉娜小姐分析的。

"摩小姐，你想加入我们吗？"李先生问道，"安娜小姐需要对手。不过不能吐口水。"我拿了一副护膝系好，然后跳到安娜·西莱斯特·辛普森面前。

"嗨，摩傻。"她低声说道，眼里闪耀着邪恶的光。

"嗨，匈奴王安提拉。"我回敬道。

李先生击掌叫道："十组击打训练，开始！"我冲向安提拉，用尽全力挥出拳头。可惜的是，她封住了我的每一次攻击。李先生在一旁吹响哨子："横踢！出腿时跟着扭身，带上体重的力道！开始！"

"那是什么味道？"安提拉在第三回合后喘着气问道。

"汗味，"我回答，"你妈妈没告诉过你？"

"至少我还有个妈，摩傻，而且我说的不是汗味。"

我用力闻了闻。"海草沙拉吧。拉娜小姐为了空手道之夜特意储备的，为了符合这个主题。上校在它们变坏之前给倒了。"

李先生拍了拍手，说："摩，别说话！"我们继续练习。渐渐地来了更多的小镇居民，他们迫切地想要得到更多消息和安慰。九点一刻，利特尔镇长冲进门来，他大汗淋漓，上气不接下气。我们全都愣住了。

"大家放松，"他喘着气说道，用双手给红扑扑的脸扇风，"不要慌。斯塔尔探长统揽全局，他真是上天的使者。保持冷静，保持对公仆的信心，我们很快就能安然地迈过这个小坎坷。"

安提拉·西莱斯特举起了手。"我觉得，趁杰西先生现在没法抗议，管他的死叫一个小坎坷似乎不太合适吧。"

就在这一刻，我觉得我欣赏她。

镇长被呛住了，紧紧抓住领带，以免将满是汗水的胳膊挥向我们。

"那么是真的了，镇长？"莱西·桑顿老祖母在吧台末端颤颤巍巍地问道，"杰西·塔特姆被正式宣布死亡了？"

"死亡听起来多生硬，多难受，"他边说边滑进椅子坐下，

从天而降的幸运

"我情愿他只是……消逝了。"

杜鹃花女士们惊叹了一声。

"消逝了是什么意思?"丁克斯·威廉姆斯低声问上校。

"就是死了。"上校回答,给丁克斯的杯子里倒上冰茶。

李先生拍了拍手,让学员们再次注意到他。"排好队列,踢打训练!"他命令道,"段位高的先来!"绿带的小帖、棕带的斯基特·麦克米伦加入三个高中生队列中。"搏击动作第一组!正踢腿!出拳!出拳!侧踢!开始!"

他们的动作整齐划一,在地板上边做动作边前进,像一组杀气腾腾的芭蕾舞女。"下一组!开始!"我一脚踢向安提拉的头时,咖啡馆的门又被推开了。她虽然及时地避开了攻击范围,却失去了平衡,一屁股坐在地板上。

"漂亮的侧踢,摩。"斯塔尔探长在门口说道。他的目光在咖啡馆中扫了一圈,胆敢回望他的人仿佛都会被他冰冷的视线冻住。"我要一杯咖啡,上校,如果你们有的话。"最终他说着走向吧台。

上校忍住脾气,伸手拿了个干净的杯子。

斯塔尔看起来很疲惫,灰色裤子上也沾满了黑色的泥点。"我知道你们有很多问题想问,我会尽量回答。"他把帽子扔在吧台上,坐了下来,翻开记事本,"但首先,我有几个问题要问。"他看了看四周,"如果不介意的话,老师,从你开始。"

李先生点点头。即便觉得很紧张,他也没有表现出来。

"你的课程是几点开始的,先生?"

"八点整,大家吃完晚餐离开之后。"

"学员们都按时来了吗?"

"是的,除了摩。"

我给自己找了个位置,挤到上校身旁。"我迟到是因为医生给了我任务,需要的话他会给我开证明。"我站在百事板条箱上,瞄了一眼斯塔尔的记事本,"你就只有这么点线索?真是太少了。"

他把记事本移开。"你们今晚有谁经过了杰西先生的家?"他问道,目光在众人脸上扫过。

安提拉举起了手。"这是安提拉·西莱斯特,"我小声说道,手肘支在吧台上,"她家住在杰西先生家下游,她爸妈一天到晚开车带她晃悠,当她是个公主。要她不来学空手道,除非她没长腿。"

斯塔尔看都没看我一眼。"上校,你能管管她吗?拜托了。"

"嘿!"我抗议起来,但上校按住了我的手,还摇了摇头。

斯塔尔再次拿起了笔,"你是几点路过了杰西先生家,安……"

"安娜·西莱斯特·辛普森,很荣幸认识你。"她回答时还故作风情地扬了扬头发,"我母亲和我开车经过杰西先生家时大概快四点了,我们早早到镇上,是为了去摇摆小猪连锁店购物,顺便修剪我的头发。不像某些人,我可

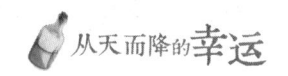

不能容忍发梢有分叉。"她边说边不屑地看了我一眼。

"很好。"斯塔尔说,"那时杰西先生家附近有人出没吗?"

"有个男孩,应该是。"她回答,"他在河里,用力拽着什么……我是隔着小树林看到的,看得不太清楚。谁知道那男孩在干什么呢,我是想不出来。"

我的心一沉。她看到戴尔还小船给杰西先生了,这一点就像我名叫摩·洛波一样毋庸置疑。我把手伸进衣袋,握紧了杰西先生所给的我那一半赏金——一想到这是从他那里骗来的钱,我就觉得一阵难受。

"你能指认出那个男孩吗?"斯塔尔问道。

我竭力想让心跳得不那么快。如果让安提拉知道在谋杀案发生之前,是戴尔在杰西先生家附近的话,会怎么样?如果让斯塔尔知道戴尔偷过杰西先生的船,那戴尔会有多大的麻烦,我又会有多大的麻烦?我必须争取时间思考。我转向斯塔尔,"在安娜·西莱斯特眼里,男孩都一个样儿,"我说道,"她爱惨男孩们了。"

"士兵,"上校打断我,用手抓住我的肩,"稍息。"

安提拉脸红地说:"我才不是呢。我看到的那个男孩头发颜色很亮,穿着暗色衬衫,有可能是黑色的。不过我没太注意,也没理由注意啊,我当时又不知道杰西先生死了。"

"可能是小帖,"我提醒道,"他是男孩子。"

"不是我!"小帖叫道,"虽然我是红头发,穿着暗色衬衫,但镇上大部分男孩都这样啊。"

斯塔尔又扫视了一圈。"还有别的目击者吗？"

斯基特看了看安提拉，然后望向我，挑起了眉。

斯基特知道那是戴尔。我的恐慌弥漫开来，就像一群从树上四散而去的黑鸟。我摇了摇头，斯基特微微地点头回应，动作小得和吸口气没两样。她什么也不会说的，至少现在不会。

"安娜，我必须和你母亲谈谈。"斯塔尔突然说。

"贝琪·辛普森，不过你得预约。"上校说道，终于给斯塔尔倒了杯咖啡，"你不会真以为是个孩子杀了杰西吧？"

"我只是例行询问。"斯塔尔答道，眼皮都没抬一下。上校的额头马上爆出了青筋。现在换我伸手安抚上校了。"上校，杰西·塔特姆今晚来吃过晚饭吗？"斯塔尔问。

"没。"上校低吼道，拿起一块擦碗布。

"唉，这可又是一桩憾事。"利特尔镇长叹息道，"上校做的照烧鸡简直就是天外美食，如果杰西先生来吃了晚饭的话，很可能就不会消逝了。噢，我的天！"他一拍脑门，"我怎么没想到？探长，你一定还饿着吧？我想上校一定很愿意为你提供晚餐，即使厨房已经打烊了。上校，可以吗？"

上校装没听见，专心致志地擦着吧台上一块小小的污渍。

"谢谢，我不饿。"一阵寂静之后，斯塔尔说道，又向四周望了一圈，"杰西先生错过晚餐是否寻常？他最近看起来像有烦恼吗？"

"噢，一切还好。"莱西·桑顿老祖母急急地说道，在吧

从天而降的幸运

台末端站了起来,蓝白相间的头发闪闪发亮,抹了厚厚一层粉的脸上却表情坚定,"杰西和我们大家一样,想来这儿吃就来,不想来就在家里吃。杰西与众不同的地方,倒是没人能看得出他高不高兴。原谅我如此唐突,年轻人,"她对斯塔尔说道,"但我们已经回答了足够多的问题,现在该轮到你来答了。"

斯塔尔凝视了她一会儿,收起了目光中的审视意味。"好的,女士。"他回答,语气也柔和了下来,"你们想知道什么?"

她端详着他,"我听说,是泰森兄弟在愚人桥发现了杰西的尸体,还有……"

"谁说的?"斯塔尔突然尖利地问道。

"所有人都这么说,整个镇子都知道了。"

斯塔尔叹了口气。"那好吧,"他边说边把记事本往前翻,"换了我是你们,也会使劲打探消息。那我来说说我所知道的情况吧。今晚六点左右,泰森兄弟把杰西·塔特姆的小船从河里拉了上来,然后发现他的尸体在船上,钱包还在衣袋里,但空空如也。死因初步断定为他杀。"

"那是谁杀了他?"她追问道。

"我也不知道,但我会把凶手找出来的。"斯塔尔回答,啪地合上了记事本。

"打搅一下,长官,"斯基特用预备律师的坚定腔调说道,"我们这儿应该不在你的辖区之内吧?"

上校清了清嗓子,指了指门上"律师莫入"。

"抱歉。"斯基特喃喃地说。

"可以理解，"上校回答，"现在是非常时刻。"他转头盯着斯塔尔，"她问得很好。"

"理论上，这里确实不是我的辖区，不过是贵镇镇长请我来调查的，我只是奉命行事。"他解释道，"何况，我有预感，这里的案子跟我负责的温斯顿－萨勒姆那桩谋杀案也有关联。还有人对此有异议吗？"

上校接着擦吧台上那块小小的污渍，大家似乎连呼吸都屏住了。

"没有？很好，我的组员正从温斯顿－萨勒姆赶来，明天一早就到。这段时间还请大家小心陌生人，最好结伴而行，孩子身边更是不能没有成年人。还有问题吗？"

我举起了手，斯塔尔无奈地叹了口气，"摩？"

"杰西先生是在小船里被发现的？"我问道，"说不定他上船后就死了，根本没有人谋杀他。就像鱼没牙不会嚼东西，他的日子过得太无聊。这事儿真的有，有人真会无聊死，我在上数学课时就差不多是这样。"

"杰西·塔特姆不是无聊死的，"他说道，"是因为后脑勺上钝器造成的外伤。"

一位杜鹃花女士发出了悲叹。

"那我们安全吗？"莱西·桑顿老祖母问道。

斯塔尔看了她好一阵才开口，似乎在掂量着话语的分量。"紧闭门窗。"他回答，然后望向我，"今晚你在哪儿？"

Three Times Lucky 77

从天而降的幸运

"我？"我惊讶地重复道，"我在赛车场，你没看到我吗？我倒是看到你了呢，如果需要我为你提供不在场证明，就去拜托你的女朋友吧。话说，你们俩认识多久了？"

"他女朋友？"安提拉·西莱斯特叫道，上下打量着斯塔尔，"他女朋友得是什么样的人啊？"

"猜猜看？猜得太慢了，是利泽尔小姐。"

她吓得后退一步，"我们那位利泽尔小姐？"

"不完全是，"我说道，"因为她穿着热裤。"

"利泽尔小姐穿热裤？！"

斯塔尔按下了圆珠笔，"她确实提到了和你相撞的事，你和那个有点神经质的孩子在一起——戴尔。"我不由得看了一眼安提拉，现在我最不想让她听到的名字就是戴尔，以免唤起她的回忆。

而上校的话却突然在我的脑海中回响：进攻就是最好的防御。

"那么，探长，"我开口道，"你对利泽尔小姐做了什么？作为六年级的学生代表，我和安娜希望你不会把她投进监狱，或者把她留在河边的警车上，附近还有个疯狂杀手。安娜，来啊，告诉他。"

安提拉不确定地点了点头。

"你到底有何意图？"我问道，"六年级生有权利知道。"

莱西·桑顿老祖母举起了手，"我也很好奇呢。"

"你们的利泽尔小姐非常安全，"斯塔尔说着望了望大家，

"还有谁今晚见过杰西·塔特姆？有谁发现可疑之处吗？"他说着走到公告牌前，用一枚大头针把他的名片钉在正中央。"任何人若想起任何有帮助的信息，请联系我。"

"天哪，我希望你别太指望自己的手机。"利特尔镇长说。

"为什么不能？"斯塔尔好奇地问。

"基本上没信号。"镇长回答，"偶尔你能说上几句，但也不会太长。这就是住在图珀洛镇的又一个好处：没有手机账单要付。同样也不能上网就是了，除非你住在第一大街，还接了电缆。我会很荣幸为你提供留言转达服务，如果你愿意使用我的固定电话的话，我确定我母亲不会介意的。"

"我回头和你商量。"斯塔尔犹疑地说，看了看莱西·桑顿老祖母，"杰西先生在这里有家人吗？有没有谁需要我去告知一下？"

"杰西有个表弟住在皮德蒙特高原一带，"老祖母边收拾东西边回答，"不过我记得他死了好些年了。杰西真是孤苦伶仃。"

这时，斯塔尔在公告牌上看到了杰西先生那张寻船的悬赏条，他拔出大头针，把纸条叠好放进口袋。"你会发现我的组员很好共事，镇长。"他扫视了屋内一圈，"谢谢你，李先生。大家请自便。"

李先生鞠了个躬，上校则拔下了咖啡机的插头。"大家都走吧，"上校说道，"别让孩子单独走回家。"

我挤到了斯基特身旁。"我想预约，"我低声说道，和她一起把身上穿的护具解下来,"明天一早。"

她点了点头,看着李先生拍了拍我的手肘。"摩,"李先生低沉地说,"明天我要去一趟达勒姆,需要我帮你带个漂流瓶的话……"

"多谢,李先生。"我从吧台下面拿了个瓶子,给他夹在腋下带走。斯塔尔一直看着客人们结账出门,直至消失在夜色中。

"还有几个问题,"在上校关收款机时,斯塔尔问道,"杰西·塔特姆有什么仇人吗?今晚这里的人有谁跟他不和吗?"

"这里的人?"我问,"你认为凶手来咖啡馆了?"

"凶手通常很了解他们的侵害对象。"

上校把围裙叠起来扔进吧台。"据我所知,杰西·塔特姆是个无害的老家伙,没有家,没有朋友,一个人在河边那块幽静的地方过日子。虽然大家都不怎么喜欢他,但要说谋杀他,理由呢?时间就会是杰西的杀手,而且眼看着不远了,要想除掉杰西·塔特姆,根本无需多此一举。"

"你错了,"斯塔尔说道,"谋杀总有理由——具体取决于谋杀者。对了,"他拿起了帽子,"拉娜小姐呢?"

"有事出门了,"上校回答,"去了查尔斯顿。"

斯塔尔眯起了眼睛。"等她回来之后,请告诉她我有话要和她说。如果迟迟得不到她的消息,我会自己找她。"他说着走向了门口,"最后一件事,我查了雷鸟车的记录,你两周前才刚买下它,而不是两年前。"

上校瞥了我一眼。"没错,我说谎了,很抱歉。"他说道,"我一开始就该实话实说,只是当时我觉得执法者不该干涉普通人的生活,我买了什么与你无关。过度热情的执法者就像过于自负的律师一样危险。我再次向你道歉,我完全合法地买下了这辆车,我也该照实说出来。现在,如果没有别的事了……"

我站到了上校身旁,斯塔尔冷漠而平静地看了我们一会儿。"不要离开镇子。"他告诉上校,再朝我点头示意,继续向门口走去。

我们一直望着他爬进羚羊车。"他会是个麻烦。"上校说道,拔下了点唱机的插头。

"没错,长官。"我一边回答,一边想起了戴尔,"要我说,他已经是了。"

从天而降的幸运

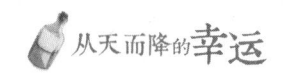

7. 绝命徒侦探所

上校和我步履沉重地走回了家——虽然房子不过就在咖啡馆的另一侧。"我一直想给这里装个安全灯。"在我们顺着沙砾小道,走过拉娜小姐的萱草和茱萸丛时,他喃喃地说道。

"不是你想,"我把手滑进他的手中,"是拉娜小姐想装。而你说的是,如果星光因此被盖过的话,你还不如在地狱里下油锅。"

我们走上圆形台阶,来到了门廊里。"你的夜灯不是应该开着吗,士兵?"他在拉娜小姐的天竺葵盆栽前站定,突然问道。

"我的猫王夜灯总是亮着的,长官,"我回答,"那是永恒之火。"

"后退。"他命令道,用一只手将我推向墙边。

他打开我房间的纱门,生锈的门框发出的嘎吱声就像突然拔高音调的赞美诗。然后他猛地踏入我的房间,迅速打开灯,将桃花心木衣柜的门大敞开来,再俯身检查了一遍床底,最后快步走进卫生间。"警报解除。"他叫道,插上窗销,然后拿起我的夜灯,拍了拍猫王的头。"灯泡烧了,"他说着将它随手扔到一边,"真应景。"

挥手示意我进屋后,他在我身后紧紧地关上门廊的门。

我随着他走进起居室。他继续检查是否有入侵者,我的目光却被一张照片吸引住了。照片上的我还是个婴儿,胖乎乎的,非常可爱,正在献给拉娜小姐一朵蒲公英。拉娜小姐坐在漂亮的草坪上,裙摆像伞一样散开,看起来年轻又美丽。

上校锁上前门,回来了。"拉娜不在也是件好事,"他说道,"她还挺喜欢杰西的。"这时,我闻到了他衬衫上的大蒜味儿。"你害怕吗,士兵?"他问我。

我猛地吸了一口气。我当然害怕,但不是他所以为的那种。我将手伸进衣袋里,攥住那份钱,觉得有点头重脚轻。如果安提拉·西莱斯特想起了她在杰西先生屋外看到的是谁,又或者斯基特说漏了嘴,戴尔就有麻烦了,很大的麻烦。我得给戴尔点警告。"我不害怕,"我掩饰道,"你呢?"

"倒是有点。"上校承认。

"我也有一点。"我犹豫地说道,望向黑乎乎的卧室,"你希望我今晚不关卧室门吗?这样我就能听到你的动静,也能在你需要时及时赶到。"

他听了这话,棕黑色的眼里闪过一丝微笑。"这样确实

从天而降的幸运

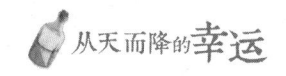

会让我感觉好一些。"他回答,"或者我干脆睡在沙发上好了,让你能更快找到我。"

"那再好不过了,长官。"我说着给了他一个拥抱。

回到房间,我换上了睡衣——黑色的空手道服裤子和一件旧T恤。看到电话机时,我想着要不要打给拉娜小姐。我想要她回家,就是现在,可我又不能就这样告诉她杰西先生的事。最后,我还是拿起了笔和第六卷编年史。

亲爱的河流上游的母亲:

杰西先生死了,这让上校都有些害怕。

真希望你在身边,我们就能煮煮茶,聊聊乔·斯塔尔、戴尔以及可怜的、死去了的杰西先生。我们可以制定一个计划,然后你边做填字游戏边看着我入睡。一切都会让人感觉如此正常。

有时候,我会希望拉娜小姐和上校的关系可以更正常一些,但拉文德说正常只是相对而言的。"好吧,"我问他,"具体来说是什么意思呢?""意思是,就算你觉得是正常的关系,也可能只是看上去而已,实际上并不是那样。"

我曾经和拉娜小姐提起过这个话题,就在花园里。"我真想要个正常的家。"我拔出一把野草,假装随意地说道。

"正常就意味着普通,摩,这会让我们的生活平淡无味的。"

"我不是说要平淡,只是想正常一点就好。"我说道,"像其他家庭一样,父母有正经的工作,每天早出晚归,住在实实在在的房子里,有空时带我去看看足球赛。上校则可能是位牙医,就像安娜·西莱斯特的爸爸那样。"

她深深地凝视着我。"你想让上校把手伸到别人嘴里去?"她说,那语气就像我是在建议上校把脑袋伸到狮子嘴里去。

"只是打个比方,我只是在想象如果我们也像其他人那样过日子,会是什么样。要不试试吧?说不定挺好的。"

她向后坐在脚后跟上,脸上沾满了泥土。"我们可以按你的建议去过一过循规蹈矩的生活,宝贝儿。"她开口道,"但你想想,如果我和上校像安娜的父母一样,你不就成了安娜·西莱斯特了?我想我仍会爱你,但我们之间就不会这么亲密了。"

"明白了,"我叹了口气,"变成安娜·西莱斯特可真是种倒退。"

拉娜小姐的思想里有个特别的核心,但是我的却正好不见了。

请来找我吧。

爱你的摩

从天而降的幸运

听到上校淋浴的水声时,我马上合上日记本,给戴尔打电话。他接了,说了句睡意浓浓的"你好",电话里还远远地传来别人的吼叫声。"嘿,怎么了?"我问道,"萝丝女士在嚷嚷什么?难道斯塔尔在你家?"

"事情可不小。"他回答,"爸爸醒来之后恶毒得像条蛇,拉文德怒气冲冲地跺脚走了。斯塔尔干吗会来我家?"

"他在调查杰西先生的凶杀案。"我小心翼翼地说。

"然后呢?"

"然后你想不到谁是主要嫌疑人吧?"

"谁?"戴尔打了个呵欠。

"你。"

"什么?!"

"全镇的人都听说了,安提拉·西莱斯特今天下午看见你拖着杰西先生的船了,但她不确定是你,所以没点出名字。暂时是这样。你要小心,别乱说话,以免被指证。"我补充道,"通话也可能会被窃听。不要到镇上来,除非我给你指令。"

这时上校过来敲门,我赶紧挂断了电话。"给你风扇,士兵。"他说道,把一座沉重的黑色风扇搬到我的桌上,"自从二战后,这种优雅的机型就停产了。"他说着把风扇打开,"很遗憾拉娜不在,没法安慰你。也许这点清风能帮上忙。"

"风扇很漂亮。"我告诉他,真心实意地。它心形的底座搁在绿色的毛毡上,金属扇叶的线条优美得像天使的翅膀。电扇发出嗡嗡声,耐心地摇着头,将清凉的风吹进床帘,拂过我揉皱了的床单。

"晚安，士兵。"上校说道，抚了抚我的头顶。然后他转身走向外面的沙发，小心地让我的门留着条缝儿。

砰！

半夜里，突如其来的声音让我颈后的汗毛直竖。我从睡梦中惊醒，吓得像只炸毛的猫。

怎么回事？凶手到门廊里来了？

喀拉。

他还切断了电话线？

砰！

他从窗户跳进来了？

"深呼吸，"我对自己说，"深呼吸。"

噼啪，噼啪，噼啪。

我扫了一眼闹钟。凌晨三点，已经三点了？

我拿起棒球棍，踮着脚小心地靠近窗户，只见窗外的灌木在剧烈地摇晃。

啪嗒，啪嗒，啪嗒。是凶手吗？

"摩，"凶手悄声说道，"是我，开门。"

我用棒球棍把窗帘挑开，看到戴尔正扒着我的窗沿，只露出紧张的脸和用力到发白的指节。"快……开……门。"他喘着气，终于支撑不住，掉进了拉娜小姐的栀子花丛。

我打开台灯，马上奔向门廊，推开门闩。戴尔闪了进来，一脸沮丧。"我该怎么办？"他边问边从我身旁走过，"他们会用对待成年人的方式来审问我，我知道的。"他的声音听起来好苦涩，"我会被判个二十年刑，到那时我就……"他想接着说什么，眼神却变得一片茫然。

"三十一岁了？"我猜测道，在他身后锁上门。

"三十一，"他哀叹着瘫在地板上，"听起来都快要死了。"

"冷静。"我对他说，"安提拉·西莱斯特只记得那个男孩有着浅色头发和深色T恤——可能是黑色T恤。但她没说那就是你。"

"黑色T恤？那我还能说什么？所有人都知道自从伊恩哈迪的撞车事故后，我就一直穿着黑衣服在默哀。"他撩起身上那件"戴尔·伊恩哈迪"纪念T恤就脱了下来，然后转过身去，好藏起肋骨上的红色淤伤。

以前我一直以为戴尔是太笨拙才老弄伤自己，直到现在我才知道，那都是因为马肯先生喝醉了酒。

"我只有黑色T恤，"他说道，我从椅子上翻出件白色的扔给他。"谢谢。"他喃喃地说着，穿上白T恤理了理头发。"摩，我发誓，我没杀杰西先生。"他的声音破碎。

"你当然没有。"我答道，盘着腿坐在床沿。

"可我该怎么办？你一直都比较聪明，帮我想想。"

我深深地吸了一口气说："冷静点，我们一起想，"他坐在我的摇椅上，那把椅子是拉娜小姐在我婴儿时期哄我睡觉用的，"就像在科学课上和利泽尔小姐一起做的那样。"

"科学课，"他发出哀鸣，"我死定了。"

"想想她怎么教我们的——找出问题,解决问题。"

"好吧,那么,问题是……电椅?"戴尔一受惊就变傻,没办法。

我摇了摇头。"问题是,斯塔尔正在沿着一条错误的线索前进,而你正好在线索的尽头。"我边说边用指节敲打着膝盖,"我们可以告诉上校或者你妈妈关于杰西先生的船的事,他们会和斯塔尔谈的。"

"不,"他否决道,"斯塔尔不信任上校,而妈妈会杀了我。"这倒没错。"也许斯塔尔会发现真正的凶手,解除我的嫌疑?"

"有可能,但也很难说。上校说警察什么也查不出来,这样的例子可多了。"

戴尔皱起了眉说:"那我的家人怎么才能在监狱里弄间招待房?"

我决定不搭理他这句话。"我们只有一个选择,"我倾身说道,"我们自己去找出杀害杰西先生的凶手。"

"很好,"他的声音听起来更苦了,"好像我们比乔·斯塔尔探长还能干似的。这太疯狂了,摩,我完蛋了。"

"这并不疯狂,你也没完蛋,你只是感到绝望。但拉娜小姐说过:绝望是创造之母。"

他望向我,若有所思,"那创造之父是谁?"

如果戴尔能总是这么犀利的话,他一定会变成一个天才。"我们该取个名字叫'绝命徒侦探所'。"我继续说道,"现在已经有一个寻找河流上游母亲的案子了,我们可以再加进杰西先生的谋杀案。如果能因此得到赏金的话,我们还能租间办公室呢。但在那之前,我们只有在咖啡馆里成立和办公了。"

他点了点头。"绝命徒侦探,"他一字一字地品味着,"我喜欢这名字。"

我从床头柜拿过编年史第六卷和一支旧自动铅笔。"我们需要线索。"我说道,"关于杰西先生我们都知道些什么?"

"他死了。"他张口就答。对于显而易见的事,他还真是敏感。

"他还在世时,最后见到他的人是……"

"杀人犯。"

"在那之前?"

"噢,"戴尔的脸垮了下来,"大概是我吧,除非……除非……"

我抬起头,发现戴尔的脸色惨白得吓人。"戴尔?"

"窗户。"他悄声说道,眼珠都没敢动一下。

我胳膊上的汗毛都竖起来了。我的目光向右飘移,从戴尔惊恐的脸上扫到窗户上,对上了一双冷若冰霜的陌生蓝眼。

我尖叫起来,戴尔也一样。

我抓起在查尔斯顿买的雪景玻璃球用力向窗户扔去,那个男人——圆脸,秃头——在球砸到墙上时跳了起来。我跳上床,摆出空手道的攻击姿态。"戴尔!"我喊道,"快上来!"

"为什么?"他也叫道,连滚带爬地上床站到我身边。

"背水一战!"

"别算上我。"他边说边向后缩。

这一下差点把我气哭了。戴尔讨厌暴力,现在想来一定是因为他父亲的缘故。大部分时候,我能顶得上两个人,但这次不行。"举起拳头!"我命令道,他犹豫地握拳举起来,看起来又笨拙又恐惧。

我再次望向窗户时,那里却空无一人。风吹起拉娜小姐的栀子花,擦在窗户上沙沙作响。"上校呢?"戴尔声音发抖地问。

"睡在外面沙发上。"我回答,瞥了一眼上校为我留着的门缝。此刻门是紧紧关上的,我的心顿时狂跳起来,不禁一阵头晕。上校去哪儿了?他平常睡着了也会警醒得像只小虫的啊。"上校!"我忍不住大喊起来,"救命!"

一片寂静。我抓住了戴尔的手臂,"你和我想的一样吗?"

"大概不一样,"他说着抽回手,"我们俩从来就不一样。"

"上校也许受伤了,甚至死了。我们得去看看!"

"果然。"他说道,眼睛里满是惊恐,"我一点都没往这上面想,我只想着快逃。"

"他需要我们。"我说着跳到地上,拿起棒球棍打开了门,卧室里柔和的光线切开了起居室里的黑暗。"他在这里,"我悄声说着,指了指沙发上毯子下隆起的身形,"上校?"

我正想伸手开灯,戴尔轻声阻止了我。"先别开,"他把我的手挥开,"杀手在屋外的话,我们在黑暗中会更安全,这是常识。"

"上校?"沙发上的人仍然躺着一动不动。我的喉咙一下子干得像撒哈拉沙漠。"弄醒他。"我低声说。

"我?"戴尔惊喘道,"我不擅长,你去,记得用棒球棍。"

我压低身体摸索着前行,心跳得又重又快。棒球棍被我举起来猛地敲向沙发扶手,随即弹了回来。沙发上的人像被电击了一样,一跃而起望向我们。月光落在对方高高的颧骨以及描画过的眉毛上,奶油白的脸上嘴张得老大。

"是个小丑!"戴尔狂叫起来,掉头就跑,却一头撞上了墙,接着缓缓地倒在地板上。

"快起来!"我大声叫道,眼看着对方移动身体靠近我们。

"戴尔·伊恩哈迪·约翰森三世,马上给我从地板上爬起来。摩西·洛波,放下球棍。你们两人都放松点,太吵了。""小丑"命令道。

"拉娜小姐?"我吃惊地问。

"是的,亲爱的。"拉娜小姐把手伸到枕头下,抽出一条薄薄的灰色头巾,展开之后再熟练地绕在头上,然后拧开了台灯。"这些烦人的卷发器,"她念叨着,把几束红色的发丝塞进头巾固定好。"都是为了你们的视觉享受我才这么费劲,"她开玩笑地说,"结果你们见到我却像见了怪物似的。"

"拉娜小姐!"我大叫着扑进她散发着香水味儿的温暖怀抱,"窗外有个杀手!谢天谢地,你终于回来了!"

8. 拉娜小姐

"摩,谢天谢地,"拉娜小姐说着紧紧地抱住我,"你怎么了?"

"上校呢?"我突然挣开来,焦急地跑过起居室,打开上校卧室的门。"上校?"他的衣柜门敞开着,里面是他叠得非常利落的衬衣和整整齐齐立正站好的鞋子。空空的行军床上,橄榄绿的毯子平整得没有一丝皱褶。"他人呢?"

"走了,"拉娜小姐边往脸上拍面霜边说道,"又一次走了。"

"现在?"我抽了口气,"去哪了?"

"不清楚。"她回答,"我回来时他正好要冲出去,嘴里念叨着什么进攻啊防守啊和敌人一战啊。我差点被他的莽撞气死,根本听不进他在说什么,大部分时间都只是在看着他的嘴动而已。"

"拉娜小姐,刚才有个人站在我的窗户外。"

"我也看见他了。"戴尔补充道。

拉娜小姐看看戴尔又看看我。"你们说真的?"她惊讶地问,赶紧套上外袍冲进我的房间,先查看了一番窗销,然后再在屋子里跑来跑去,检查了所有的门窗。戴尔和我就像小狗似的跟着她。"一切安全,"她说着拿起电话,"不过,小心驶得万年船。"

"你要打给谁?"戴尔问她,然后小声对我说:"希望不是斯塔尔。"

"给丁克斯·威廉姆斯。"她说,"我们有个约定,我希望……你好,丁克斯?是我,拉娜。抱歉吵醒你了,我们刚刚看见窗外有陌生人,不知道你是否可以……多谢,亲爱的,是的,我保证不开枪。"

这是上校散播的另一个谣言:拉娜小姐会用枪。

"丁克斯在路上了,我们先安定下来吧。"她说着穿过房间,走向前门放着的一个大提包。"戴尔?"她叫道,拎起把手将包提进门,"能来帮帮忙吗?摩,帮我把小提箱和化妆箱拿上。在等他来的时间里,我们先收拾一下我的行李,然后我来做点热巧克力喝。"

戴尔走到大提包旁,半拎半拖地带着它穿过起居室,走进拉娜小姐的卧房。拉娜小姐打开台灯,大大的屋子里立刻充满柔和的光线,隔着河也能看到。我把她的手提箱放在了衣柜旁的长凳上。

"幸好雪儿一路都很顺。"她说着从袋子里拿出闪亮的黑色雪儿款假发,轻轻地抖了抖,然后打开柜子门。里面有一层放着三个白色的塑料假头,其中一个戴着玛丽莲·梦露的假发。"能帮我把珍·哈露拿来吗,宝贝儿?"她问道。我马上把那顶假发递过去,好让柜子里完整地陈列出拉娜小姐"好莱坞时光之旅"的收藏。

拉娜小姐对影视剧非常有鉴赏力。

她望向戴尔的眼神却有点疑惑。"戴尔,"她问道,"虽然我很高兴见到你,但我能问问为什么你会半夜三点四十五分出现在摩的屋子里吗?"

"不为什么。"戴尔马上掩饰道,"无论你在想什么,我都是无辜的。"我之前大概提起过,戴尔一站着就没法好好思考。

"戴尔只是顺道过来。"我赶紧抢着说,"我们正要开展一项生意——成立绝命徒侦探所,戴尔只是过来整理一些线索。现在是假期,所以我们觉得这么晚也没什么。再说,这是我们的职业道德。"然后我转换了话题,"很遗憾之前你和上校发生了争执,还有,拉娜小姐,我好想你。"

她在我的脸颊上印下一个吻,轻柔得就像花瓣。"我也想你,宝贝儿。不过我还是要声明一下,以后你的宵禁时间从晚上八点开始,必须严格遵守。另外,确切地说,我和上校并没有发生争执。"她叹了口气,"那家伙到底怎么了?"

戴尔在她的床边坐了下来。"要问上校到底怎么了……"

他说道,"这可有点难回答。"戴尔对修辞手法简直毫无头绪,尤其是拉娜小姐的。

"戴尔,"我尖锐地打断他,"我们不是在调查吗?"

"噢,"他反应过来,一脸沮丧,"拉娜小姐只是感叹一下?"

我点点头,向外望去。"丁克斯怎么还没到?"

"快来了,宝贝儿。"拉娜小姐回答道,看了看梳妆台,"我的梳子呢?"

戴尔疑惑地望向我问:"这也是感叹句吗?"

"不是。"我指了指化妆箱。

戴尔打开箱子把东西拿出来,拉娜小姐则开始喋喋不休——这是她紧张时的习惯。"我靠近你房门的时候,你睡得像小婴儿一样熟。"她对我说道,"上校让我睡在沙发上,以备你随时需要我。"难怪一开始我们尖叫的时候没人进来,拉娜小姐一睡就像一袋水泥那么沉。"不过他可没说你会拿着棒球棍来袭击我。"

"很抱歉,我以为你死了。"我解释道,"拉娜小姐,上校把田鸟车开走了吗?"

"没有,他留下来给我了。"

"怎么会?"我问道,"你不会开车啊。"

她淡然一笑。

拉娜小姐是镇上唯一不会开车的成年人,或许是整个地球上唯一的一个。自从三年级开始,这就成了我的一大痛处。

当时老师拜托她开车送我和其他几个同学去州水族馆。大部分妈妈都自己开车，只有拉娜小姐不仅借了莱西·桑顿老祖母的别克车，还雇了个司机——丁克斯·威廉姆斯。为此，丁克斯还规矩地穿上了周日去参加活动才穿的海军蓝西服正装。

"那这么说，上校出去是靠步行了。"我分析道，"也许他是去追踪那个杀手了。"

拉娜小姐皱起了眉说："追踪杀手？杰西难道没有被拘留吗，没有吗？"

杰西先生？被拘留？

"拉娜小姐，"我正色道，"关于杰西先生的事，上校到底、究竟、是怎么跟你说的？"

她把一个宽檐帽飞进衣柜。"是这样的，他给吉迪恩留了条消息——对了，吉迪恩向你问好——然后吉迪恩跟我说杰西被卷入了一桩谋杀案，而你需要我，我就马上赶乘最近一班灰狗长途汽车回来了。上校没说杰西先生把谁杀了，不过我打赌是那个每周四都去找他一趟的敦实美人儿，也可能是那美人儿妒火中烧的丈夫。"她望向我，"塞尔玛·福斯特，来自金士顿，杰西的女朋友。现在大概人尽皆知了吧？"

杰西先生有个女朋友？我和戴尔都震惊了。

"好恶心。"戴尔说，"但问题是，杰西先生不是……那个……"他顿住了，脸上掠过一阵恐慌，就像热吐司上刷了黄油。

98

我叹了口气。"拉娜小姐，杰西先生不是杀人犯，而是被谋杀的那个。现在他的尸体八成已经被送去验尸，或者下葬了。"

"有人杀了杰西？"拉娜小姐顿时脸色苍白，"为什么？"

"还没人知道。"我回答，听到有车停在咖啡馆外的停车场里。

拉娜小姐掀开窗帘，两束手电筒光立即从小道上射了过来。"太好了，丁克斯还带了人一起来。你俩别动，"她边说边系好长袍，"我去和他们聊聊，然后你们再给我补充点关于杰西先生的细节……各种细节。"

接下来的一个半小时里，丁克斯和萨姆拿着手电筒在我们的院子里仔细搜寻，试图找到脚印什么的，却一无所获。

在他们开车离开之后，戴尔和我全都交代了，包括借杰西先生的船、赏金、谋杀消息，还有田鸟车以及乔·斯塔尔探长。

"拉娜小姐，之前在窗边的人很可能就是凶手，"我说道，"我们该打个电话给乔·斯塔尔吗？"

她摇了摇头。"没必要让斯塔尔知道上校离开的事。再说，丁克斯已经找过脚印了，什么也没发现。我想其他人来也做不了什么。"她伸伸懒腰，拍拍发卷，然后小心地拿下一个个卷发器。她的头发看起来温暖迷人，光泽就像夕阳下的铜。"摩，有没有人提出给杰西办个追悼会？"

"没有。杰西先生没这个意愿，又没有家人，你大概是他唯一的朋友……好吧,他曾有个表弟,但也死了。看起来他只能自己上路,去往另一个世界了。"

"没有人该这样孤单地离开,摩。如果没有其他志愿者,我们就在咖啡馆给他办追悼会吧。"

"在咖啡馆办?"我反问,"你觉得会有人来吗?"

"谁都不会对谋杀案坐视不管的,"她说道,"所有人都会来——很可能凶手也会。希望乔·斯塔尔不会对上校的去向刨根问底,他应该也不会真的认为戴尔有嫌疑。但是,明天早上你们应该去和斯基特谈谈,赶在她把猜测告诉斯塔尔之前。"

"是,女士。"我回答,"我已经跟她预约好了,而且我有个计划。"

"那再好不过了。"她说着看了看表,"你俩得去睡了,戴尔,你可以睡上校的行军床。"

我抱了抱拉娜小姐,头顶刚好抵住她的下颌。她的心跳稳定又坚强,让我也不由得镇定下来。"谢谢你这么快就赶回来了。"

"我永远都会为你赶回家的,摩,你知道的。"

"当然,女士。"爬回床上前,我把门留了条缝儿,以备她需要我。

亲爱的河流上游的母亲:

你好吗?我很好。只是,杀害杰西先生的凶手还未绳之以法，上校又在外面追踪，像个抓狂的忍者。如果你遇见上校，请让他给我打电话，报个平安。

我们要为杰西先生举办追悼会，你也来吧，我会在那儿等着你。不管在哪儿，每时每刻我都在等你。上周在金士顿，有一个女人回头看了我一眼，可能就是你吧？

那天夜里我又做起了旧梦。

在梦里，我站在河边，看着黑色的河水，注意到有什么东西在发光。那是一个倾斜的、在漂流着的瓶子，瓶盖反射着太阳光。终于来了，我心里说，然后蹚进河里把它捞了上来。打开之后，我往里看，里面有一片卷着的纸条，我知道那就是你的回信。

我颤抖着展开纸条，不顾黑色的河水已漫过膝盖。但是纸上的字好模糊，在能辨认清楚之前我就醒了。

这一幕也许还很遥远，但我知道，它终会成真。

爱你的摩

附：你的头发和我的一样糟吗？如果是，为你默哀。

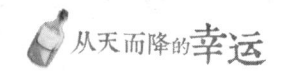

9. 表兄妹消息网

  我和戴尔骑车经过摇摆小猪连锁店好几个小时之后,晨间雾气才从缓慢流动的黑水河上升腾起来,落在我们停在斯基特·麦克米伦院子里的自行车上。我捋了捋热得杂乱无章的头发,然后敲了敲本就开着的门。"早安,斯基特。"
  "嘿!"她从法律书上抬起头来回应。去年夏天,斯基特用她妈妈美发沙龙的储藏室开了间预备律师办公室。看起来很不错,除了发胶味儿有点刺鼻以外。"我正在等你们。"她朝院子里的椅子点点头,"在开始谈话之前,我先保证你在此所说的一切我都会守口如瓶。"
  就得这样,我心想,我要的就是这个。
  "戴尔和我需要你继续提供服务。"坐下来之后,我开口说道。
  仿佛得到什么暗示一般,门口出现了一个黑发女孩。"你们应该认识我的搭档吧？未来的会计师，萨莉·阿曼达·琼斯。"斯基特说道。

"嗨，莎拉曼卓，你长高了。"戴尔打了个招呼，萨莉马上脸红了。

萨莉是班里个子最小的孩子，差不多就一管唇膏那么大吧。她穿着短褶裙，棕色的短发卷成小卷紧紧贴在头皮上。她还有着计算机一般的头脑和对戴尔史诗般的爱，如果他注意得到的话。

"为了增加服务的规范性，"斯基特说，"我们将会无限利用表兄妹关系网。"我点头赞同。她和萨莉加起来能和大半个美国的公民扯上亲戚关系，搞不好是整个美国。

萨莉坐在桌上，抚了抚裙子。"让我们开门见山吧，"她用非常职业的口吻说道，"现金还是物品交换？"

戴尔直起了背。"物品交换。我提供祖传熔岩灯，历史能追溯到1984年。"萨莉皱起鼻子，摇了摇头，头皮上的小发卷们跟着反光。

"再加上猫王夜灯。"我说道，她却仍旧耸了耸肩。

戴尔扭动了一下，望向她的眼睛。穿着我借给他的蓝T恤，他的蓝眼睛被衬得就像七月的晴天。"一个原版戴尔·伊恩哈迪首辆赛车的金属车模，"他说道，"随便就值七十美金。"

萨莉一听，猛地一拍桌子，把上面的订书机都给震了下来。"成交！"

"很好。"我从日记本上撕下一页纸，"我们需要调查以下两人的背景：塞尔玛·福斯特和阿尔伯特·福斯特，金士顿人，是杰西先生的朋友。"

"我有个表哥在金士顿做抄表员，"斯基特马上说，接过了纸条，"看看他能查出点什么。就这个案子来说，还有什么需要告诉我们的？"

"你们确定会保密？"

她俩点了点头。

"好吧。戴尔就是安娜·西莱斯特在谋杀案当天看到的那个男孩。他借走了杰西先生的船，当时正想还回去好拿到赏金。戴尔，你还有什么要补充？"

"没想到你竟然把我供出来，"他惊叫道，"我是无辜的。"他看看斯基特又看看萨莉，"人不是我杀的。"

"我们相信你。"萨莉说。

斯基特忍了忍笑，说道："摩，你告诉我的都是我已经知道了的。"

"没错，"我回答，"戴尔和我希望这一切都能保密，直到戴尔被证实完全清白——那不会很久的。现在我们已经是职业的了。"

"职业侦探。"戴尔坦诚地说着，把他的名片递给萨莉。

萨莉大声地将卡片上的字念出来："'绝命徒侦探所，低价解决凶案，免费寻回宠物。戴尔——首席寻宠专家。'真棒。"

戴尔微笑起来。"读完了还希望你能还给我，我们今早才成立，只来得及做这一张卡片。"

萨莉递了回去,然后双手交叉抵在下巴上,就像她思考恶魔般的数学难题时一样。"安娜·西莱斯特那边该怎么办?"

"该怎么办?"戴尔也问。

"她已经知道了。"萨莉说。我的胃一坠,感觉像上了摩天轮。"她昨晚给我打了个电话,关于聚会的。"萨莉解释道,望向戴尔,"你要去吗?反正我去。"

戴尔一脸茫然。"聚会?什么聚会?还有你到底是什么意思?安娜知道了,她会告发我?"

"我……不确定,她也没说。确切地说,我觉得她是把看到你的事,不小心跟我说漏了嘴。"

萨莉是对的。安提拉不会轻易放出消息,就像训练有素的杀手不会轻易浪费子弹。戴尔闭上了眼睛,我知道他在想象自己穿着橘黄色囚服拼命忍眼泪的样子。

"萨莉,你能给她回个电话吗?"我问,"拜托她对此保持沉默,直到……"

她摇摇头,发卷又闪了闪。"我不会向安娜·西莱斯特提出任何请求,对她的父母也一样。这是我家的规矩。"

萨莉是安娜家的穷亲戚,这意味着她虽然会受邀参加安提拉的聚会,但上骑术课就没份儿了。萨莉的爸爸是摇摆小猪连锁店的进货员,妈妈则带着萨莉喜欢咬人的弟弟在家做主妇。虽然他们没钱,但萨莉总有办法把平价货穿得很时尚。

"仍然多谢你提醒。"我对萨莉说,把戴尔拽起身,"别担心,绝命徒,"我对他说,"我们会想出办法的。萨莉,斯基特,保持联系。现在我们得赶回咖啡馆,免得早餐顾客拥进去把拉娜小姐给吃了。"

等到早餐客流快结束时,我们终于有机会将招牌贴在收银机上:

绝命徒侦探所,低价解决凶案,免费寻回宠物。

"你做得很棒。"我悄声对戴尔说道,"只要保持冷静,表情无辜就好,顺便再离安提拉和乔·斯塔尔远一点。"

他走进厨房时,莱西·桑顿老祖母匆忙地进来了,还拽着一个葬礼花圈。她在吧台边坐下来,把花圈扔在旁边的凳子上。"早安,亲爱的。"她说道,"我听说拉娜回来了,这真让人高兴啊。"

"是的,夫人。"我回答,"她正在做特制煎饼。花圈挺好看的,"我补充道,把一杯水顺着吧台滑过去,"是给杰西先生的?"

"老天,当然不是。"她说,"是给我自己的。我预订了一块墓地,今天开车去看看。"

"祝您开心。"我回答,"除了煎饼,再来点培根吗?"

"不,谢了。"她边说边整理了一下花圈,"要一起去吗?那是块很可爱的墓地,我们能在那儿玩上一整天。"

"没事的话我肯定去,只是今天我还有侦探业务。"

她扫了一眼我们的招牌。"真好玩。那需要我帮你放个漂流瓶吗？墓地附近就是塔尔河。"

我缩到吧台下面，挑了个醋瓶子，从早就准备好的信息纸条里抽出一张塞了进去。"谢谢您。"我说道，"另外，如果您发现任何关于凶杀案的线索，请记得告诉我们，也许我们会付给您赏金。"

她把瓶子装进包里。"你们肯定会是第一个知道的，亲爱的。"

小帖也来了，跟着父亲汤普森先生。"你们看天气预报了吗？有一场热带台风正向我们聚拢靠近呢。"他兴奋地说。

安提拉一阵风似的走进来时，戴尔马上躲到了柜子下面。

"热带地区总有台风聚集。"安提拉占据了一个靠窗的座位，打断小帖的话，"我要两个水煮蛋和一杯低热量苏打水，摩。而且我很急，得把今天聚会要用的装饰材料都挑好。"她故作风情地一甩头发坐了下来。我那因未受邀请而产生的不满马上就要散发出来，就像臭鼬身上的水。

"对她好点。"戴尔在我脚边嘶声说道。

我叹了口气说："马上就来，安娜。"她露出微笑，眼里却闪过邪恶的光芒。

过了一会儿，拉娜小姐从厨房走了出来。"朋友们，"她向大家宣布，"我和摩打算在这里为杰西·塔特姆先生举办一场追悼会，就在这周日下午。我邀请大家都来，请帮忙把消息转达一下。"

安提拉从苏打水上抬起头问："追悼会？在这儿？"

汤普森先生点了点头,从衣领下拽出一张餐巾。"拉娜,为杰西举办追悼会的想法很好,出发点也很伟大。只不过我希望你考虑一下河岸广场,那里很大面积,萝丝还可以帮忙演奏音乐。"萝丝女士是出色的钢琴师。"而且这对我来说,也将会意义非凡。"

他这么说是什么意思?我看了看咖啡馆里的人,每个人都一脸困惑。据我所知,杰西先生从未踏入过河岸广场。不过拉娜小姐倒是从善如流。"那太好了,"她说道,"时间定在周日下午两点?"

"没问题。"汤普森先生回答。于是拉娜小姐又回去和煎饼作战了。

令我吃惊的是,今天的早餐顾客离开得比往常要早。结账时安提拉给我来了一场示威和要挟,她没给钱,却在点餐条背面写了一句话:

谢谢你的早餐,摩儿,替我向戴尔问个好。

当我和戴尔终于坐下来吃饭时,已经差不多九点半了,小帖却跑了回来。"刚刚爸爸在这里我不好说——绒毛狗又不见了,你们能接这个案子吗?"

"你的猫又不见了?"戴尔问,"每次风向一变绒毛狗就不知道跑哪儿去了,它是个惯犯,小帖,我们不会去找它的。"

"可你们贴了广告,"他说着指了指我们的招牌,"你们不能言而无信。"

我叹口气,拿出点菜单和笔。"我们需要你提供更加规范的描述。"

"猫一只,"小帖说,"橘色毛皮,绿色眼睛,胖乎乎的。"

"名叫绒毛狗,"我写道,"长得和小帖一个模样。"

"它最后一次出现是在哪儿?"戴尔问道。

"一个墓地。"小帖回答,"就在昨天,差不多就是杰西先生的死讯传出来的时候。"然后他有些艰难地咽了一大口口水,"你们不会在想……"

"没人在想连环杀手,"戴尔说,蓝色的眼睛很严肃,"暂时没有。"

汤普森先生在外面按着车喇叭催促了,小帖赶快冲了出去。"我们也得马上行动了,"我对戴尔说,"我们必须去犯罪现场。"

"我们?"他反问,"去犯罪现场?"

"当然了,"我回答,尽量忽略他下巴上沾着的糖浆,"我们是职业侦探啊。"

"好吧,但我得先去看看妈妈。"他回答,把最后一块煎饼卷起来塞进嘴里。

萝丝女士就是这样,随时都要知道她的小宝贝的行踪。

10. 烟草棚

二十分钟后,我们已经出现在萝丝女士屋外的台阶上了。"妈妈,"戴尔在紧闭的纱门外叫道,"我回来了。"

一片寂静。

"她可能去花园了。"他嘟囔,"跟我一起来,她也会想向你问好的。"

我们转身刚走到门廊的一半时,身后的门开了。"你们俩给我站住,"萝丝女士从卧室里探出头来说,"你们想去哪儿?"我一看戴尔惊恐的表情,就明白他之前完全忘记了昨晚偷跑到我家、直到现在才回来的事实。

为什么他能把这么重要的事都给忘了?对我来说,这一直都是个谜。

"早安,萝丝女士,"我开口道,"这样的早晨真适合睡个回笼觉,不是吗?"

"我想也是，如果我的日子能闲到那个地步的话。"她的声音冷若冰霜，我感觉耳朵都要被冻上了。

她那绿色的眼睛盯住了戴尔。"你有什么想说的吗？"

"早安，妈妈，"戴尔勉强挤出一个微笑，"你看到留言条了吗？我怕你担心，所以留了张条。"

"留言条？"她说着在裙子口袋里摸索，"一张留言条，看看我能不能找到什么留言条。噢！是的，我在进屋叫你吃早饭时确实找到了点什么，就是它吧，多么令人愉快啊。"

只是我觉得这愉快一定不会持续多久。

她伸出手，手心里是一张破纸。"妈妈，"她念道，"我是个杀人嫌疑犯，要找我的话我在摩家。请什么都不要担心。爱你的儿子，戴尔。"她抬起目光，"你指的就是这玩意儿？"

戴尔不安地左右摇晃着身子。"写的时候我觉得还挺不错的。"

"杀人嫌疑犯？"她拔高了声音问。

"我是无辜的。"他只会说这句。

"萝丝女士，某种意义上来说，这算是我的错，"我试图缓解此刻的形势，"也许这会让您吃惊，但昨晚是我打电话告诉戴尔，说他有杀人嫌疑的。不过事实上，戴尔还没有被清楚地指明，所以这也算是个假警报。"

"这事儿你也有份，摩？"萝丝女士的声音听起来就像有刀片在冰上刮，"你确定？"

"是的，夫人，也许我不该那么晚给他打电话。"

"是的，你不该这么做，戴尔也不该一声不吭就出门。你对此有什么解释吗，戴尔？为什么不先来问问我？还是你觉得一张纸条就足以打发我了？"

"不，妈妈。"他叹着气说。

"那么，为什么……"她还想说下去，可眼泪已不受控制地冲出了眼眶。

对戴尔来说，萝丝女士的眼泪简直就是吐真剂，他马上作答："我没问是因为觉得你不会让我出门。"

我瑟缩了一下。

"我不会让你出门？原因呢？"

戴尔绝望得就像一个正要把头伸进绞架的犯人。"因为那会打破我九点的宵禁。"他低头看着地毯上褪色的黄牡丹花图案，而她一直在等着他接下来的话。"而且也不安全。"他最终说道。

"你的宵禁时间是九点？"我插嘴道，"拉娜小姐给我规定的是八点。"他们俩谁也没理我。"好吧，我的宵禁时间不重要。"我尴尬地说完。

"你可能会被杀死！"她说话的声音只要再高一点点，狗狗伊丽莎白女皇二世就得戴个耳塞了，"谢天谢地，拉娜今早给我打了电话让我知道你在哪儿，不然我简直要担心坏了，要是……"她深深地吸了一口气，"我该拿你怎么办？"

戴尔眼里满是恐惧。"你不会告诉爸爸吧，不会吧？"

"这和你爸爸没关系。"她打断了他的话,"你被禁足了,不许去看赛车,也不能去咖啡馆,更不能骑自行车。"

"禁足?"他哀嚎起来,"禁多久?"

"到我说结束的那一天,我说多久就是多久。"她坚定地说,从口袋里拿出另一张纸条,"既然以后你毫无疑问都会待在家里,我就得安排点家务给你做。首先,我希望你能把烟草棚清扫一下。"

"烟草棚?"戴尔惊讶地叫道,"不是该罚我在花园里除草或者剪枝吗?"

"别争辩了。"我小声警告他。

"为什么要清扫烟草棚?"他还在继续抗议,"好多年没人用了啊。"

"另外,你最好把挡棚下面的东西也修理一下。"

"什么东西?"

"我放在那儿的东西。一切都要修好并且打扫整洁。棚子后面的肥料也该拿出来用了,把它们搬到花园那儿,用手推车运。"

"萝丝女士,"我开口道,"抱歉,我插句话。事实上,我和戴尔还有些计划,我们刚刚成立了一个侦探所,也许您有所耳闻?绝命徒侦探所?我们有个谋杀案要跟进。"

她看都没看我一眼。"那样的话,摩,我建议你在烟草棚弄个分所,因为接下来很长时间戴尔都得待在那儿了。"

"噢，妈妈。"戴尔哀求道。

"别跟我来这套。"她生硬地回答，两手叉腰。

我们被吓到了，眼睁睁地看着她转身走向厨房。"戴尔，烟草棚可不会自己变干净。如果看见蛇的话就大叫，我会赶过来的。"她说着，点头示意门口挂着的散弹枪。萝丝女士大概是本地除了上校之外，射击技术最好的人了。"我待会儿出门去看看你干得如何，最好让我看见你不但待在那儿，而且还很勤劳。"

"我会的，妈妈。"

萝丝女士突然望向了我。"你今天有什么打算，摩？"

"原本想和戴尔继续调查杰西先生的谋杀案，说不定还能侦破呢。"我回答，"如果拿到赏金，我们希望能与您分享。"

"还有别人在查案吗，比如说，成年人？"

"有的，夫人，乔·斯塔尔探长。"

她转身打开水龙头，拿出一瓶洗洁精。戴尔的爸爸拒绝买洗碗机，声称要是用洗碗机洗碗，他还要老婆干吗。"重点是，我和戴尔有私家线索，但是乔·斯塔尔没有。比如杰西先生有个女朋友，斯塔尔却对此毫不知情。"我继续游说。

萝丝女士无动于衷。

"而且这个女朋友是有丈夫的，"戴尔说，"斯塔尔也不知道这一点。"

毫无反应！听到这样的世纪大发现，她居然什么反应都没有！

"戴尔？"她头也不抬地说，"你还要在这里站多久？"

"马上就走，妈妈。"他叹了口气，拖着步子走向大门。

当我们走到后院中间时，伊丽莎白女皇二世加入了我们。戴尔把一根木棍扔进及膝高的深绿色烟草叶中。"叼回来，莉斯[1]。"他命令道。热腾腾的雾气在半空中扭动升腾，汗顺着我的背直流下来。狗狗把木棍叼回来，吐在戴尔脚下。"好狗狗。"他说着爱抚它的耳朵，"它真聪明，是不是啊，摩？"

"聪明极了。"我口是心非地说。

"来和我做个练习。"他说着扔给我一个松果，然后站在我的右边。但是我僵住了，目瞪口呆看着正前方的烟草棚。

"老天爷啊，"我轻声说道，"你妈妈一定是疯了。"

烟草棚好高，还没有窗户，镀锡的墙面斑驳脱落。靠墙的架子下放着一大堆杂乱的木条和铁条，旁边倒着一辆木制手推车，车轮是裂开的，车厢也不过是一堆乱七八糟钉起来的木板。另外还有生锈的链条、皮面磨损得厉害的破椅子和一些老旧的犁。

戴尔的肩膀垮了下来。"看来你得自己去犯罪现场了，摩，"他叹了口气，"不仅如此，估计连上高中都别算上我了，

---

[1] 莉斯：伊丽莎白的昵称。

到那时我都清不完这堆破烂。"

"难说哦。"萝丝女士轻快地说着,从我们身后走过,"过来,摩,我送你回家。"

在坐进她的品拓车时,我还在为戴尔悲惨的命运默哀。犯罪现场就在三里地之外,他却跨不过这段距离了。

11. 寻找凶器

可没过几分钟,就轮到我哀求了。"可是,拉娜小姐,我必须去犯罪现场,拜托了。"

"抱歉,宝贝儿,"她边说边把调味罐摆整齐,"你一个人去不安全。"然后她弯腰从吧台下面用手指钩出一个金色的包装袋,"昨晚我忘了,"她微笑着说,"这是给你的,打开看看。"

每次只要我没和拉娜小姐一起去查尔斯顿,她回来时总会给我带点东西。"是从海军博物馆带回来的T恤吗?"我问道,"我之前的那件袖子都破了,真是托布莱洛克小姐屋外那些铁丝网的福。"

"是在露西·布莱洛克家的铁丝网上刮坏的?"她边问边打开一罐盐。

"去年三月的事,你不记得了?"我稳住盐瓶,好让她把

从天而降的幸运

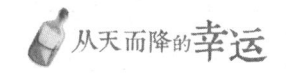

大罐的盐分装倒进来,"戴尔和我从她家嘎吱作响的老水塔下面给你摘水仙花来着,你还记得那声音吗?吱——嘎——吱——嘎——"

"没错,"她心不在焉地说,"我想起来了。"然后她又看了眼金色袋子,"去啊,去打开,我好期待你看到里面的东西时,会有什么反应。"我撕开包装袋,一本绿色的剪贴簿滑落在吧台上。"这是我为了你的自传,"她说着打开剪贴簿,"在查尔斯顿装订好的。扉页是空白的,留给你贴《登陆公告》。你没把公告弄丢吧?"

我点点头,她继续翻页:"这一页是关于上校车祸的报导,其他还有一系列从《图珀洛时报》上剪下来的文章:咖啡馆盛大开业,我们的乔迁之喜,你幼儿园的毕业典礼,还有吉迪恩……上法庭的样子。"

"他真帅,戴着手铐还很帅。"

"然后还有上校。"我凑过去,看到年轻的上校坐在桌边,穿着迷彩服。那时他还很瘦,正把一个相貌出众的小婴儿举在膝上。桌子上则是一个打开的手提箱,散落了一桌的婴儿用品。"这个手提箱就是传言中上校装满钱的那个吗?"我问。

她大笑起来。"我猜是的。是马肯把话散出去的,接着人们的想象力就无边无际了。"

"这是谁?"在她又打开了一个胡椒撒口瓶时我问道,指着一个和我现在的年龄相仿、脸颊消瘦的女孩。她穿着白衬衣,裙长到膝,没穿鞋子,因为炎热而微微皱着脸。

拉娜小姐被胡椒粉味冲得打了个喷嚏。"那是如花初绽时的我哦,"她说道,"和你现在一样大的时候。"我继续翻页,她则继续解说:"这是我的爸妈,和我一起坐在我家橡树的树荫下,我们在那儿度过了无数个周日下午。那时候还没有空调,温度得有三十七八度……"她安静地笑起来,很适合她的素颜,"我们坐在那儿聊啊聊,顺着太阳的角度移动,以免被晒到。"

我端详着她父母的面容:轮廓清晰,眼睛像是能直接看到我的心底。我不知道自己的家人是否也有这种直指人心的目光。"你的家人看起来好和蔼,"我说道,"真希望我能认识他们。"

"我也希望他们能认识你,宝贝儿,他们一定会爱你。"

她继续翻着剪贴簿,"这是我发现的那个戏剧俱乐部,后来成了我自己的。"照片上的人还是之前那个女孩,只是更细瘦,化了妆,站在聚光灯下,拿着一束玫瑰花。"必须牢记比尔的建议。"她说道。

"五金店那个比尔·沃特森?可上校说他是个笨蛋啊。"

"比尔·莎士比亚,"她纠正道,"'世界就是一整个舞台',宝贝儿,勇敢地跳上来。"

这时她看了眼时间。"我的天哪!午餐客流时间什么时候开始的我都不知道,我还得布置和换衣服呢!"

我合上剪贴簿。"谢谢你这个礼物,我好喜欢。"我真心实意地说,"今晚我还会仔细看一遍,但现在我得去杰西先生家了——如果你能一个人搞定午餐人群的话。"

她瞥了眼七喜钟,"我想应该没问题,人还没来……如果我需要帮忙的话会另外找人的。不过你不能独自外出,摩,我是认真的,耐心点。"她说,"有人会过来喝杯茶,然后捎你一程。"说着她望向门外,"那些该来吃午餐的人都去哪儿了啊?"

"你问倒我了。"我回答。

然后我花了大约十五分钟才找出答案。

我骑车沿着河边往下走,发现镇上一半的人都聚集在杰西先生家门前的树荫车道上。"嘿,斯基特,有人来和我抢生意了?"我边问边望向杰西先生的房子。

斯基特点了点头。"斯塔尔带了两个便衣警察来,一个是年轻男人,另一个是看不出年纪的黑发女人。"斯基特对细节的把握向来很准,"据我了解,他们已经来了有一个小时了。"

我观察了一下人群。咖啡馆的常客们挤在午后越来越小的树荫下,东问西问,寻求答案,互相传达了解到的消息。

"斯塔尔警告说,谁要是敢跨过警戒线,他就逮捕谁。"斯基特提醒道。

萨莉从人群中冲出来,手里拿着两瓶冰水,递给斯基特一瓶。"嗨,摩,"她笑着说,灰色的眼睛又是害羞又是期盼,"戴尔呢?"

"被禁足了,"我回答,"搞不好会禁一辈子。"

"大概不会那么严重。"斯基特说着,目光突然转向安提拉和她妈妈,那两人居然支起了两张躺椅来看热闹。安提拉双手交叉在胸口,无精打采地窝在椅子里,脸色阴沉。辛普森太太关上冷风机,皱着眉,声音尖利。"我不管你愿不愿意,安娜,"她说道,"我们家族的人都会唱歌,你也不能例外。你需要克服自己,变得更有自信。"我冲安提拉坏笑了一下,她的脸上马上泛起了不愉快的红晕。

"我会努力的,妈妈,"她大声说道,"至少我知道自己的家人是谁,都在做什么。"她妈妈扫了我一眼,藏起一个奸笑。

我恨安娜·西莱斯特。

"嗨,摩,"小帖溜达着过来了,"你们找到绒毛狗了吗?它是只家猫,喜欢室内,而今晚有百分之八十的下雨概率。对了,它还很挑食,只爱吃猫罐头。"

"正在调查之中,小帖。"我说道,"不过你说得对,前二十四小时是寻回关键期。"他点点头,又走回人群中。

我望向杰西先生家杂草丛生的车道。道上铺着的砾石已被他的老雪佛兰越野车碾成了银色的沙土,细细的野草沿着小道的中心线疯长。斯塔尔的警用黄色胶带看起来很打眼,从车道一直延伸到河边的松树林中。"那个警戒线范围有多大?"我问道。

"杰西先生的整个房子都被围了起来,一直到河边。"斯基特快速地回答,"不过我没有亲自察看。根据本州的法律,运河属于人民,所以胶带大概只能延伸到河岸吧。"我故作老成地点点头,虽然我从没听过这些。

"差不多到午餐时间了,"萨莉说着从阴影处走出来,"你们准备提供送餐服务吗?斯塔尔不走,人群大概也不会散。"

"没错,"斯基特说,"比起拉娜小姐的特选午餐,目前还是这里的消息更吊人胃口。"

一个灵感突然蹲在我的面前,胖嘟嘟毛茸茸的,就像小帖的那只傻猫。"没错,不过我们能让他们真正吃饱。"我咧嘴一笑,"你们想要免费午餐吗?"

斯基特警惕地望了过来,"我不确定,个人来说并不太饿。"她的谈判技巧简直是个传奇。

"我能提供的免费午餐也不多,只有各种奇迹牌夹心面包。"我说道,把放在自行车筐里的点菜单递给她们,"外卖午餐只有罐装饮料和汉堡,实在想要的话还有薯条,每份一美金。向拉娜小姐下单之后我会负责带过来,但如果十二点半我还没带着食物回来,那就意味着送餐取消,他们得去咖啡馆吃堂食。"

"成交。"萨莉话音未落,一只橘黄色的大猫就从灌木丛里跳了出来,圆圆的脸上还粘着白色的鸟毛。不知为什么,这一刻就我来看,它一点也不像只会吃猫罐头的样子。

"嘿,小帖,我看到你的猫了。"我叫道,"绝命徒侦探所免费提供服务。"说完我一踩踏板,沿着河堤大道奋力往下骑,在进入杰西先生房屋范围后尽量躲进树荫。

我把自行车放倒在河边的一丛忍冬花上，把最后一张点餐条塞进衣服口袋，紧了紧板鞋的鞋带，然后边搜寻河岸边注意有没有水蛇。我踩进柔软的河床，暖暖的河水没过了我的膝盖。我蹒跚向前，鞋里灌满了河泥。

我从斯塔尔拉的警戒线旁溜过去，向目的地杰西先生的家潜入。突然，斯塔尔的声音在忍冬花丛中响了起来，我一下子僵住了。"本恩，查查这边。"他说。

我透过树丛小心地向外瞄，看到斯塔尔的副手正站在齐胸深的水中。就算穿着贴身的潜水服，他的身形也依然高大强壮。我掏出点餐条，开始记录：副探长本恩，肌肉型。

本恩在水中哗啦哗啦地靠近了码头上的斯塔尔。"水浑浊得要命，"他说道，"不过如果凶器确实在这儿，我肯定能找到。"然后他戴上潜水面具，又潜入了黑色的河水之中。这时，一个女人从下游三十米左右的地方走了出来。"嘿，"她大叫道，"我发现了另外一组脚印！"

"很好，玛拉，"斯塔尔回应道，"它们伸向哪儿？"

我赶快记录：副探长玛拉，大嗓门儿。

"进了树林。看起来像是小男孩的，"她回答，"耐克鞋，五码。"

我的心一颤，那是戴尔的脚印。

"取个模，"斯塔尔叫道，"然后跟着走到头看看。"

本恩又浮了上来。"更多的垃圾。"他说道，拽出一个旧线轴扔上码头。

从天而降的幸运

"再找几次,然后我们就把杰西·塔特姆的船拖走。"斯塔尔说,"快下雨了,不能让船沿上的血迹被冲掉。"血迹?我小心地向前靠近,抬起一根挡路的枝条。"缩小搜寻范围。根据溅射的方式来看,打他的东西应该是这么大。"斯塔尔举起拳头比划了一下,"如果凶器被扔下河,应该就在这附近。"

在哪儿?我看不到,于是又向前一步。啪!那根枝条被我折断了。

斯塔尔马上拔出了枪。"谁?"他大吼道,瞄准距我左侧十步远的地方,"把手举在我能看见的地方,出来,快!"

我转身就跑,却被什么东西绊了一下。我一边东倒西歪地在水里摸索,一边用余光向后瞟,看到斯塔尔重新瞄准过来。"别开枪!"我尖叫起来,伸开手臂以保持平衡,但还是一屁股向后坐了下去,点餐条脱手漂走了。河水没过了我的头顶,盖住了阳光。我在河底摸到一个坚实的东西着力,好撑起身体。"别开枪!"我喘着气喊,高举着一只手,"是我,摩!"我边喊边把眼皮上的泥水擦掉,"我还可能是个孤儿呢,别开枪!"

"不要开枪!"斯塔尔大声吼道,"是咖啡馆那个孩子!"

我把那根绊住我的东西用力拽了出来,完成了我的世纪大发现。

那不是树根,而是杰西先生的船桨。在船桨裂开的那一头闪光的是水吗,还是血迹?

Three Times Lucky 125

斯塔尔踩进水里向我靠近,"摩·洛波,你在犯罪现场做什么?"

我整了整衣服,顺手一把抓住还没漂远的湿湿的点餐条。"您好,探长,"我用尽可能职业的声音问候道,把桨递给他,"这就是您在找的凶器。"

他拿过船桨,"这是……"

"杰西先生的船桨,"我解释道,"去年冬天他才把把手削了一下,好适应他的手掌。"

然后我站了起来,用拉娜小姐教我的姿势半举着笔,"欢迎光临咖啡馆外卖分部,您决定好点什么了吗,还是得再想一想?"

12. 犯罪现场禁令

"我知道自己总有一天会坐在巡警车里,不过我想的是坐驾驶座。"我对斯塔尔说。灰扑扑的羚羊车正驶上杰西先生门前的车道,车身不断擦过道路两侧乱七八糟的灌木。

"你还想开车?你没戴手铐就已经够幸运了,"他斥责我,"闯入并扰乱犯罪现场可是违法的!"

"我又没穿过你的警戒带,"我边说边将湿发从脸上拨开,"我是从河里趟过去的,完全合法。不信你去问斯基特,她是我的预备律师。"

斯塔尔却咧嘴一笑,说:"就律师来说,她的名字[1]挺好笑的。"

虽然我也这么想,但我可不会说出来。"上校说所有的律师都该以害虫为名,以便大家一听就心领神会。"我说道。

---

[1] 斯基特(skeeter),英文意为蚊子。

从天而降的幸运

斯塔尔笑得更欢了,看起来比平时要年轻一些,他的眼睛周围泛起皱纹,嘴角边漾起了笑涡。我顿时明白了利泽尔小姐为什么会喜欢他。

"你不能妨碍调查,无论你的朋友说了什么。"

"我没有妨碍啊,还是我给你找到凶器的呢。"我争辩道,车子正好拐了个弯,"嘿,你最好慢点开,很多镇民在这条车道上等着凶杀案的新消息,没准儿他们还想看看是谁坐在副驾驶座上。"

斯塔尔放慢了车速。看见路边的人群时,我摇下了车窗。

"嘿,李先生,"我叫道,"我找到了凶器!"

李先生挥了挥手,"干得好,摩。帮我向拉娜小姐点个双份炸薯条,我饿死了!"

"我也是!"小帖叫道。

萨莉跑到了窗边,"摩,安娜·西莱斯特和她妈妈声称今天有权吃霸王餐,我不知道该怎么办……"

这是勒索!安提拉凭着那天看见戴尔的事,要打算敲诈我一辈子——又一个洗清戴尔嫌疑的理由。

"我会处理的,萨莉,"我说道,"谢谢你。"

斯塔尔加速了,人群让出道来。"系好安全带。"他命令道,声音像铜炮般重实。

"真是一趟惬意的便车之旅啊!"我说着系好安全带,又向一群高中生挥了挥手,"你之前都是开着这辆车去和利泽尔小姐约会的吗?你们俩认识多久了?作为六年级学生,我有权利知道。"

"你问得太多了。"他说。

"职业病,侦探的职业病。"在他发问之前我自行补充道。

他不屑地嗤之以鼻。"想成为侦探得经过多年的训练。"

"幸好一开始我不知道这一点,"我拿起车上的通话器,"不然你就找不到凶器了。顺便问一下,你要把我的船桨送去检验室吗?"

"我们现在还无法确定那就是凶器。"他回答,夺过通话器放了回去,"不过是的,我的副手把它带去检验室了。"

"你在那儿还找到别的线索了吗?调查者之间应该互相分享消息。"

"没什么有用的。"他回答,冷静地看了我一眼,"你呢?你熟悉这个镇,你有什么收获吗?来分享一下。"

原来这就是他态度还不错的原因,他想套我的线索。"我也没有。在小路那边停下,"我指着前方不远处,"我去骑我的自行车。"

他却丝毫没有减速。"我不介意送你到咖啡馆。我不想让你一个人在外面晃荡,另外,我还有事要找上校谈谈。"

我之前的信心顿时就像在沙地上骑自行车般摇摆不定了。"找上校?"

"是的,这没什么大不了吧,嗯?"

我耸了耸肩。"对我来说没什么。"我回答,希望自己没想错。

从天而降的幸运

几分钟后,斯塔尔把车停在了上校的田鸟车旁,跟随我走进咖啡馆。"欢迎。"厨房里传来拉娜小姐歌唱般的语调,"我马上就来!"

斯塔尔摘下了帽子,"这里和我上次来时感觉不一样了。"他说得还算客气。

事实上,一进大门你就能清楚地分辨出目前是谁在经营咖啡馆。上校在时,一切都是军事化管理,而拉娜小姐则喜欢按主题来布置。我环视一圈,发现今天的主题是1930年的巴黎——拉娜小姐的最爱。吧台上摆放着一个微型埃菲尔铁塔,嘈杂的手风琴音乐从点唱机旁古老的维克多留声机中传来,每张红色餐桌上都错角铺上了白色蕾丝桌布,使得整个咖啡馆充满了波西米亚风情。吧台后的黑板上"菜单"二字也改成了法语。

"Bonjour[1]。"拉娜小姐在厨房的摇晃门后说道,她穿着长及小腿的淡粉色裙子,闪闪发光,极其修身。"欢迎来到 le café[2]。"她优雅地走出来,把托盘上的玻璃杯放到吧台上,对乔·斯塔尔露出了微笑,"摩,你的礼貌哪儿去了?还不快接过这位绅士的帽子。"她说着拿出折扇来,手腕灵活而漂亮地翻转几下,利落地将它打开。"欢迎光临,mon[3] capitaine。"当拉娜小姐进入角色时,她就完全入戏了。

我接过斯塔尔的帽子放在吧台上。"他不是什么队长,

---

[1] 法语:你好。
[2] 法语:咖啡馆。
[3] 法语:我的。

而是探长。"我说道,挤挤眉毛,这是众所周知的"不要乱说话"的信号,"他是来调查凶杀案的。"

她却没理我。"喝酒吗,先生?还是您正在工作中……"

"冰茶就好。"斯塔尔说道,眼睛从拉娜小姐的珍·哈露款假发,扫到墙上有关好莱坞上个世纪30年代的黑白照片。

我仍然试图插进话。"乔·斯塔尔探长,这位是拉娜小姐。拉娜小姐,这是乔·斯塔尔探长,我曾经向你提起过,他是来调查杰西先生的谋杀案的。这儿放着的是我们的午餐吗?"

"是的,宝贝儿,"她回答,看了一眼吧台上整齐排放着的棕色纸袋,"都已经打包好,只等外送了。萨莉把外卖清单拿过来时,说安娜的午餐已经预先付款了?"

"是的,"我赶快接话,"安娜把钱给我了。你能帮我拿一些食物吗?"我问斯塔尔,"再顺便开车把我带回去?大家都饿了,您可是人民公仆啊。"

他没理我。"来吃午餐的人真少。"他对拉娜小姐说。

"没办法,今天没人想着吃饭的事,大家都盯着您呢。"

斯塔尔望向屋里仅有的一位顾客,不过对方趴在桌上,脑袋埋在胳膊里。"他喝多了吗?"斯塔尔扬了扬下巴问道。

"他进来之前就喝多了。"拉娜小姐叹了口气,拿起咖啡壶穿过屋子,小心地给那个人的杯子加满。那人坐了起来,迷迷糊糊地望过来。

是戴尔的爸爸。今天还能更糟一点吗?

"嘿,摩。"马肯先生嘟囔道,样子看起来很糟糕,仿佛

Three Times Lucky 131

从天而降的幸运

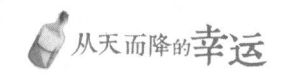

时间长出两只手来揪住了他的脸,直想揪出他的心里的想法。

"嗨。"我低声回答,走向点唱机。如果我站住不动的时间够长,马肯先生就会再次睡着吧?有斯塔尔在,此刻我最不想听到的就是戴尔的名字。

"上校呢?"斯塔尔问道,"我想和他谈谈,如果你不介意的话。"

"上校?"拉娜小姐犹豫了一下,"为什么要找他谈?我不知道他在不在。以他墨丘利[1]般来去如风的性格,他的行踪很难确定。"她露出了微笑,"不过他的车还在院子里吧?"

"是的,女士。"斯塔尔回答。

"那就从厨房里叫他一下,宝贝儿,"她对我说,"说不定他正在外面钓鱼呢。"

就算他真的在,也不会是独自一人,我想。

我飞快地瞥了一眼戴尔的爸爸,谢天谢地,他又睡过去了。我进了厨房,推开另一侧的门,然后双手在嘴边拢成喇叭状。"上校!"我叫道,确保斯塔尔能听见我的声音,"拉娜小姐找你。"我等了一会儿,才又走回吧台。

"好了,探长,"拉娜小姐说,"两个汉堡带走。可惜您不能留下来用餐,不然我们还能进一步了解一下。"

"上校没回答我,"我汇报道,"可能压根就没听见。"

"这家伙完了。"她叹了口气,故意在斯塔尔面前露出幽怨的神情,"等我不抱期待时他就会溜回来了,还带着那

---

[1] 墨丘利:罗马神话里脚穿飞行鞋的神。

些荒谬的故事，什么鲈鱼……他管那些东西叫什么来着，宝贝儿？"

"鲶鱼？"我猜道。这些都是临时编的假话，上校要捕鱼也只会用炸药和大筐子。

"鲶鱼，"她笑起来，"是的。"

她笑得懒洋洋的，但给斯塔尔准备食物的动作却快得很，两个汉堡叠放，再用防油纸包好放进袋子。她和我一样希望斯塔尔赶快离开。"您的外带食物装好了，我请客。"她说着将纸袋滑向他。

"不，谢谢了。"斯塔尔将十美金放在吧台上，"不用找了。"

"Très bien [1]，"她歌唱般地说道，"Au revoir! [2]"

"Merci [3]。"斯塔尔含糊地说，走向门口。"哦，"他说着又转过身，"你竟然没问起凶杀案，这有点不寻常呢。镇上其他人可是看见我就问个不停。"

"是吗？ Pardonez-moi [4]。"她回答，"您的调查进展如何了，探长？"

"很顺利。不过不问也没什么大不了的，何况，我还有些事情想要问你。"他说道，"比如，有谁会想要杰西·塔特姆的命？"我站在斯塔尔背后挥着手，在拉娜小姐注意到时做出了"不！不"的口型。

---

[1] 法语：很好。
[2] 法语：再见。
[3] 法语：谢谢。
[4] 法语：不好意思，抱歉。

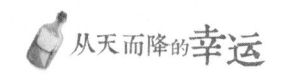

她优雅地耸了耸肩。"好吧,他的女朋友也许想要害他,或者是她那个妒火中烧的丈夫。我想你应该知道他俩。"她说道,"塞尔玛·福斯特和阿尔伯特·福斯特,金士顿人。"

我不禁一阵失落,这些本来是我的最佳线索!

"那么,你认识这两个人吗?"斯塔尔边问边拿出记事本。

"不认识。"拉娜小姐回答,"只是,开咖啡馆总是能听到很多小道消息。"

斯塔尔点了点头。"杰西·塔特姆被杀当晚,你在哪儿?"

"搭乘灰狗长途汽车,从查尔斯顿赶回来。"

"一个人?"

她笑了。"一般来说,我们总是一个人上路,不是吗?有些时候这会让人觉得这儿隐隐作痛,"她点点额头,又指指心脏,"你会吗?像个渴望回家的孩子?"

斯塔尔皱起了眉。"没错,"他说道,"上周四我也有相同的感觉,但我现在问的是不在场证明。确切地说,你当时是独自一人吗?"

"我在长途汽车上,"她的笑容消失了,"这很容易确认。"

斯塔尔点了点头,合上了记事本。"也许吧,我会调查此事。你还想搭便车回到杰西·塔特姆家的路口吗,摩?"

我还没来得及说好,拉娜小姐的手便伸过来按住了我的肩。"不,谢谢你了,探长,我载她过去吧。"

说什么呢？拉娜小姐不会开车啊。

"再问个问题。"斯塔尔说，"案发当日，有人在杰西先生家附近看到一个男孩，身体瘦弱，金色头发，穿着黑色T恤。你觉得那会是谁？"

"我的天哪，"拉娜小姐问，"你该不会是在怀疑凶手是个小孩吧？"

"比摩还小的杀人犯我都见过，"斯塔尔说道，"心理学家认为，那都是不合格的父母造成的，但谁知道呢？"

"是的，那种父母和疯狗没什么区别，可怜的孩子们。"她边说边轻拍着我的头。

在我身后，戴尔爸爸坐着的椅子发出了刺耳的刮擦声。"等等，你给我说清楚点，你这油嘴滑舌的婆娘！"他含糊不清地咒骂道。

"马肯！"拉娜小姐大声喝止。

马肯先生摇摇晃晃地站起来，满脸怒气。"我对孩子的教育方式一点都没错，"他吼道，"要怪就怪他妈妈，对不对啊，摩？那个不知天高地厚的女人，竟敢把我赶出我自己的家！"

"萝丝女士把你赶出来了？"我问道，"戴尔知道吗？我怎么才听说。"

"摩，"拉娜小姐说道，"别说话。"

马肯先生瞪着斯塔尔，继续咆哮："如果不是我给的东西，戴尔全都不需要！"

"告诉我，先生，你的孩子是金发吗？"斯塔尔问道，"喜欢穿黑色T恤?"

马肯先生冲过来吼道:"是又怎样?少来烦我儿子。"他边说边用手指在斯塔尔的胸口上乱戳,斯塔尔轻轻后退了一步好避开他,动作就像只猫。"没人能对戴尔指手画脚,除了我!他是个好孩子,他难道不是好孩子吗,摩?"

"戴尔?"斯塔尔的目光紧锁住马肯先生,但我知道他是在和我说话,"那是你的朋友吧,摩?我第一次来时见到的那个有些神经质的孩子?"

我没有回答。

他又问马肯先生:"你儿子现在在哪儿?"

"在家吧,和他那个一无是处的娘在一起。"他咆哮,"竟敢把我从自家屋子里赶出来,亏我这些年把她当成宝贝儿……"

"看在老天的分上,"拉娜小姐忍不住了,把手叉在腰上,"那本来就是萝丝的房产,是她父亲留给她的,不是你的。如果不是她的好名声和好风度,你早就被抓起来了。你除了一对漂亮的好儿子外,什么也没给过她,只有堆积成山的账单和让她心灰意冷的态度。"

说完,她望着斯塔尔说:"戴尔还在摇篮里时我就认识他了,没人比他的心肠更好。就算给钱,我都没法让他杀死花园里的一条蛇。要说他会谋杀杰西,那简直太荒谬了。别在这上面浪费时间,去找真正的凶手吧,我们都担心得快死了。"

斯塔尔凝视了她好一会儿。"拉娜小姐，我必须和戴尔以及他母亲谈谈。如果你看见他们，告诉他们下午我在杰西·塔特姆家等着。如果今天之内我见不到他们，我就自己上门去找。另外，上校要是回来的话，也告诉他我有事找他。至于你……"他看向我，"离犯罪现场远一点。还有你，先生，"他瞪着马肯先生，"你要是胆敢再用手指碰我的胸口，那等你清醒时你就会发现自己手上戴着手铐。都听明白了吗？"

见我们谁都没说话，他露出了微笑。"看来都明白了。"说完，他走向门口。

从天而降的幸运

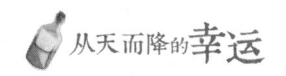

13. 别叫我宝贝

拉娜小姐把打包好的食物塞到田鸟车的后座上,扇子也扔了进去,然后打开驾驶座的门。"你真的要开车?"我沿车边后退了一些,"我们不能给萝丝女士打电话吗?或者雇个司机?"

"坏消息最好是亲口转达,而且这会儿我也请不到司机。"她说着坐到方向盘后,"大家要么在上班,要么在杰西家。何况今早我才给萝丝打过电话,告诉她马肯的状况,那已经让她一整天都只想待在花园里了。而且很可能在我能用电话联系到她之前,戴尔已经戴上手铐了。"她说着,眯眼望向仪表盘,"这么些年,那个花园给萝丝省了一大笔心理治疗费……"

"还出产了不错的土豆。"我指出,"但你还是不会……"

"摩,拜托你上车吧。"她把后视镜往下拉了拉,里面映出了她的红唇,"我们还得顺道去送餐。"

我上了车,"拉娜小姐?"

"怎么了,宝贝儿?"

"说不定我来开车会更好。"

她叹了口气,假发在阳光下反射出金色的光芒。"你几岁了?"

"十一。"

"那为什么应该由你来开?"

我望向远方。"因为,拉娜小姐,你不会开啊。"她顿时安静得像块石头,大中午的还让我觉得有丝寒意。"镇上所有的人都知道你不会开车,这都快成公共常识了。"

"大众知道的不一定就是常识。"她回答,"事实是,我从不开车并不代表我不会开。"她说着偏了偏头,"只是,我对这辆车还很陌生。在哪儿点火?"

我瘫在座位上,紧了紧安全带,已经做好了拼命的准备。"这里。"我叹着气,指了指,然后闭上了眼睛。

"我要开始倒车了,如果常识允许的话。"她说着打量起换挡装置。

我再次叹了口气。"田鸟车是自动挡,你推到'R'那一挡就行。"

"R?"她重复道,将脚放在油门上,然后踩了下去。

"R 就是倒退的意思。"引擎发动时我大叫起来,"现在不能加油,除非等……"

从天而降的幸运

她一下拉到了 R 挡,田鸟车向后一蹿,轮胎在停车场上打滑,扬起一大片灰色的沙尘。多亏了在小无花果树上的一撞,我们才没继续绕着屋子打转,但却一头扎进了后院。

"看见了吗?"她说道,松开了油门。

"D 挡就是前进的意思,先换挡,再踩油门,这样才……"我接下来的话被轮子带起来的沙土完全噎住了,然后我像个拳击手吐出断牙般,向停车场使劲吐着嘴里的沙子,不过终于还是上路了。

让我感到安慰的是,拉娜小姐在我们开上杰西先生家的车道时总算控制住了田鸟车。但我还是高兴得太早了,紧接着她对准一群邻居就直冲了过去。"踩刹车啊!"我叫道,滑下椅子,弯腰用双手去够刹车板。

"亲爱的大家伙儿,午餐来了!"一根松树枝横扫在挡风玻璃上时,她叫道,然后低声对我说:"摩,快起来,不然大家会觉得你很搞笑的。"

"好的,女士。"我嘟囔着,拍拍手上的灰。

十分钟后我们继续向萝丝女士家前进。"拐过前面这个弯就到戴尔家了,"我说道,"我这么说是想提醒你减速,踩刹车减速。"

她向前弓起身子,"萝丝的心情本来就不好,所以我们得委婉地把消息转达给她。"她说着,放松了油门,"态度乐观点,听我指挥。"

她向左一打方向盘,车轮在柏油路上发出尖利的声音,田鸟车弹跳着摇摇晃晃地开过了萝丝女士的牵牛花圃,猛刹车时左车轮还是碾上了大门台阶。萝丝女士赶紧扔下锄头,向我们跑来。"P挡停车。"我指挥道,田鸟车发出了巨大的嘶叫。终于我打开车门,走了出去。

"别忘了,"拉娜小姐叮嘱,"乐观点。"

"嗨,萝丝女士,"我微笑着说道,"很遗憾马肯先生又喝得酩酊大醉,不过好在他还没有因此而蹲大牢,这事儿挺乐观的。"

"妈妈,"戴尔在房子的另一角边锤打着什么边叫道,"我听见车胎声了,是拉文德来了吗?噢!"他说着发现了我和拉娜小姐。看到田鸟车的雨刮器上卡着一条松树枝,他不禁目瞪口呆。

"你们好,亲爱的朋友们。"拉娜小姐说道,在门廊允许的范围内尽可能地打开车门挤了出来,屁股贴着门廊一路蹭到了车尾。

"天哪,"戴尔惊叹道,"我从不知道你还会开车。"

"她不会开。"萝丝女士说道,声音平静得就像她的牵牛花。和戴尔一样,萝丝女士很快就抓住了显而易见的要点。

"萝丝,"拉娜小姐说,"你不介意的话,我们得谈谈。有茶喝吗?我渴得嗓子都快冒烟了。"

喝完半杯冰茶后,我们四个开车驶向杰西先生的家,司机当然是萝丝女士。戴尔和我挤在后座上,我能感觉到他一直在发抖。我把肩膀贴上他的肩膀,试图把我的镇定传达给他。"我才知道我要蹲监狱了。"他轻声说道。

"不,你不会的。"我告诉他,"你还是个少年,就算要被关禁闭也不会太糟的,顶多在你家划出块地方来关你。我会给你带作业来的,决不让你落下学习。"

"太棒了,"他喃喃地说道,"蹲监狱做数学题,我的人生还会比这更悲惨吗?"

他错了。

在斯塔尔探长开始问话时,他的人生境遇一跌再跌。

"那么,你承认之前偷走了那条船?"斯塔尔问道,从口袋里拿出记事本,在杰西先生家的门廊扶手上摊开。我也掏出了我的线索记录本,放在靠近戴尔的一侧扶手上。

"戴尔什么也没偷。"我说道。

"偷窃听起来太严厉了。"拉娜小姐赞同道,刷地甩开折扇,"戴尔并没说要偷走杰西先生的船,而且他说了会还回去的。"

"正是如此。"我说道。

"戴尔?"斯塔尔叫道,"我在和你说话呢,孩子。"

"我……我想这看起来确实像是偷,但我并不是这么打算的。"戴尔结结巴巴地说,"我只想万无一失地借走它,然后和朋友一起去钓鱼。"

"钓鱼可不犯法。"我迅速补充。

"这也要取决于你们是否持有钓鱼执照。"斯塔尔说。戴尔的脸上血色尽失,他就是这种会在承认偷窃小船后,还有心思管无证钓鱼之类的小事儿的人。

"你本打算和谁一起钓鱼?"斯塔尔接着问。

"和我。"我抢着说道,省得让戴尔把我点出来。

"戴尔?"斯塔尔强调,"我在和你说话。"

"我一开始就打算要还的,"戴尔望向萝丝女士,"也真的还回去了。"他语带哀求。

萝丝女士点了点头。她坐在杰西先生老旧的摇椅上,双手祈祷般平静地交握在膝上。就我看来,她很担心。

"你是什么时候还回去的?"斯塔尔问。

"就在哥哥邀请我和摩去北卡罗来纳赛车场之后,"戴尔回答,"也就是昨天,和我们在赛场遇到你跟利泽尔小姐是同一天。"

"真是个好孩子。"拉娜小姐说着,对他露出了微笑,"你是出于善良而把船还回去的,是吗,戴尔?"

"不,女士,"戴尔坦白地说,"我还回去是因为想要得到赏金,好去买油炸博洛尼香肠三明治。"

我不禁一阵紧张,戴尔还是把自己说得好像意图犯罪一样。

"跟我说说那条船。"斯塔尔接着说。

"好的。那条船杰西先生本来就很少用,我也不过是把它藏在了离这里稍远的岸边。他要是认真找,是能找到的。"

斯塔尔注视着戴尔,眼神严厉。"告诉我还回去的过程。"

戴尔不安地将手插进口袋,整个人显得更小了。"好的。"

他回答,"当时我把船推进河里后,就走到杰西先生的屋子前敲门。杰西先生打开门,说:'下午好,戴尔,你妈妈好吗?'

"我回答:'她很好,杰西先生,希望您也一样。我给您带来了一个让人兴奋的消息:我找到您的船了。希望它不在的时候您没有太难熬。'

"他说:'一点也没有,谢谢你,孩子。拿好你的赏金。'然后我就离开了。"

本想做记录的斯塔尔抬起了头。"说真的,"他评价道,"这听起来一派和谐。"

"是的,"戴尔说,"杰西先生就是个和蔼的人。"

斯塔尔挑起了眉。"是吗?我有点吃惊呢。根据其他居民的反应,我不认为杰西·塔特姆是个和蔼可亲的家伙。你觉得他和蔼吗,萝丝女士?"

"当然不。"萝丝女士紧接着说道,"戴尔·伊恩哈迪·约翰森三世,赶紧停止你的愚蠢行为,"她说的每个字都像鞭子般挥过来,"告诉斯塔尔探长真实的情况,现在就说。"

"是,妈妈。"戴尔的下巴开始发抖,他望向斯塔尔,"能不能就我们俩谈谈,来一场男人之间的对话?"

"戴尔,无论发生了什么,都说出来。"萝丝女士说道,声音柔和了一些。

戴尔向院子里望去,盯着斯塔尔的车,那目光似乎能刮掉车上的一层漆。"好吧。"他终于说道,"我把船推到杰西先生家的码头旁,然后和之前说的一样去敲门。杰西先生穿着汗衫和短裤,从里面开了锁,推开门,然后……"戴尔深呼吸了一下,"然后他说:'你杵在我家门口干什么?你这垃圾酒鬼的废物崽子!'"

萝丝女士倒抽了口气。拉娜小姐点了点头说:"这倒是我认识的那个杰西。"

戴尔的声音愈发低沉,"然后杰西先生说:'你这没用的排骨精,快从我的地盘上滚蛋,不然我就报警了。还有,告诉你老爸如果他再敢出现,我也报警抓他,事先绝不警告。'

"我说:'你以为我想待在你这片恶心的沼泽地吗?我把你的船找回来了,快把赏金给我,你这个披着人皮的老丑废物。还有,想告诉我爸什么就自己去啊,只要你有胆。'

"然后他说:'你觉得我悬赏十美金是给马肯·约翰森带话的吗?你找到船就给我看看。'于是我们一起走到河边。他看到船,就给了我十美金,连声谢谢也没说。我就跑了。"

斯塔尔点点头,"从哪条路跑的?"

"穿过树林。"

"有谁和你在一起吗?"

"没有人。"

我举起了手。"就算有人和他在一起,那个人也不是我。"我说道,"我有不在场证明,如果您需要的话。"

斯塔尔仍然看着戴尔。"别对我说谎,孩子,在你藏匿小船的地方共有两组脚印,而在去码头的路上也有两组。你的和另一个成年人的。"

两组脚印？

"我再问你一次，"斯塔尔说，"当时是谁和你在一起？"

"没有别人啊。"戴尔惊恐地说，"我找到船后，在河里推了它一段路，就系在了它原本在的地方。"

"你原来是在哪里偷走它的？"斯塔尔问。

"我反对！"我插嘴道，"之前我们已经确定那不是偷窃行为，而是邻里之间出乎意料的暂借。没话说就不要说，戴尔。"我警告他。

斯塔尔望向萝丝女士，"另外，杰西先生听起来似乎对你丈夫不太有好感。"

萝丝女士突然间看起来非常疲惫，"没人对我丈夫有好感，但这也怪不了别人。"

"昨晚他在哪儿？"

"他大概八点钟到家，三小时后又离开了。我完全搞不清楚他是从哪儿回来，又去了哪里。"

"他喝醉了吗？"

"他就没有不喝醉的时候，"戴尔说，"但这事和妈妈没关系。"

斯塔尔忽略了他，"你丈夫的鞋码？"

"九码，九码半。"

"好吧，情况是这样的，"斯塔尔说道，"在犯罪现场我们提取到了戴尔和一个成年人的脚印。戴尔承认偷过杰西·塔特姆的船，而你的丈夫喝醉了，还没人知道他的行踪。所以，我需要你继续为我填补一些空白——除非你觉得有必要叫个律师来。"

现在轮到萝丝女士害怕了。"我不知道我能告诉你些什么,但戴尔肯定不是凶手。"她望向戴尔的目光能击穿一块石头,"虽然可能算个窃贼,但肯定不是杀人凶手。"

"我保证,"戴尔的眼中蓄满了泪水,"我没打算偷任何东西,也不知道谁的脚印和我的混在一起。"

我努力回想着从戴尔还回小船,到更早的时候,他得到船的那一天。"我知道了,"我安静地说着,研究起我的笔记,直到所有人都望向我——"别浪费时间在假装沉默上",拉娜小姐如是说——"你看到的那组脚印来自拉文德的鞋子。"

"拉文德的?"萝丝女士叫了起来,忍不住抓紧拉娜小姐的手臂。

戴尔眨了眨眼,然后一拍脑门。"是了,是拉文德的鞋弄出了那些脚印,只是那鞋并不是他本人穿着。是这样的,当我决定要借走杰西先生的船时,我也借穿了拉文德的拖鞋。鞋子很大,我是想让杰西先生看到鞋印后,也以为是别人弄走了他的船。"

斯塔尔眨了眨眼睛,有些惊讶。"等等,拉文德是……"

"我哥哥,"戴尔回答,"赛车手。"

"他的鞋码是……"

"十二码。"萝丝女士说。

斯塔尔看着戴尔,若有所思。"这就能解释为什么那组脚印那么浅了,因为你的体重不够。大概……六十四斤?"

"六十五斤。"戴尔嘟囔道。我说过,戴尔的体格在班上排倒数第二,只比莎拉曼卓大一点,他对此很敏感。

"戴尔和我一直都很忙,"我对斯塔尔说,"忙得没时间长身体。不过重要的是,戴尔没有共犯,除非拖鞋也算。"

"那双拖鞋现在在哪儿?"

"咖啡馆,"我告诉他,"饮料机后面。"

"我需要它们。"他说道,再端详戴尔时他的神情友善多了,"戴尔,我必须开车把你带出去。事实上,你过来,"戴尔不确定地上前几步,斯塔尔拿出了一副手铐,"把手伸出来。"

"我反对!"拉娜小姐大叫道。

"我们要找个律师。"萝丝女士说着,挡在戴尔身前。

"我并没有指控戴尔任何罪名。"斯塔尔解释道,"如果你们能允许让他戴着手铐被带走,我保证一到咖啡馆就解下来。戴尔不是凶手,我确定。只是凶手很可能也在关注这次调查,如果能让他以为我们把嫌疑集中在戴尔身上,他也许会松懈下来,让我们有机可乘。"

"性别平等,"拉娜小姐嘶声说道,"杀手也可能是一个女人。"

"有可能。"斯塔尔说,"说起来,还有可能是个戴假发的女人。"拉娜小姐赶快用手按住了假发。

"萝丝,这是个不情之请,但能够帮上大忙,"斯塔尔说,

"我希望人们以为我释放戴尔,只是为了交给你进行监管。戴尔,在开车出去时,你得让人们看见你戴着手铐。"

"一个圈套,"我吁了口气,"棒极了。"

"萝丝女士,我也不打算隐瞒你,因为目前的线索实在太少了。如果你同意我那么做,我们会好好照顾戴尔,直到结案。"他继续请求,"期待真正的凶手犯错吧——无论是他误以为自己已经脱罪,还是讨厌被人顶替了他的名头。不管怎样,我们都很期待他的失误。"

戴尔望向我,蓝色的眼睛里充满了询问。

"如果你加入,我也加入。"我说道。

"可是我们该做些什么?"戴尔问斯塔尔。

斯塔尔对他露出了淡淡的笑容:"随便你做什么,只要不再从坏脾气的老家伙口袋里骗零钱,或者妨碍我调查就行,其他的事情我们来做。"斯塔尔说着瞥了一眼萝丝女士,"我的副手在利泽尔小姐家租了间屋子,我本人会待在格林威尔。但要是你找我的话,我随叫随到。你觉得怎么样?"

萝丝女士也望向戴尔,"宝贝?"

戴尔挺直了肩膀,"别叫我宝贝。"

然后他英勇地伸出了双手。

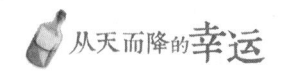

14. 副探长玛拉

戴尔一夜成名。第二天,所有人都在谈论他是如何挥舞着手铐从斯塔尔的羚羊车里出来的,那手铐还闪着寒光。萝丝女士开着品拓车载上我和拉娜小姐一路跟随。到家之后,戴尔被打开手铐,交由萝丝女士暂时监管,并被警告不可离开本地。

好像他真的有地方去似的。

名声改变了他。坐进羚羊车时他还是个惊恐的孩子,出来后就成了摇滚巨星。如果萝丝女士没让他禁足的话,他走到街上绝对能掀起一场大游行。

不过他的伪嫌疑犯状态倒是给我们带来了另一个好处:安提拉再也无法威胁我们了。既然戴尔已经被暂时拘留,她的告发也就没用了。

于是我把午餐的账单给她寄了过去。

与此同时，拉娜小姐也变得安静起来。周六那天，咖啡馆打烊时她把一个花圈挂在了门上。

"我不喜欢这样。"我一边对她说，一边吃着麦片粥，"如果上校回家突然看见那个花圈，一定会吓得抓狂。"

她却看着摊在厨房桌子上的纸，收音机里正播着国家广播电台的节目，伴随着杂音。"纪念一个逝去的人总没有错，宝贝儿。对了，天天忙着喂饱全镇的人，我都没时间写悼文了，总不能牺牲我的美容觉，起个大早去写吧？但明天的追悼会主要还得靠我们主持。"

"悼文写得怎样了？"我边问边瞄向她的纸，它看起来和我的自传一样：开头错误，中间潦草，四处删改。

"写得非常慢。"她承认道，"现在我正在回想杰西先生曾带给我的教导，你最好也这么做。"

"听起来……真不错，"我勉强地说，"我会的。"我在她身边继续晃悠，直到她再次从纸上抬起头。她放下笔，看了看钟，然后深呼吸。她的脸拉长了，手也有些发抖，我认出了这种症状：家庭作业焦虑症。接下来她会疯狂想吃口味重的食物，然后是巧克力。

"拉娜小姐，有上校的消息吗？"

"没有，他还没有联系我，摩。"她回答，努力让声音显得不那么尖锐，"不过今天还只是第二天而已。"

"可是，外面还有个逍遥法外的凶手……"

"别瞎操心，又不是真的有什么事。"她笑了笑，"我想

从天而降的幸运

请你帮我一个忙。利泽尔小姐答应为杰西先生的追悼会布置鲜花,我也答应了给她带些菖蒲花。"

我吓得口干舌燥。上帝啊,拜托了,别再让我坐拉娜小姐开的车。

"上次你开过之后,田鸟车还没恢复元气呢,"我对她说,"拉文德还在修理它。再说,乔·斯塔尔成天围着利泽尔小姐打转,就像苍蝇围着糖。如果让他撞上你开车,你大概就能成为戴尔的狱友了。"

她大笑起来。

"我发誓再也不开了,摩,实在没那个天赋。上午我已经为利泽尔挑好一篮菖蒲花了,你能帮我送过去吗?花就放在门口那儿。"

我?去拜访老师?我所有的指尖都开始发麻。

"莱西·桑顿老祖母在晨间散步时会路过这里,你可以和她一起走过去。"

这是小镇子的又一个特色:每个人都知道每个人每天的行程安排,彼此之间就像行星环绕着隐形太阳般不断地转动。

"好的,女士。"我叹了口气。

"很好,我会告诉利泽尔你要过去。"

我把粥碗冲洗干净时,广播主持人的声音穿过电波响了起来:"第一场季节性台风正在大西洋上高速前进,专家给它取名叫艾米。让我们期待她一直停留在海上吧。接下来要播放的是《月光曲》,贝多芬三十一岁时的作品。"

"把收音机关上好吗，宝贝儿？"拉娜小姐问道，"今早的广播真吵。"我关上收音机，向门口走去。

走了没多久，我就到了利泽尔小姐家，碰上她正走到门廊里。"早安，摩，"她微笑着说，"希望你一切都好。这些菖蒲花可真美，"在我回礼之前她继续说道，"让我们弄点水养起来吧。"

我跟着她走进老师的蜗居，等着大开眼界。

令我吃惊的是，她的客厅看起来和学校里的办公室完全不一样。吊扇在白色的天花板上懒洋洋地转着，厅里摆放着藤椅和双人沙发，地上铺着一块东方风格的地毯。在她从我手上拿过花篮时，角落里有什么东西一闪而过，就在一大丛羊齿蕨后面。

"摩，这是副探长玛拉·艾弗雷特。"利泽尔老师走向厨房，"玛拉，这是我最好的学生之一，摩·洛波。"

她最好的学生之一？我突然感到一阵自信。

玛拉走进光线中，用灰色的眼睛打量着我。她黑色的短发全部往后梳去，让尖削的面庞看起来更添锐利。"是侦探摩·洛波吧，我想，"她说着，微笑起来，"你今天好吗？"

"很好。"我回答，尽可能显得睿智地向她点头示意。

"那就太好了。"她坐下来，从桌上拿起一个咖啡杯。窗外有株连翘在风中摇摆，在她的脸庞和粗麻制服上投下马赛克般的阴影。

"你想喝点什么吗，摩？"利泽尔小姐在厨房里问道，"一杯柠檬水怎么样？我刚好弄了一大瓶。"

"谢谢了，"我坐了下来，"外面比魔鬼的火焰叉还热。"

"乔说是你把凶器拿去鉴定的，"我看着副探长玛拉喝了口咖啡，对她说道，"辛苦了。"

"谁说？"利泽尔小姐问道，端着两个高高的倒满柠檬水的杯子走了过来。

"乔·斯塔尔探长，"我马上改口，"我本想这么叫的。"利泽尔小姐给了我一张纸巾，然后也坐了下来。我犹豫了一下，把纸巾摊开放在膝盖上，却发现利泽尔小姐把她的那张放在桌上垫着杯子，以免在桌面上留下水渍。"屋子真漂亮，"我对着她赞叹道，"戴尔一定不会相信我来过这里。"

她笑了起来。"很高兴你喜欢这儿，摩。"

"你居然装了有线网！"我身体前倾，想要把客厅看个仔细，"你的百科全书呢？我知道你肯定有。"

"在楼上。"她回答，"摩，副探长玛拉正在和我说她的工作，你说不定也会觉得有意思。她既担任斯塔尔探长的联络员，也做现场侦查。"

副探长又喝了口咖啡。"那我接着说吧。我工作的首要内容是帮助处理谋杀案，但也接别的案子，比如抢劫、造假和诱拐，偶尔也会有寻人案件，如果那些案子进程太慢需要协助的话。"

"寻人？"这两个字像山猫一样从我嘴里猛地跳了出来。

"是吗？"利泽尔小姐歪着头问道，"乔从没和我提过。"

"因为少到几乎不值一提,"她回答,"别的案子就够我们忙的了。但是,能完结一桩寻人案感觉是非常棒的,因为能看到一个家庭重新团聚。不过,要是结不了案,就令人难过了,尤其是牵扯到孩子时。"

我把一个冰块吐回杯子里。"你们会重启冷案[1]吗?"

她笑了笑,眼睛一闪。"恐怕不会,"她站了起来,身形又高又瘦,"虽然我也希望能有那么多时间来查。"她走开了,凉鞋鞋底在地上叩击的声音犹如低语。"利泽尔,我得走了,天黑前回来。"

利泽尔小姐回以一笑,"周末还要工作,今天一定不好过。"

玛拉耸了耸肩。"有可能,但在家干等着,事情可不会自己解决。"她说着看了看我,"摩,要搭顺风车吗?"

我还没来得及说话,利泽尔小姐就站了起来。"别操心了,玛拉,我会经过摩的家,我顺路带她就好。"

"那就追悼会上见了。"玛拉对我说。

可怜的利泽尔小姐!看着玛拉开车离去时我心想,镇上总共才两条路,利泽尔小姐却还是搞不清哪条通向咖啡馆。

她是个路痴,我想,回头我得告诉戴尔。

---

[1] 冷案:停止侦破的案件或无头公案。

15. 月光下的秘密

没想到的是，死去的杰西先生比活着时受欢迎多了。

拉文德、戴尔和我早早地就到了，却发现追悼会举办处的停车场已经停了好多车。人们匆匆忙忙地涌进在阳光下闪耀着的白色建筑，歪歪扭扭的队伍就像一群奔向方糖的蚂蚁。窗顶弯成了祈祷手臂般的弧度，墓地里同样带着弧顶的墓碑则几乎排到了河边。

拉文德对着货车的后视镜调整了一下领带，身边的戴尔则对着车窗不亦乐乎地用手指梳着头。"这领带不错，很配你的黑眼圈，拉文德。"我调侃道。

"谢了，摩。"他回答，"你看起来也很漂亮。"

我忍不住拽了拽身上带口袋的黑裙子，并尽量忽略安提拉·西莱斯特。她正从白色的凯迪拉克车上推门下来，还朝我们望了过来。"嗨，戴尔，"她拉着长音甜甜地说道，"你看起来真不错。"

这倒是实话。戴尔作为嫌疑犯,还真是精心搭配了一下追悼会套装:黑裤子黑衬衫黑色人字拖,外加黑领带。安提拉把腿从车里伸出来,双腿的膝盖和脚踝像被胶水粘起来了似的并拢着,还故作风情地向后扬了扬她金色的头发。戴尔马上就像指南针找到北一样朝着她的方向走去,还殷勤地帮她拉住车门。"你真贴心。"她说道,"你昨晚没去我的聚会可真遗憾。"

"是,呃。"他回答。

她邀请了他,而他却没告诉我?我的胃一下子翻腾得像条鱼。

她还冲他露出了微笑,"还有,戴尔……以前的事可真抱歉。"

以前的事?她指的是企图榨干我的毕生积蓄和把戴尔吓得半死的事吗?或是指戴尔还没成为图珀洛镇最出名的小孩时?

戴尔却脸红了。"没什么。对了,我和妈妈常来这儿。"他告诉她,好像她真不知道似的,"今天妈妈弹琴,我唱歌,希望你会喜欢。"

她虚情假意的甜蜜表情一下子消失了。"你是怎么站到那个台上的?"她越说声音越坦诚,"唱歌好难啊。"

戴尔又踮着脚尖前后摇晃起来。"唱歌就像比赛,你得尽可能地做好准备,在起跑线上摆好姿势,然后一路向前冲,直到终点。"

这时安提拉的妈妈迈着小碎步,扭动着身子走了过来。"把衣服拉整齐,安娜。"她说着横了戴尔一眼,那目光就像一把弹开的折刀。在她领走安提拉后,戴尔才梦游一样跌跌撞撞地走向我们。我忍不住掐了他的胳膊一下。

"嘿!"他身子一缩,"这是干什么?"

解释也没用。"你今天要唱诗?"我问道。

他点点头,看起来很开心。"据我所知,让嫌疑犯在追悼会上为死者深情独唱这可是头一回啊。当然,妈妈也没时间临时找别人了。"在长发双胞胎开着红色的福特野马呼啸而来时,他补充道。

拉文德挥了挥手,可她们却当着他的面提前掉头,使他又悻悻地将手插回口袋。可怜的拉文德,先是撞毁了赛车,现在又遇上这种事。"她俩大概没认出你来,"我打圆场,"我相信她俩肯定没办法边开车边用脑子。"

他心不在焉地朝我眨眨眼,然后看着戴尔。"我还是不敢相信,妈妈竟然会让你戴着手铐从杰西先生家出来。"他边说边摇头。

"戴尔会因此得到一个保镖啊。"我说道。

"是啊,"戴尔说,"玛拉副探长给我派了个老是满头大汗的家伙。有一次他躲在杜鹃花后面时被摩发现了,我们管他叫便衣菲尔。"

"保镖?你真是不折不扣的名人了。难怪女孩们开始对你青睐有加，我都有些羡慕你了，小弟。"拉文德边说边看着丁克斯·威廉姆斯一左一右地挽着双胞胎女孩漫步走进屋内，"我却连个约会都捞不着。"

"你有的呀，"我说道，"只要再等七年，我就可以和你出去约会了。"

他笑了起来。"谢了。对了，我得去和萨姆谈谈，看看车修得怎样了。我们追悼会结束后见吧。"

在他融入人群中后，斯基特和萨莉来了。"杰西先生的女朋友和她老公刚刚也到了。"斯基特说着，示意我看向一辆黑色轿车。

"干得好，谢了。"我回答，尽可能装作没往那边看。一个穿着花裙子的矮胖女人正从车里出来。

戴尔和我进屋时，我发现几乎所有的长椅上都坐满了人。萝丝女士坐在钢琴边，弹奏起古老的圣歌。"妈妈看起来就像个天使。"戴尔轻声说道。而当她为杰西先生演奏祷歌时，听起来也有如天籁。

我们插到了第一排长椅前，坐在拉娜小姐的身旁。钢琴后的一面大镜子让我将身后的人也看了个清楚——全镇的人都来了，还有些外来者。我开始启动扫描河流上游母亲的程序，让目光在陌生人身上不断流连，却没找到一个人和我的外貌有相似之处。我再扫了一遍，这次却希望上校能突然走进来，穿着他的整套制服，胳膊下夹着帽子。

为什么他没有出现呢，而且连个电话都没打来？

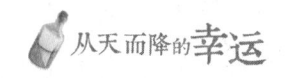

"凶手一定也在这里。"戴尔突然小声说。

"斯塔尔也这么想。"我回答。斯塔尔身穿铁灰色西装，白衬衫上系了条黑色领带，坐在最后一排，身旁是利泽尔小姐。

穿着黑袍的汤普森先生走上讲坛，示意大家安静下来。在他祈祷时，我悄悄拿出用来做记录的点餐本。"衷心希望如此。"他结束道。

拉娜小姐接着走了上去，一身黑色的服装让她显得异常肃穆。她面带悲伤，却坚强地站在上面环视了大家一圈。"杰西·塔特姆是我们的友邻，"她开口道，"他与我们分享生活，共同进餐，却还来不及道别就离开了我们。"

我开始观察每个人的反应，在人群中搜寻蛛丝马迹。

"但我们还能向他道别，告诉大家我们从他那儿得到了怎样的收获。据说，一个孩子正好能引领我们，所以，我们就从摩开始吧。"

什么？

拉娜小姐之前要我想想从杰西先生那里学到过什么时，我还以为她指的是人们常说的"过马路左右看"或者是"别把胳膊肘支在桌上"。

她仁慈地一笑，说道："只要说出你的心声就好，宝贝儿。"

有时我真想干掉拉娜小姐，但那样的话，我身边还剩下谁呢？

我面向人群，看到拉文德坐在后一排，安提拉就在我的左侧,杰西先生的女朋友在我的右侧。莱西·桑顿老祖母和斯基特以及莎拉曼卓分享同一张长椅。还有一群陌生人同便衣菲尔一起在门口挤着。"我是绝命徒侦探所的摩·洛波,我习惯了有杰西先生的生活,而现在我会想他的。"我说道,"真遗憾他已经去世,不过我很高兴自己找到了凶手杀他的凶器。"

"说得好。"戴尔悄悄说道。

"我想,我从杰西先生那里学到的是,就算再小气,也要给小费。最后,我想对那位凶手说句话,"我边说边扫视着周遭,"绝命徒侦探所一定会抓到你的,就像抓一条狗。谢谢大家。"

"直指人心。"拉娜小姐说,"你可以点名下一位。"

"别点我,"戴尔嘶声说道,"点个有嫌疑的人。"

有嫌疑的人?这想法不错。"那位双下巴的女士和她妒火中烧的丈夫。"我说着指向杰西先生的女朋友,然后朝拉文德一眨眼,坐了下来。

"我?"她脱口而出,所有人都望向了她。"我不太认识杰西·塔特姆,我丈夫则根本不知嫉妒为何物。"她说道,"杰西死的那天,我们正在桃金娘海滩上参加一场沙滩舞竞赛。无论你们之前听到了什么,那都不是真的。"

我在本子上匆匆写下:让斯基特去查验她的不在场证明。

她接着点了安娜·西莱斯特,后者站起来,理了理蓝色的太阳裙。"杰西先生以自己为例,让我认识到了着装必须整洁得体,不然就会被说闲话。愿他的心灵被保佑。萨莉·阿曼达?"

萨莉站了起来,头顶着一圈紧紧的小发卷。"我几乎不认识他。我点戴尔吧。"她说完脸就红了。

"我?"戴尔惊叫道。

"抱歉,戴尔,我忘了你可能就是凶手。"萨莉望向拉娜小姐,"我能重选吗?小帖来说吧。"

小帖一下子站了起来,圆脸上泛着红光,还忍不住松了松领带。"大家都以为杰西先生是个穷光蛋,但其实不是的。每周六晚上,他都会悄悄为陌生人捐一百美金。据我所知,十一年来他从未间断,无论风吹雨打。"

大伙儿立刻像蜂窝般炸开了。

我从镜子里看见乔·斯塔尔前倾着身体,手搭在前排长椅的靠背上,密切审视着人群。"什么?"利特尔镇长惊叫道,"杰西·塔特姆做了捐献?"

"是真的,"小帖肯定地说,"我看见他了。"

"谢谢你,小帖。"汤普森先生喊道,站起来伸开双臂,号召大家。"让我们祈祷吧。"

我又望向镜子,看到所有人都虔诚地低下了头。

所有人,除了我,还有乔·斯塔尔。

祈祷结束后,戴尔站到钢琴边,闭上眼睛开始歌唱。

上天的奇异恩典确实存在,当戴尔歌唱时,连风都会停下来倾听。

Three Times Lucky 163

从天而降的幸运

在他如水般清澈的嗓音唱出休止符时,人们站了起来,向门口走去,嘴里像鸽子般嘀嘀咕咕。与他们不同的是,我则跟上了小帖。可在唱诗班的舞台边,一只手突然从幕布里伸出来抓住了我,"喂,"玛拉出声示意道,"过来一下。"

"嗨,副探长。"我回答,看着斯塔尔闪进了汤普森先生的办公室。玛拉抓着我的手好冷,我按李先生所教,向她大拇指的方向扭动手腕,挣脱开来。"你吓着我了。"我说。

"抱歉。"她急忙露出微笑,同时斯塔尔关上了门。

玛拉着合身的花格子夏装制服和房屋玻璃窗的宝石方块光影融为一体。她很擅长秘密监视吧,我想,因为她很会隐藏自己。"是这样的,昨天在利泽尔家,我觉得你好像有话想说。"她说道,"抱歉我当时有事着急走了,职责在身。你还好吗?孩子一般不会问起冷案,即便是小侦探也一样。"

"别告诉她。"我内心有个声音悄悄地说道。

为什么不呢?镇上每个人都知道我的事。

"我指的是我河流上游的母亲。"我开口了,"她不见了,我一直找了她十一年,所以才开始了侦探生涯。"

"是这样的冷案啊。"她说道,眼神柔和了起来,"是你的母亲?这可真不容易。"她端详了我一会儿,"抱歉,摩,我们确实不怎么重启冷案,但是……"

我耸了耸肩。"没关系,就让它冷下去吧。"

"让我说完。虽然我们不查冷案,但你如果有任何蛛丝马迹需要我协查,或者需要媒体介入,你都可以来找我,我会尽力而为——利用职务之便。"然后她做了个鬼脸,挤了挤眼睛,"只要别让我老大知道。"她小声补充道。

利用职务之便?为了我?"太谢谢了。"我说道。

她又消失在阴影之中。我走向汤普森先生的办公室。"下午好,"我推开门说道,"抱歉我来迟了。"

斯塔尔还没来得及反应,汤普森先生已经在向我招手了。"进来吧,摩,我们正在回答斯塔尔探长的提问。"

"关于杰西先生的捐赠。"小帖补充道。

"谢谢您。"我说着坐在我的同行身旁。

斯塔尔清了清喉咙,"你是说,杰西捐的全都是现金?"

"百元大钞。"汤普森先生回答,"我一开始并不知道钱是谁塞的,也没想查明。但此人第一次捐赠时还附了张纸条。"

我打开记事本。"一张纸条?你还保存着吗?"

斯塔尔按下了他的圆珠笔,瞪了我一眼。穿着西服的他看起来锐气逼人——西服熨烫得笔直贴身,还微微发亮。有些人还真是天生的衣架子啊。当然我说的不是自己,我更像是从烘干机里蹦出来的。

"摩,"斯塔尔说道,"我询问时你可以在场,但请保持安静,否则我就要清场了。明白吗?"我点点头。

"那么,你们还保存着杰西·塔特姆的纸条吗?"他问道。我翻了个白眼,这不和我刚才问的一样吗?

"没有了,"汤普森先生回答,"但我还记得上面写了什么:'收下钱,不要声张,不然就捐给别的组织'。"

"别的组织?"我记录了下来。

"这让你感到很惊讶吗?杰西·塔特姆把钱捐给这里。"

"很惊讶,杰西从不加入我们,连参观一下都不愿意。"

"连有免费食物时也不来。"小帖补充道。

"但却出现了这样的奇迹。"汤普森先生说,"杰西也许只是不喜欢这个场所吧。或者他也可能对什么事抱有负罪感,塞钱进来之后会感觉好一些。"

"描述一下你第一次见到他时的情形吧,小帖。"斯塔尔继续问。

小帖解下领结,透了口气才继续说话:"那是个意外。那天我的猫——绒毛狗又跑出去了,我就去找它,跟平时一样。"

"然后你就看见了杰西·塔特姆?"

"我看见他在门外,在月光下偷偷摸摸地把一个白色的信封从门缝里塞进去。在那之后,我有好几个星期都躲在附近偷看,发现确实是他。"

"你们拿到钱后是怎么处理的?"斯塔尔问汤普森先生。

他微笑起来:"首先感恩,然后把钱存进银行。我们用那些钱买了新的雕像,翻新了礼堂,修补了天花板。你可以来看看我们的账本。"

"没有必要。这笔钱一共有多少?全部的。"

汤普森先生拿过计算器,按了好些个按键,然后吹了声口哨。"至少十一年啊……应该有五万七千二百美金。"

我吓呆了。"杰西先生从哪儿弄来这么多钱……"

乔·斯塔尔则合上了本子。"好问题,"他说道,"从哪儿弄来的呢?"

这一夜,我用记录信息的纸笔写信。

亲爱的河流上游的母亲:

死亡促进人们思考。

每个人都有自己的信仰方式。上校说他笃信应该周日休息。周日他会待在树林里,或者就躺在行军床上。如果人们需要他的话,也知道在哪儿能找到他。拉娜小姐则坚信应该以礼待人。她总是在节庆上表现得很应景——有时她会戴一顶新帽子,有时随着戴尔唱的歌而哭泣。

戴尔去参加活动则是为了讨他妈妈喜欢。有时候我会去和他做伴,听听摩西的故事。萝丝女士弹钢琴时,我便和戴尔还有莱西·桑顿老祖母坐在一起,后者的高音听起来就像生锈的剑。而我唱起歌来,简直像只被填满了肚子的火鸡。不过也没人让我别唱,我也就不害臊啦。

拉文德,我将来的另一半,信仰的是赛车禅宗,估计是他自己成立的吧。"车就是神圣的,"他说,"车手就是灵魂,禅则是万物——车道、车、自我和驾驶员等等。你要集中注意力,不要挂念输赢,然后你就能感觉到禅。这也是我爱赛车的一大原因。"

你的信仰是什么呢?请告诉我吧。

如果你像拉娜小姐那样相信应该以礼待人般想着我,又像上校一样,我想人们会随时找到我的。

爱你的摩

附:上校还没打电话来,今天已经是第三天了。拉娜小姐说别着急,她会处理好的,但我还是很担心。上校去哪儿了?为什么他会在我们身边潜伏着一个凶手时离开?他一定有很重要的理由,可什么理由能比我们的安全更重要呢?如果你见到他,请叫他打电话回家。

16. 拉文德的烦恼

周一早上,上校还是没打电话回来。"我们得做点什么了。"从砂石小路走向咖啡馆时,我和拉娜小姐商量。

"我能处理好的,摩。"她回答,"你没必要担心。"她的语气虽然轻松,但从她勉强的笑容中,我能看出来她也担心得很。

到了咖啡馆,主要的话题仍然是杰西先生的捐赠,而且流言百出:杰西先生住在北方时中了彩票巨奖啦,在瑞士国际银行里有无数存款啦,我们教堂所属的组织会打压其他组织啦,等等。

上午,萝丝女士和戴尔来了,在花园里劳作产生的汗水在"嫌疑犯"的脸上闪闪发光。"最近表现好,妈妈给我放会儿假。"戴尔告诉我,把一篮子黄瓜拎进厨房,"想一起去找拉文德,然后再看看有什么别的线索吗?"

"只要你别再一副大摇大摆的样子走路,还使劲拨弄自己的头发。"我回答,"那样子多难为情。"我望向拉娜小姐,"可以吗?我可以去吗?"

拉娜小姐点点头,往三个一次性杯子里倒满冰茶。"替我向拉文德问好。你们也别待太久了,我猜他正忙着修车呢。"

可拉文德没有。我们在他屋子里找到他时,他还一副睡眼惺忪、头发蓬乱的样子。"嗨,"他打开门时我问候道,"拉娜小姐给你的冰茶。"

"祝福她。"他说道,拿起一杯走到一边去了。

他的屋子着实吓了我一跳。拉文德平时都把里面收拾得干干净净,充满阳光。可今天呢,地毯上积着厚厚的一层灰土,袜子竟然垂在厨房门上。昨天为了参加追悼会而系的领带随意地挂在门把手上,百叶窗的窗格切开了铺进屋内的阳光。"都快十点了!你不会病了吧?"我问道。

拉文德伸了个懒腰,舒展着手臂上的肌肉,然后把浅黄色的T恤塞到褪色牛仔裤的裤腰里。"只是熬夜起不来,摩,我没事。"

戴尔看了看四周。"不会是被双胞胎折腾的吧?"

"车祸之后双胞胎就几乎绝迹了,小弟。"

"我一点也不奇怪。"我说道,看着拉文德陷坐进椅子里,

"这种女生就像乌鸦,隔着半个镇子都能看见更闪亮的东西。"

"是啊,"他说,"赛车手用腿儿走路时,还真不太有车手的样子。"他的微笑也遮挡不了眼睛下方的黑眼圈,"你的日子怎样呢,洛波小姐?"

"不是太好。"我承认,"还没有上校的消息,昨天就已经是第三天了。我们得做点什么,却不知从何着手。"

他好奇地向前倾来。"拉娜小姐怎么说?"

"她说别担心,但我还是担心。我想我们得告诉斯塔尔,可是上校又不喜欢斯塔尔。要不告诉副探长玛拉吧?"我边说边端详着拉文德的脸,"她人很好,还喜欢我。"

他把头发向后梳了梳。"听起来倒是不错的计划,说不定值得瞒着拉娜小姐一试。"

我放松了些,我喜欢有计划。

拉文德接着喝了口冰茶。"你昨天唱得真好,戴尔。"

"谢谢。"戴尔笑了笑。

"我特别为你骄傲。我打赌妈妈也正是因为这事才奖励你,不让你禁足了。"

"不,"戴尔叹了口气,"我还是在禁足期,只是因为表现好而稍微放个风。我这辈子都没修东西修得这么恶心过。"他又看了看周围,"你真得把这儿打扫打扫。"

"他不行,戴尔。"我说道,"他很消沉。"

拉文德哼了一声。"我没有。"

"当然有了,还很明显。你不刮脸,车还是一堆残骸,爱情生活犹如灾难。接下来你大概要暴饮暴食,然后找个地方上吊了。看看你的指甲,脏透了。"

"哇,"拉文德感叹道,"放我一马吧。我不过是和萨姆修车修到凌晨两点而已,根本没时间整理仪表。"他跳了起来,迅速地收拾起一堆脏盘子。他行动起来的样子就像一只金毛大猫。

那对双胞胎简直毫无智商,拉文德就算情绪低落,也仍然迷人得能把人融化。

"好吧,如果你们在好好修车,那倒是个不错的兆头。"我说。

他走向厨房,把碟子稀里哗啦地放在水槽里。"也许吧,但是西卡莫尔 200 的比赛就在两个星期后,虽然我已经交了参赛费,但看起来还是得放弃。我们来不及把车弄好。"

戴尔皱起了眉。"但你和萨姆已经是本地最好的机械工了啊。"

"我们缺的不是技术,而是更换零部件的钱。"他说道,"我已经把镇上能修的车都修过了,包括田鸟车,摩,如果你愿意告诉拉娜小姐的话。不过就算她会付给我钱,我也还差上千元,无处可借。"

"所以呢?"我问道,"从什么时候开始,我们赛车是为了钱了?你参赛的目的应该和其他人不一样啊。"

空气中安静的气氛就像陈旧的烟草味儿。我看看哥哥又看看弟弟,但兄弟俩都躲开了我的视线。"怎么了?"

"没什么,"戴尔说,"只是妈妈最近手头不宽裕,爸爸又还是那副老样子,我还一点忙都帮不上。"

"你有可能帮上忙,如果我们能解决杰西先生的谋杀案,并且拿到赏金的话。"

"太多如果了,摩。"他说着跌进椅子中。

一阵局促不安的感觉从我的指尖蹿过肩膀到了另一侧。戴尔家的人一直都没什么钱,但我不知道已经到了这样窘迫的地步。拉文德从地上捡起一件T恤。"比赛就像一场豪赌,不过我希望能因此赚点钱。"他说道,"如果能赢,那奖金可不少。"

"这能对萝丝女士有帮助吗,我是说,如果你赢的话?"

上校说过,想要开车不踩刹车,就像挨了饿还不会变得皮包骨头一样不现实。要开车参加比赛的话,确实得花上不少实打实的钞票。每场比赛你都得买汽油、轮胎和其他部件。一辆好赛车能卖很多很多钱,但要是坏了就分文不值了。

"也许能帮上一点,"拉文德说,"但我也说了,这是场豪赌。"

我下了一个决心。"那又怎样?我的整个生活都还赌着没着落呢。戴尔,我们会弄到上千美金的,我们一定能。"我说着,看到戴尔惊讶得下巴都快掉下来了,"再说你还在禁足期间,外加被便衣菲尔盯着,我们也没有什么机会去找线索。"

"我们去赚上千美金?"他抽了口气问道,"怎么弄?"

好问题。"我还没准备公布我的计划呢。"我回答。

戴尔翻了个白眼。"就是她还没有计划的意思。"他对拉文德说。

拉文德笑了起来。"摩,我心领了,你是个真正的朋友。但你漂亮的小脑袋别想太多了,我和萨姆会弄到修赛车的钱的。你要做的,只是让我的绝命徒弟弟别再惹上更多的麻烦。"

漂亮的小脑袋?我?

"不,"我边说边向门口走去,"我们去弄钱,你专心修车就好。"

他把脏袜子扔进门厅。"如果你真弄来了,我会把每一分钱都认真还你,甚至加倍。但现在什么都没有。"

"签个合同?"我建议道。

"留个余地吧。就算你弄不来钱,那也没关系。同意吗?"

"同意。"我拉了一下百叶窗的拉环,窗帘一下子升了上去,在窗顶卷起来摇摇晃晃。"保持联系。"我说着,然后和戴尔一起走了出去。背后的门关上时,外面的热气马上裹上了身体,就像一团热乎乎的海绵。

"嘿,戴尔。"我悄声说道,瞥了眼街对面,"那是你的保镖吧,瞧他一副'你们看不见我'的表情。"

"确实,估计他要装到你把他指出来。"他嘟囔道,然后犹豫着挥了挥手。"他好像不太友好呢。"他在便衣突然跟上一位杜鹃花女士时说道。

我从门廊上一下跳了下来。

"我们去找找是否还有被遗漏的线索。小帖会让我们进去的,"我说,"他还因为找猫的事欠我们一份人情。"

"是的,"戴尔说道,"很大一份人情。"

17. 杰西先生最后的贡献

小帖正坐在屋门口的台阶上,用一只玩具老鼠逗他的猫。

微弱的歌声伴着叮叮咚咚的钢琴声从身后传出来,因为节奏跟不上,听起来就像一条疲惫的狗在追一只兔子。很多孩子都来跟着柯瑞小姐学音乐,还好我不用。"嘿,小帖,"我叫道,"天气如何?"

"热,"他回答,"今晚有暴风雨。不过飓风艾米在大西洋上掉头,不会来我们这儿了。"

"太棒了。"我坐在他身旁,"还有什么关于杰西先生的事儿吗?"

"没什么了,除了爸爸发现他还没把杰西先生最后的几百美金存进银行以外。他以为已经存了,今早却在汽车前座下发现自己的一个提包,里面还装着杰西先生的钱。"

一条线索!"我们想看一眼那些钱。"我对他说。

"看不到了,"他说,绒毛狗跳起来扑向了玩具鼠,"爸爸把钱给乔·斯塔尔了。"然后他把手伸进口袋,拿出一张皱巴巴的百元美钞的复印件给我,上面的钞票都是连号的,"但我想你们可能会需要这个。"

"谢谢了,我们正需要这样的进展。"我把复印件放进衣袋,尽量露出知道该如何利用的表情,"既然已经来了,我想进里面看看,也许能发现一些上周日没注意到的东西。"

他耸了耸肩。"行,嘿,戴尔!看这个!"绒毛狗应声跳起来抓住了老鼠,却失足滚下了台阶。小帖和戴尔都大笑起来。

我刚来到最上面的一级台阶时,大门突然被人从里面拉开了。柯瑞女士伴随着一波高亢的乐声与我擦肩而过。"嘿。"我打了个招呼。

"你好,摩。"她低声说道,一阵风似的跑了。

我刚要推门,又听到一阵刺耳又尖利的责骂声从昏暗的屋里传来:"你就只能唱成这样?"

"抱歉,母亲,"一个女孩回答,声音听起来挺耳熟的,像我认识的某个说话像含着果冻的人,"我的声音真的不适合唱歌。"

"我们家每个人都会唱歌,"那个女人打断了她,"你肯定也有天赋,只是你必须更加专心致志,好好练习。"

"我一直在练习。"

"唱歌的时候给我站直了,看起来有点信心好不好?"

"但我真的没有那个信心……"女孩哀叹道。

从天而降的幸运

"那就给我好好找找!"女人又打断了她的话,"我和你父亲付钱让你来学唱歌,可不是因为我们钱多得没地方花!"

我听不下去了。没人可以这样对孩子说话,特别是当着我的面。

我猛地一推门,大步走进昏暗的屋子。"我认为你不该用这种腔调和一个孩子说话。"我的声音在耳畔回荡,眼睛逐渐适应了里面的光线。呃,真希望我没进来过,可惜已经晚了。"噢,嗨,安娜·西莱斯特。"

安提拉却把头扭向一边,我只好望向辛普森太太——眼神挑剔,面无笑容,穿着昂贵套装的辛普森太太。"噢,"她开口说道,"这不是咖啡馆那个小女孩吗?"

咖啡馆那个小女孩?她明明知道我叫什么名字。

我的心跳得就像正在摇头晃脑敲小鼓的大猩猩玩具,有那么一会儿,我的愤怒甚至超过了对安娜·西莱斯特的仇恨。深深地吸了一口气后,我开口了:"以前都不知道你也在练声,安娜,我总算明白是怎么回事了。"

辛普森太太挑起了眉。"是吗?"

"当然,"我回答,"安娜·西莱斯特的声音在六年级女生中是最好的。"这算某种意义上的实话,因为我们没一个不唱得像牛蛙叫,"你一定视她为家族的骄傲吧,桑普森太太,一定是吧?"

"是辛普森。"她吼道。安提拉差点没忍住笑。

"哦,对,抱歉啦。"我望了望四周,准备离开,"下次见,安娜。"说完,我砰地关上了大门。

在走回咖啡馆的路上,我把这件事说给戴尔听,后背都是汗。"辛普森太太一定会是个超级可怕的丈母娘。"他杞人忧天地说。

我不屑地哼了一声。"这倒是你完全不用担心的事。等你的名声一过,安娜·西莱斯特马上就会把你忘到九霄云外。"

"也许吧。"他闷闷地说。我们默不作声地走了一段路,柏油路上的热气就像幽灵般升腾。"你觉得拉娜小姐会打电话给斯塔尔吗?我是说上校的事儿。"他问道。

我的胃翻腾了一下。"希望她已经打过了。"

但至少在我们十一点半回到咖啡馆时,拉娜小姐仍然没有这么做。到了十二点一刻,玛拉过来吃午饭时她也没有。

午饭时,点唱机里播放着滚石乐队的歌,熔岩灯的光芒在桌面上泛出柔光,玛拉副探长坐进吧台前的椅子,瞥了眼公告牌上的今日特选。

"嗨,"我给她倒了杯水,"你的调查进展如何?"

"值得一问。我刚刚才向乔汇报过,你找到的船桨确实就是凶器,摩,但上面没查出指纹,我们只好再跟进其他的线索。"她说着向四周望了望,"60 年代风情主题?"她正猜测时,拉娜小姐穿着一件扎染的上衣和吉卜赛裙刷地走了出来,光泽的黑色雪儿款假发随着她的动作一阵飞舞。

"1968 年左右的咖啡馆布置。"我肯定地说道。戴尔端着一碟热苹果派冲了进来,头发梳了个鸭尾翘。"戴尔的复刻版,

从天而降的幸运

欢迎欢迎。"我说着直直地站了起来,优雅地把餐巾搭在手臂上,"今天供应的是绝妙三味鸡,每份四点九九美金,您可以选择炸鸡、鸡肉饼或者鸡肉沙拉。前两种可选附加新鲜蔬菜:秋葵、黄瓜、土豆沙拉或者卷心菜。鸡肉沙拉则铺在碎莴笋叶上,另配有饼干和薯条。无论点哪种都附赠奶酪点心和茶。您需要点什么呢?"

"炸鸡就好,"玛拉说,"加点秋葵和黄瓜,茶要甜的。你的案子怎么样了?"

我先给她送了一小篮奶酪点心。"你是说谋杀案?"

"不,我说的是你的母亲。"

我给她倒上茶,却回避了她的目光。"没什么进展。"

"唉,我知道那是什么感觉。别泄气。"她边说边眯眼看甜点菜单,"我之所以当警察,也是为了寻找一点家的感觉。"

我把银质茶杯端给她。"你的意思是?"

"那是家常手工苹果派吗?"她问道,我点了点头。"给我来一份。"她继续说道,"我的意思是,我懂你的心情,摩。我是在福利院长大的,我知道那种期盼的感觉。不过,这事儿别告诉别人,好吗?"她眨眨眼睛,"苹果派上加个冰激凌球。"她补充道,"人只能活一次,不是吗?"

"给我来份拉娜小姐的鸡肉沙拉。"利泽尔小姐走进来,坐在她身边时说道。隔壁房间的戴尔当时就吓得掉了一个碟子。一有老师在场他就崩溃,就算他根本还没看见那个老师,也会像有雷达感应一般感觉到他们的存在。

"嗨，利泽尔小姐，"我问候道，"哪阵风把你吹来了？"

"我是不常来。"她肯定地说，声音冷得就像冰冻果子露，"不过我听说玛拉来了，所以就想突然出现给她个惊喜。我要鸡肉沙拉，还有不加糖的茶，谢谢。"

午餐的客流很快就让我忙起来，不过即便是在端茶送水的时候，我仍然留意着玛拉副探长。难怪她理解我对河流上游母亲的寻找，原来她也在做同样的寻觅。那她多半也能体会上校离开给我带来的感觉了——应该能。

"拉娜小姐，能跟你说会儿话吗？"我问从身旁经过的拉娜小姐。

"午餐后吧，宝贝儿，"她回答，奔向一位顾客，"我忙得快飞起来了。"

我看着正打算穿过停车场离开的玛拉副探长和利泽尔小姐，最终做了一个决定。我一把抓起杰西先生最后那几张钞票的复印件，把上面连续的序列号抄在点菜单上，再把复印件放回口袋。"嘿！"我边叫边跑到利泽尔小姐缓缓发动的黑色敞篷车旁，"玛拉副探长，我有个假设的问题想问问你，"我在她面前停了下来，"专业人士之间的。"

"放马过来，侦探。"

我尽量忽略她衣服上的面包屑——专业人士也会有不拘小节的时候。"有个人理论上昨晚就该回家或者打个电话回来，却至今杳无消息。在附近有个杀手尚未归案的情况下，你会怎么做？给个理论上的回答就行。"

从天而降的幸运

她皱起了眉,"摩,没出什么事儿吧?"

"没有,长官,我纯粹是假设一下。"

"好吧。"她回答,"我会再给他一天时间,然后去找警察,友好的警察。"她说着,递来一张卡片,"斯塔尔探长应该会帮助你。如果你还有更多问题的话,我也是假设一下,就打利泽尔家的电话找我。"

"谢谢。"

"没事,孩子。"

"还有件事,"我掏了掏口袋,"我知道斯塔尔已经得到这个消息了,但是我也拿到了这份杰西先生最后的捐款的复印件,还附有钞票号码,也许你会喜欢。上校和拉娜小姐总是教导我,要用自己的方式给予别人回报。"

谁料玛拉却脸色刷白,步子不稳地向后扶住了车。

"玛拉副探长,你没事吧?"

"有点热昏头了。"她说道,晃了晃脑袋,把纸接过去,"我很好,谢谢你给我这个,摩。乔肯定得到这个线索了,就像你说的,但有备份的话会更加万无一失。回头见,孩子。"

然后她上了车,开走了。

就在这一夜,小帖预报过的雨下了起来。我在躺椅上紧紧地靠着拉娜小姐坐着。"上校已经晚了一天打电话了,离他应该签到的时间快过去二十四小时了。"

"我知道。"拉娜小姐叹了口气,"今天每次电话一响,我就希望是他。"

我从衣袋里拿出玛拉给我的名片,说:"玛拉副探长给了我她的号码,她也是个孤儿,应该会帮助我们。"

"一个孤儿?"她接过名片,"这和现在的事情有什么关系吗?"

"我们本来可以给斯塔尔打电话,"我继续说,"只是我相信上校不会希望我们这么做。"

"斯塔尔?"她深呼吸了一下,"也许我该先联系玛拉。"她走到电话旁,手放在上面,闭上了眼睛。"我先整理一下思绪。"她轻声说道,可就当她睁开眼睛时,电话也响了。

我们俩都跳了起来。

"你好。"她接起电话,然后笑了起来,"上校!你在哪儿?"

我不禁感到一阵释然,还好之前都是白操心啊。

"你还好吗?"她问,"我们快担心死了。"接着她聆听了一会儿,然后瑟缩了一下。"你从什么时候开始管我叫……是,是的,当然。既然你都打破三日之规了,我……"她瞥了我一眼,"不,我确定你在午夜前就离开了啊,但是……好的,她在旁边。"

我正想接过电话,她却皱着眉摇了摇头。

"我会的,我会转告她的。你确定一切都好吗?你听起来并不……好的,我懂了。不,我们没事。"她点点头,表情困惑,"周四你再给我们打电话,不能更晚,我……你还在吗?"

她放下话筒,一脸惊慌。"是上校打来的,"她说,好像我还不知道似的,"他向你问好。"

"可你的样子看起来像收到了坏消息。"我对她说。

"不,"她否认道,"是好消息,当然是好消息。只是刚刚的对话有点怪。"

怪?上校?这倒不是什么新鲜事。"有多怪?"我问道。

"呃,第一,他管我叫'宝贝儿'。"

"宝贝儿?他从不叫你宝贝儿。"

"然后他叫你摩西。"

"摩西?他只在给我取这个名字时,叫过那么一次啊。"

"我知道。"她盯着电话,一副要从里面挖出点什么消息的模样,"好吧,至少他打电话来了,我们也知道他是安全的。过几天他就回来了,到时候我们就能知道到底发生了什么。"

"嗯。"我拥抱了她,然后回去睡觉。但我在床上翻来覆去,还不停地做梦。我的思绪相互交缠,我的世界乱成一团。

梦到旧梦时,我还醒了一次。我梦见自己站在河里,一个瓶子漂过身旁。我把里面的纸条摇晃着倒出来,心脏怦怦直跳。但是,就像每次一样,我正要开始读的时候,纸条上面的字就一片模糊。

18. 拉娜小姐失踪了

第二天日落时，我和戴尔想出了一个天才般的主意为拉文德的车筹款，并在两天后加以实施。那天正好是含羞草节的盛大开幕式。

而那时候，戴尔也终于对出名感到厌恶了。

"同意斯塔尔给我戴上手铐从杰西先生家出来，简直就是我做过的最蠢的决定。"他这么说道，把刷子伸进一罐紫色的油漆里。

"不，那还算不上，"我把我们的招牌放到桌上，"你还干过更多更蠢的事。小心点，别滴出来，拉文德的招牌一定要看起来很专业。"

节庆下午五点开始，我们只有两个小时的时间来布置签售点。从拉娜小姐那儿借来的红白相间的宴会帐篷已经支起来，下面也放好了两把椅子。我们只缺一个广告牌了。戴尔

从天而降的**幸运**

犹豫地将刷子悬在半空,"你觉得我该写点什么?"

我把速写板转过去给他看,"和拉文德一起驶向致富之路!"这句话下面我会画上拉文德的车,并且把车身分割成各个广告位。"这场比赛几乎是一流的,"我提醒他,"会有电视台和广播的转播。如果我们能把二十个广告位以每个五十美金的价格卖出去,我们就能筹到拉文德用来买部件的一千美金了。好啦,"我边说边拿过刷子,"我来吧。等你弄好这牌子,估计赛车比赛都开始了。"

戴尔一屁股坐在椅子上,嘴里念念叨叨。"我还以为斯塔尔这会儿已经抓到凶手了,我也成英雄了呢。"他低沉的声音里满是悲痛,"结果呢,人们对我和我的家庭议论得更难听了,难听得简直超乎想象。安提拉躲着我也就算了,警察也跟踪得让我心烦。你看,那个愚蠢的便衣菲尔正吃着第二个手卷煎饼呢。"

"在哪儿?"

"就在展台后面。"

我眯起眼望向展台,看到萨姆正在那里给弹簧上油,而菲尔马上躲到了我们的视线之外。"嗨,萨姆,"我叫道,"拉文德呢?"

"还在车库,但他今晚会赶来的。"他说着大步走了过来。

"好极了。他今晚得来给照片签名,有婴儿在的话还得奉送几个香吻。"

"亲不亲婴儿我不知道,不过我确定他会写自己的名字。"

萨姆开玩笑说,"感谢你们俩所做的这些,你们的信心也点燃了拉文德内心的火焰。他已经把我们需要买的部件都列出来了,到时候我们就能把车改装得速度快过……嘿,这招牌真棒。"

我向后退了一步,以便欣赏自己的手艺。"我把靠近招牌边缘的字母写得细长了一些,好让它们看起来有种速度感,"我说道,"你们觉得如何?"

"附加效果么?"他说着点点头,"看起来挺不错的。戴尔?"

戴尔却皱起了眉,"要我说,它们看起来就像刚从一间屋子里逃出来。"

"能帮我们把它挂上去吗?"我把招牌向萨姆推了推,"我和戴尔要让拉文德出名,就在今晚。"

"出名?"萨姆笑了起来,"能让我们有钱付账单,你就已经是我们的神了。"

七点半的时候,我正顺当地走在成为神的大道上。

拉娜小姐给了我最大的支持,她为咖啡馆买下了整个发动机罩的广告位。"那就是三百美金了?我买了,宝贝儿。"她说着,从宽大的和服袖子里掏出支票簿,"别跟上校提一个字。"她悄悄地对我说。

"你来就是为了帮我们吧,拉娜小姐?"我问道。

"我乐意呀。顺便也想买两只火鸡回去烤,当做明天的特色菜。"她靠近了戴尔,"我是用低温慢慢地烤,烤上一整夜,所以火鸡肉才会特别鲜美多汁,别告诉别人哦。"她补充道,然后啪地打开折扇。

戴尔点了点头。"谢谢你买的广告,"他说着,脸红了,"我知道咖啡馆根本就不需要做这样的广告,全镇的人没有不去那儿用餐的。"

"没事儿。"她说着转向我,"摩,九点半要回家,不能更晚了。我知道斯塔尔派了人看着你们,否则我根本就不会同意你们干这个。用孩子当诱饵,"她边说边整理身上的红色和服,"这世界到底怎么了?"

"这是感叹句吗?"戴尔悄悄地问我,我眨眼表示是的。

过了一会儿,泰米日间托儿所的泰米出现了。"我要驾驶座那一侧车门的广告位,如果你们还能顺便帮我设计广告语的话。"她要求道。

"'泰米托儿所,你所安心的寄托。'"我回答,"价钱是六十美金——五十美金广告位加十美金设计费。给七十块的话,我们还能把你的电话号码加上去。"

她在一张粉红便条上匆匆写下自己的电话号码。"能换成把我的号码直接给车手吗?"

"戴尔是他弟弟,他会帮忙给的。"我说道。戴尔无奈地呻吟了一声,把便条塞进口袋。

李先生买下了一块翼子板的位置,要求写上"李氏空手道,踢出好时光"。阿佛酒吧和日光浴沙龙的阿佛·杰克森勉强为一块车门广告位付了六十元,广告语是"祝酒、晒黑就来阿佛酒吧"。他离开之后，一位杜鹃花女士走来为城郊花园俱乐部要一块地方。"一块翼子板只要八十五美金。"我说道。

"八十五？不是五十吗？"

"那是次等位置的价钱，"我回答，"我觉得你不可能会喜欢。不过也行，戴尔，给她油箱那块吧。"

她惊诧地用手掩住喉咙，"油箱？我们还是要八十五美金的位置好了。"我朝戴尔使了个眼色。让一位杜鹃花女士接受次等的东西，还不如让她去死。

八点时，拉文德终于出现了，节庆也到了最热闹的时候：旋转的木马，呼啸的云霄飞车，旋转椅上的人们大喊大叫。"你们得去吃点东西。"他说着给了我一张十美金的钞票，"我推荐一些健康食品，比如全脂油炸奥利奥。"

当我们回来时，展台几乎被人群淹没了。有拉文德当场做签售，才九点钟我们就卖掉了整辆车的广告位。"我真不敢相信：一千零九十九元七十九分。"他关上装现金的箱子时对我说。

"怎么会有九十九元七十九分的零头？"

"利特尔镇长说，镇上财政吃紧，所以我给他打了点折。"

而接下来绝对是一个伟大的时刻：拉文德微笑着，俯身亲吻了我的脸颊。

我的初吻！还是拉文德给的！

"摩，"他温柔地说，"你真是自由经营者中的女神。"

我，自由经营者中的女神!

我把戴尔推向拉文德，拉文德大笑了起来。"赛跑!"我对戴尔喊道，然后猛地冲了出去。灯暗下来时人群也渐渐散开，我跑得比任何人都快，一直跑到镇子边，转弯跑向河流的方向。咖啡馆越来越近了。

我跑的每一步都在为拉文德的吻而雀跃，拉文德的吻呀!我失控地围着咖啡馆跑了一圈，才跑上小路，跑上台阶。"拉娜小姐!"我喊道，听到身后戴尔跑进门廊的脚步声和门被甩开的声音，"拉娜小姐!你猜猜发生了什么事?"

然而起居室里的景象却像一记重拳般砸向了我。

桃花心木书架向前倒在地上，旁边倒放着的是拉娜小姐的天鹅绒椅子，坐垫还被划开了。沙发垫子被扔得东一个西一个，台灯从桌上一头栽下，被电源线缠绕着悬在半空。我六岁生日时的照片被砸到了另一边墙上，相框上的玻璃被摔得粉碎。书桌的抽屉全都被拉开，里面的纸张撒了一地。"拉娜小姐?"我的声音像从远方传来一般微弱。戴尔跟着我走了进来，也吓得呆住了。

"快找她!"我喊道。我们跑过杂乱的客厅，大喊着拉娜小姐的名字。其他房间虽然没被弄乱但也受了惊扰，显得空洞而沉寂，像是在瞪着我。

"这是什么?"戴尔问道，从厨房料理台上拿起一张纸条。

我抢了过来，觉得指尖离我有千里之遥，上面的字几乎无法辨认:

Three Times Lucky 191

从天而降的幸运

> 斯塔尔——我们各有所需，不如互相帮助。

"这是什么意思？"戴尔轻声问道。

"是凶手留下的，他抓走了拉娜小姐，快跑！"我大叫着把他推向门口，"跑啊！"

我们刚刚跑过客厅，大门就被突然地推开了。一个男人闯了进来，在星光下我只看到一片剪影。

"我的卧室，戴尔！"我叫着开始调整方向，"快去！"

"停下！"那个男人吼道，"我是乔·斯塔尔，全都冷静一点！"

我一把抓住斯塔尔的手，"快进来，"我喘着气说，"凶手抓走了拉娜小姐。"

下半夜，我们的房子被聚光灯包围了，斯塔尔的手下和我们的邻居全都在找拉娜小姐。玛拉副探长在咖啡馆的墙上发现了一对脚印。"这里有过争斗，看来最后几步他是拖着她走的。"她对斯塔尔说着，却不敢看我。

斯塔尔命令他的人去树林里搜寻，我尽量不去想象那会是怎样的情景。"凶手把第一个受害者留在了河里，"斯塔尔说道，"他可能还会返回那儿。小心点，无论找到什么，马上叫我。"

然后，他把凶手的留言条递给玛拉。"你研究一下这个，玛拉。"

玛拉的脸慢慢地红了,"'我们各有所需',"她读出声来,然后摇了摇头,"他这是在耍我们。"

"没错,但是为什么呢?"斯塔尔问。

"也许他很愤怒,"戴尔说道,"也许正如你之前让我戴上手铐时所说的,他不喜欢被我抢了风头。"

我望向窗外,搜寻队伍中黄色的手电筒光在树冠里和河水中杂乱无章地闪烁。

"好像萤火虫。"我喃喃地说。

"什么?"正在厨房柜台上研究交通地图的斯塔尔问道。

"手电筒的光,看起来就像萤火虫。"

"你确定没遇见过任何外人吗?"他又问道,"或者以前没见过的车……"

"没有,"我回答,"我已经说过了。能别找我的茬儿,去找拉娜小姐吗?她很可能被……"我的声音就像收音机没信号一般戛然而止。

然后我开始发抖。"拿条毯子来。"斯塔尔对玛拉说,"戴尔,你妈妈在哪儿?我觉得最好让她来陪陪摩。"

"我给她打过电话了,"戴尔回答,"只等拉文德把她接过来。本来她能自己开车,只是老爸把她的品拓车偷偷开走了,再也没见回来。"

玛拉副探长把上校扎人的绿色军用毯裹在我的肩上,然后捏了捏我的手臂。毯子闻起来有松树和木炭的烟味,就像我以前在后院露营时闻到的一样。

从天而降的 幸运

我闭上眼睛，终于不再发抖了。我的恐惧消解了一些，戴尔的声音也像烟雾般飘散。我想起了春天时露营的情景，就在后院，只有我和上校。

"没什么比露营更有助于恢复理性了，士兵。"上校那么说道，"一定要记住，当你迷失方向时，就在星空下等待。"

"等待什么？"我边铺开毯子边问。

"到时你就会知道的。"他说着闭上了眼睛，平静得像个婴儿，"你听到什么了吗？"

"嗯，好像听到了车喇叭声，可能是拉文德的。你呢？"

"老样子，"他低语道，"飞旋的蟋蟀，飞旋的星星……"

"听我说，"他突然说，"我们每天都反复承受着许多，当你觉得失落时，就听着星星的歌唱入眠，醒来时便会焕然一新。"他看着我，神采奕奕的英俊脸庞就像月光下的峭壁，"你明白我的意思吗，士兵？"

我碰了碰他的手。"我不知道，长官，"我回答，"但是我喜欢这个调调。"

他仰起头大笑起来，"好吧，你坦诚得就像块花岗岩，我亲爱的。去拿些棉花糖来，我们要好好地生个营火。"

"摩？"斯塔尔叫道，把长满茧子的手掌搭在我的肩上，然后像头熊似的摇晃着我，"你能听见我说话吗？她被吓过去了，"他似乎在对别的什么人说，"快叫医生！"

"没有必要。"萝丝女士出现在门口。

"妈妈！"戴尔叫了起来。萝丝女士穿过厨房，绿色的眼睛里满是关切。"噢,摩,我真难过。"她说着抱住了我,让我的眼里一下子溢满了受惊的热泪。

我像个一年级小学生一样,哭了起来。

"我们会找到拉娜的,"她边说边抚摸着我的头发,"别担心,我们会找到她的。"

"妈妈,拉文德呢?"戴尔从斯塔尔的笔记本电脑后抬起头,问道。

"他也加入了搜寻队伍,和其他人一起。"她回答,知道拉文德刚刚被帮了个大忙,"戴尔,你在干什么?"

"在看有犯罪前科的人的案底照片。"他说道,弓着背使劲瞄着电脑屏幕,"我和摩是在凶手来过之后回来的,也许我们看到过他却不记得了。"

"萝丝,我们会尽一切努力找到你的朋友。"斯塔尔保证道,"我已经派人在树林中彻底搜查,还在264国道和I95公路上设置了检查岗。玛拉副探长正在准备搜查本地的每一所空房和仓库。拉娜之前曾提到过与谁不和吗,无论是在咖啡馆还是在查尔斯顿?"

我依偎着萝丝女士,她衣服上的味道闻起来就像刚割下来的青草。"拉娜昨天去过我家,但没说起什么不同寻常的事,只是为杰西先生的……遭遇感到不快,还有不知何时才能结案。"

"她提到过上校吗?"

萝丝女士抚摸我头发的手僵住了。"我觉得我还是该告诉你。"她回答,"上校上周五就离开了,她说他周一时打过电话回来,而且听起来怪怪的。"

"怎么个怪法?"

"他叫她'宝贝儿',然后管摩叫'摩西',他从不这么叫她们。"

"摩西?"戴尔插嘴道,"果然诡异。"

斯塔尔刷刷地记了下来,"还有吗?"

萝丝女士耸了耸肩,"没什么了。在现在这样的形势下,上校还离开了,拉娜很不高兴。不过这两人总是聚少离多。"

"意思是……他们常常吵架?"

"不,"她说,"意思是他们并不吵架,因为大部分时间都不在一起。相信我,探长,很多事都是少则刚好,多则有害。"

斯塔尔按着他的自动圆珠笔,"萝丝,如果你知道上校在哪儿……"

"要说我知道的话,他应该是在回家的路上了。"

"嘿!"戴尔突然叫了起来,"这里面怎么会有便衣菲尔?"

我推开萝丝女士,也冲到笔记本屏幕前。

"你的密探到底在这里干什么?"我问道,看了看斯塔尔,"你怎么能一边叫戴尔帮你,又一边耍他?"

"我的密探?你在说什么啊?"斯塔尔把电脑拿起来面向自己,看着上面的案底照片,"这是罗伯特·斯莱特,一个银行抢劫犯。几周前他越狱了,我们正在抓他。"

"你要是想抓他,就该到节日庆典上来。"戴尔说。

斯塔尔一下子跳了起来。"斯莱特在这里？"他望向玛拉副探长，"你一直在盯着戴尔，没有看到过斯莱特？"

"没有，"玛拉有些慌张地回答，"我没看到过。"

我的胳膊上立刻爬满了鸡皮疙瘩。"你盯我们的梢？我一直都没发现你。"

"那就对了，摩，"她回答，"我才是密探。"

"那你没发现斯莱特？"我的声音抬高了，"他还在杰西先生的追悼会上出现过，还有含羞草节庆典时，他就站在拉文德展台对面的杜鹃花后面……"

玛拉看了看照片，望向斯塔尔。"我真不知道该说什么好，乔，我大概错过他了，这太不应该了。"

"你们两个确定是他？"斯塔尔询问道，我和戴尔点了点头。斯塔尔用手扶住额头，"小心总比出错好。玛拉，通知公路巡逻队，罗伯特·斯莱特手里有个人质，并有可能正前往温斯顿。"他发出了指示，"告诉他们，也许他开的就是多尔夫·安德鲁斯被盗的那辆车。"

"多尔夫·安德鲁斯？温斯顿 – 萨勒姆被杀的那个家伙？"戴尔小声问道。

我站了起来，"如果这个家伙伤害了拉娜小姐……"我的声音听起来支离破碎。斯塔尔担心地握着我的胳膊，他的手就像上校的一样有力。

"摩，我们会优先考虑拉娜小姐的安全。戴尔，多谢你的帮助，孩子。"他挨个儿说道，"萝丝，如果你能把孩子们带回家,让我继续工作的话,我会非常感激。我会派人看守你的房子,直到天明。"

"不,"我说,"这里是我的家,我不会离开的,除非你保证能找到拉娜小姐。"

他深深地吸了一口气说:"摩,我会尽一切努力。明天早上我会去萝丝家一趟,向你汇报工作进展。我保证。"

萝丝女士搂住我的肩膀,"谢谢你,探长。来吧,摩,我们一起来帮你收拾点行李。"

在自己的房间里,我却像个陌生人。我从衣柜里把旧箱子拖出来,打开黄铜锁扣,里面原本海军蓝的衬布已经褪成了一团团青色。我站在那儿,手指拂过粗糙的皮面,一时不知要怎么办才好。"拉娜小姐说过,无论去哪儿都得备上足够回家的钱。"最终,我开口说道,"希望她现在也一样。"

"拉娜很聪明,"萝丝女士找到我的睡裤,放进箱子里,"她会找到回家的路的,也会为你的沉着应对感到骄傲,到时候你就知道了。"

我把编年史第六卷也放进手提箱,见萝丝忙不迭地放进一叠T恤。"我不用带这么多,拉娜小姐天亮时就回来了。"我说。

"也许吧。她回来之后,斯塔尔也打算继续在这里办公。"
她回来之后。拜托了,一定要回来,我心想。
我觉得自己就像一片飘零的秋叶。

"摩,你想想还需要带其他什么东西吗?"

我拿起拉娜小姐在查尔斯顿整理好的绿色剪贴簿,"这是她给我的最后一样东西……"我话不成句。

"会好起来的,摩。"萝丝女士低声安慰,拥抱住我。

"不,还没有。"热泪滑下我的脸颊,"他们一定得找到她,没有拉娜小姐,什么都不会好起来的。"

19. 倾听星空之声

下半夜时,我所住的戴尔的卧室门突然开了,一束光线透进来,投到我躺着的床上。我根本没睡着,便在枕头上支起胳膊,引得床垫里的弹簧一阵嘎吱作响。"戴尔?"我轻声问道。

伊丽莎白女皇二世的小狗爪啪嗒啪嗒地跑过地板。"嘿,好姑娘,"我小声叫道,伸出手去,"到这儿来。"它跳上床,依偎在我身旁。我抚摸着它毛茸茸的耳朵,它则亲昵地顶了顶我的手,安慰着我。我打开台灯——那是个家庭手工制品,精巧地利用了萝丝女士的酒瓶。

不挑剔的话,戴尔的房间其实很不错,正好我就不挑剔。它闻起来富足而干净,像刚刚犁过的田野。这是他衣柜里的蚯蚓的气味,是去年夏天快速致富计划的遗留品。他的床单闻起来像风。他的蝾螈——伊萨克阁下,则在玻璃居所里蠕动个不停。我俯下身,从地上捡起我的剪贴簿。"来,莉斯,"我说着打开本子,"闻出个线索来。"

"你在干吗?"戴尔在门口轻声问道,把我和莉斯都吓了一跳。

"我们在看照片。你在干吗?如果被你妈妈发现你这样到处晃荡,她会活剥了你。"

这是真的。我们一回到戴尔家,萝丝女士就像上校一般厉声宣布了睡觉安排:我睡戴尔的房间,戴尔则和留下来保护我们的拉文德一起睡在拉文德的卧室,她则照常睡。"锁上门,关掉灯,所有人都乖乖待在床上,直到天亮。"她命令道。

"莉斯饿了,我起来给它做花生酱三明治。"戴尔说,"也给我们做了一份。你看见莉斯了?"

"它在这儿呢。"我回答,莉斯的尾巴在床单上扫来扫去。

戴尔拉过一张椅子坐在我的床边。"嘿,莉斯。"小狗跳到地板上,温柔地从他手里叼过三明治,然后直立着用前爪抱住啃了起来。"它吃得像个淑女。"戴尔说,也给了我一份三明治,按我的口味弄得特别松脆。

"你不困吗?"我问道。

他打了个呵欠,"倒不是,只是拉文德爱说梦话。"

我的心狂跳起来,"是吗?有没有提到我?"

"除非你把名字改成了西卡莫尔200。你在看什么照片?"他边问边瞟了过来。

从天而降的幸运

"拉娜小姐从查尔斯顿带回来的。"戴尔嚼着三明治,头发参差不齐地翘成一圈,浅蓝色的睡衣上少了枚扣子,还斜向一边。我继续打量他的房间,看着褪色的墙纸,还有每年他过生日时他爸爸送的赛车模型,虽然他真正想要的是一把吉他。屋里还有一排哑铃。"你什么时候开始练举重了?"

"还没开始。那是拉文德给我的,他说留着攒灰,直到我进入青春期,到时候由我自己决定是卖掉还是留着用。"他把剩下的三明治塞进嘴里,然后舔舔手指头。"咱们什么时候开始?"

"开始什么?"

"讨论线索啊,"他回答,从床头柜上拿起我的记事本递给我,"关于拉娜小姐的。"

接着他皱起眉,靠近我。"她是被绑架的?"他慢慢地说着,句尾声调上挑,好像我听不懂似的,"我们是侦探了?"

"什么侦探啊,连银行抢劫犯和保镖都分不清。"

"我们会找到拉娜小姐的,摩,就用利泽尔小姐教过我们的方式,还记得吗?找出问题,解决问题。还有问题吗?"他按利泽尔小姐看见他放弃数学题时的方式点了点头。

我叹了口气。"拉娜小姐被斯莱特绑架了。"

"原因?"

"我怎么知道?"我哀叫道,"一点头绪都没有。"

"嘘……你会把我妈妈吵醒的。"

他把拉娜小姐的剪贴簿转向自己。"为什么有人会抓走拉娜小姐?我是说,她虽然人很好,但也逼得上校快疯了,大部分时间都远远躲开她。"他从剪贴簿上抬起头,"当然上校也是出于善意。我爱拉娜小姐。"

"我知道,我也爱她。"

"也有可能只是个意外。"他继续说道,"也许斯莱特把她当成某个电影明星了,比如雪儿,她总是戴那顶假发。哦,不对,"他叹了口气,倒是省了我打击他的麻烦,"肯定不是这样的。"

"也许她吓了他一跳?"我说道,"也许她发现他在起居室里找什么东西,或者想找上校。斯莱特不是第一次去我家了,记得吗?杰西先生死的那晚他就去过。"

"没错。"他说着翻过一页,"这是谁?"

我看了一眼照片。"拉娜小姐,绽放之前的模样。"

他看到了拉娜小姐在戏剧俱乐部时的照片,"哇哦,"他嘟囔着说,"就快绽放了。"他又打了个呵欠,"一个银行抢劫犯干吗抓走拉娜小姐?抢银行的人一般都想要什么啊?"

"钱?"我猜测道,看着他翻到了年轻上校的那一页,当时上校还把我抱在膝盖上,"可是她没钱啊,上校也是,除非……"我停了下来,就在打开的行李箱上,仔细地看着那张照片。

戴尔抬起头来,"除非什么?"

从天而降的幸运

"除非他相信了那个古老的传言,有关满满一箱子钱的那个。"

戴尔合上剪贴簿,噗嗤笑了一声,"他不会那么蠢吧?我爸爸那么说,也只是为了让大家对初来乍到的上校好一点吧。"

"别低估人们的愚蠢程度,戴尔,如果斯莱特认为谣言是真的呢?如果他绑架拉娜小姐,就是为了得到这份莫须有的钱呢?"

戴尔挠了挠后脑勺,"就算真是这样,我们也还是得想办法找回拉娜小姐。"他站起来,伸了个懒腰,"先睡会儿吧,摩,"他说着拿起剪贴簿,"我能拿过去看吗?拉文德再说梦话时我就有事情做了。"我点点头。"别担心,我们会找到她的。"伊丽莎白女皇二世也跟着跳了跳。"莉斯,"他叫道,"你陪着摩。"

他关上门时,一张照片从剪贴簿里飘了出来。照片上年轻的上校和拉娜小姐肩并肩坐着,向我微笑着,风把拉娜小姐的头发吹得贴在脸上。我把它放在桌上,关上灯,回床上继续躺着。

闭上眼睛,我试着感应拉娜小姐在哪里。拜托了,拉娜小姐,想着我,我在萝丝女士家。

最终,我掀开毯子走到窗边,望着前方的院子。夜空回望着我,耐心而深沉,身披辽阔无垠的星辰。

上校的声音又在我脑中响起,淡定而清晰:"当你觉得失落时,就听着星星的歌唱入眠,醒来时便会焕然一新。你明白我的意思吗,士兵?"

"我想,现在我懂了,长官。"我悄声说道。

我把戴尔那张用编织袋做成的椅子拖到窗边,倾听着星空的声音,睡着了。

从天而降的幸运

20. 装满钱的手提箱

"萝丝女士,"第二天一早我说道,"我想告诉乔·斯塔尔关于上校那个装满钱的手提箱,还有那晚他闯进镇子时出车祸的事。"

萝丝女士坐在厨房的桌子旁,正在往咖啡里加奶油,听了我的话似乎吓了一跳。"那个老故事?为什么?"

"斯莱特也许认为那个故事是真的,他只可能正是因为这个才带走拉娜小姐的。然后要说起这件事的话,就免不了会提到上校的车祸。"

拉文德慢悠悠地走了进来,把我的剪贴簿放在桌上。"照片不错。"他说道,从冰箱里拿出一篮子鸡蛋,"要鸡蛋吗,妈妈?"萝丝女士摇了摇头。"摩,你还能做吐司吗?"他问我。

我还能做吐司吗?他在和我开玩笑吧?

我把两片奇迹牌面包片插进烤面包机里时,浴室传来了大力关门的声音。"戴尔起来了。"我说道,再从袋子里拿出两片面包,然后把袋子系上。我看了一眼拉文德,他正把一条棉布围裙系在牛仔裤外面。"你觉得我们能做点什么,拉文德?"

"准备碟子和叉子。"

我走向橱柜。"但我说的是拉娜小姐。"

拉文德看着我,蓝色的眼睛十分严肃。"我们会做一切需要去做的。如果搜寻有帮助,我就去搜寻;如果把手提箱或者上校的车祸说出去会有帮助,我就说。说起来我倒是有点惊讶,竟然还没人跟他八卦过这事儿。"

我说过我将来要嫁给拉文德吧?我们要收养六个孩子,其中还要有对双胞胎。他把鸡蛋打进煎锅里,吼了起来。"戴尔!动作快点!"

这时,烤面包机把两片烤好的面包弹了出来。"但是我们得有选择地告诉斯塔尔,"我说道,"要是让他发现上校什么都不记得了,他大概就不会把上校当回事了。"

"噢,摩,没人会不把上校当回事。"萝丝女士说,"去年他只差一票就当选镇长了,而且他完全没拉过选票。"

"拉娜小姐投了他的反对票,"我说,"两次都是。"

拉文德把煎蛋盛进碟子,又叫了起来:"戴尔!我们开吃了!"

萝丝女士对着在身旁坐下的拉文德笑了笑,"我认识拉娜的那天,马肯也在说这个谣言。那时你还是个多可爱的小宝贝啊。"她对我说。

"是啊，除了裹着尿布外。"拉文德说着皱了皱鼻子。

我叉起煎蛋向他示威。

"不许扔食物。"萝丝女士马上警告，"我和马肯赶过去时，本以为会看见上校带着你，结果门廊上坐着的却是拉娜。她一边摇着你一边唱着摇篮曲。那时她晴朗得像白天，穿着淡蓝色的裙子，就是上面有小花图案，背后有珍珠纽扣的那条。

"我们互相做了介绍，我和拉娜一见如故。然后我们一起进屋，我看到有个旧条纹箱子敞开着，里面放满了婴儿用品。箱子旁边有一沓钱。上校把钱装进箱子合上之后，想起了有关装满钱的手提箱的传言，就和马肯大笑起来。"

她看了看拉文德，目光雀跃。"你知道你爸爸曾经是那么……好吧，已经过去了。很快谣言就在镇子里传开了——拉娜和上校用一箱子钱过日子，购买了开咖啡馆所需要的一切，并且开始营业。"她耸了耸肩，"虽然我还是不确定把这些事告诉斯塔尔是否有必要，但说了也没坏处，如果你确实想说的话。"

"告诉我什么？"一个声音在走廊上响起，吓了我们一跳。我转过身去，嘴里还塞着满满一嘴煎蛋。斯塔尔站在门口，手里拿着帽子，衣服皱巴巴的，下巴上长出一片黑色胡茬。

"你找到拉娜小姐了吗？"我急切地问道，声音含混不清。

"还没有。"

我嘴里的鸡蛋顿时难以下咽。

"请进吧,"萝丝女士说道,"我给你倒杯咖啡。"

"谢谢。"斯塔尔把帽子扔在柜子上,在椅子上坐了下来,目光投向我,"来吧,按我所承诺的,我要开始汇报了。首先我们搜查了整个地区的废弃房屋,还是没有找到她,不过也没发现有任何暴行迹象。其次,我们怀疑斯莱特开的是一辆黑色的马里布车——多尔夫·安德鲁斯最后一辆来历不明的车,这个信息对我们很有帮助。第三,我的人正在搜查斯莱特在温斯顿-萨勒姆的老巢,这也会有帮助。"

"温斯顿-萨勒姆?好远啊!"

"不过那是我的辖区,对我有利。"他回答,"现在我们只有等待,等待很难熬,但每个侦探都明白这是工作的一部分,对吗?"

我点点头,把眼泪眨了回去。"我的报告结束了。现在,你有什么要告诉我的吗?"他问。

戴尔溜进了屋子。我把面前的碟子推开。"我想告诉你关于一个手提箱的事。"我说道,努力忍住眼泪。

"准确地说,是一则关于上校藏着一个装满钱的手提箱的老流言。"萝丝女士接着说道。

斯塔尔皱起了眉,"钱?"

戴尔小心地绕过斯塔尔,从我的碟子里抓走一片吐司。就算你告诉戴尔世界末日要来了,他还是会先吃饱再说。

"那是个谣言,"我说道,终于又找回了自己的声音,"是戴尔的爸爸编的。一场车祸将上校带到了镇子上,也让他忘

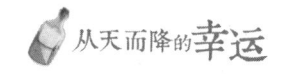

记了过去的生活。"不知为什么，真的说出来时我又不觉得这是个好主意了，"重点是，斯莱特也许以为关于钱的传言是真的，我想这就是他绑架拉娜小姐的原因。"

斯塔尔点了头，"我听说了上校的记忆有些问题。再多告诉我一点？"

我打开剪贴簿，把上校的故事抽了出来。"这是他自己写的，你可以跳过开篇关于我的那部分，第二部分才是他的。"可让我吃惊的是，斯塔尔从头大声读了起来：

亲爱的士兵：

我知道你很好奇我们是怎么来到这儿，来到图珀洛镇的。

你出生于一场飓风之中。我想你的母亲肯定也做了飓风来临前人们通常会做的准备：她买回食物储藏，把家具固定起来，然后听着风声入睡，却没想到还有一场洪水。

和其他人一样，她在黑暗中醒来，被摇晃着撞到墙壁的家具吓了一跳。她刚把腿伸下床就忍不住尖叫起来，因为洪水已经没过了她的膝盖。她艰难地在水中前行，穿过走廊，爬上了一个柜子。别人家的东西陆续漂过她的身旁：安乐椅，油桶，一个鸡笼上面还站着一只湿透了的公鸡。在洪水淹到屋顶时，你出生了，而她可以栖身的地盘也越来越小，越来越小。

在远处，我相信她找到了一丝希望：一块破了的广告牌被洪流疯狂地席卷而来，她用长袍把你包住，在广告牌漂过屋顶时轻轻地把你放在了上面。指尖离开这个临时的小救生筏时，她一定哭了出来。你漂远了，亲爱的，但你丝毫没有害怕。

而在另一边的我，正惊恐得魂飞魄散。

"下一部分就有更多关于上校的了。"我说道，斯塔尔把纸翻过一页。

我在一辆撞坏的车中醒来，外面是狂风暴雨，我的脑袋里仿佛也在咆哮。风在呼啸，树木倾倒，世界汪洋一片。

可我是谁，我却不记得了。我从哪里来，我也不知道。

我滑下了河岸，直到抓住一把灌木才止住进一步下滑的势头。然后我蜷缩了起来，皮鞋陷进淤泥里。要抱住膝盖随风摇晃，我才能不狂叫出声。

我不知道上游有个拦河坝，也不知道它会被冲毁。

"为什么啊？"我叫道，"我应该做什么，给我一点指示吧！"

从天而降的幸运

就在那时，载着你的广告牌随着一波浪头漂到了河边，撞到了我的后脑勺。我伸手想保持平衡，却摸到了我以为是只小狗的东西。然后，你就抓住了我的手指。我在心里说，是个婴儿。然后我就昏了过去。第二天，马肯发现我们时就是这样的一幕景象：我昏倒在半块广告牌上，你则窝在我的臂弯里，啜着我的制服口袋。而那半块广告牌上写着："……咖啡馆……所有人"。于是，我们接下来的道路也一下子清晰起来。

每当想起你母亲对你的放手，我就对她充满敬意，士兵，而我将爱你，并永不放弃。

爱你的上校

附：抱歉，我给你取名叫摩西。等我发现你是个女孩时，已经太晚了。

我把自己的碟子推到斯塔尔面前："尝尝焦黑吐司吧，我特意制作的。希望你不会因为知道这些事，而改变对上校的态度。"

"我不会的。传言中有提到钱的具体数额吗？"

"噢，"萝丝女士打扫着桌子上掉落的一点点面包屑，"三万美金吧。"这时，电话响了。"戴尔，去接一下好吗？"戴尔马上跑过餐厅，跑进起居室。

"三万美金?"斯塔尔脱口而出,连脖子都红了起来。

"那只是个传言。"我说道。

"你确定?这可真是个巧计,用不存在的钱建了个真正的咖啡馆。"他说道。

我完全没想过这一点。我望向萝丝女士。"上校来到镇上时确实带了些钱,"她回答,"拉娜又借了一些……马肯对上校很有好感,大概也帮他担保了一笔贷款。对我来说,当时的一切都比现在好。"

斯塔尔用手指理了一下眉毛。"当时的钞票还有留下来的吗?"

我马上就想到了咖啡馆厨房门上钉着的那张,还有我的手提箱里应急用的五美金。

"应该没有了。"萝丝女士说,"据我所知,在摩学会走路之前他们的钱就花光了,除了……咖啡馆厨房门上的那张。"她笑起来的声音就像阴暗门廊上的一个风向标,"拉娜在上校的咖啡馆购买了第一份特选午餐。为了纪念她当时用的是他的钱付账,上校当天就把钱钉在厨房门上了。"

"很好,我马上去查看钞票号码,"斯塔尔说道,"看看是否和斯莱特有关。"

"什么?上校可不是抢劫犯!"我高声叫道,"我告诉你这些不是让你去查什么钞票号码的。"

"冷静点,摩,"拉文德说道,"斯塔尔探长只是想帮忙。"

"摩,知道越多关于拉娜的事,我就越容易找到她。"斯塔尔解释道,他身体前倾,手肘支在桌子上——这可是萝丝女士严令禁止的动作。"无论是什么样的切入点,我都必须试图突破。"他看了一眼我的碟子,"还有人想吃最后这片吐司吗?"

"你请自便。"萝丝女士说道,看到戴尔步履沉重地走进了厨房,"谁打来的电话,宝贝?"

"斯莱特。"

拉文德和斯塔尔一下子站直了。

"不用起立,"戴尔补充道,"他说过会儿会再打过来。"

21. 赎金

十一点左右时,莱西·桑顿老祖母前来敲门。"萝丝?"她叫道,"摩在吗?我想吃东西,但是咖啡馆已经被围成犯罪现场了,我想今天也许能在这里用餐?如果摩有空的话。"

斯塔尔从电话追踪器上抬起头。"她是过来吃午饭的?"他轻声对玛拉副探长说道,"这儿还在查案,她是不是疯了?"

我把一个螺丝起子递给玛拉。"我就当没听见吧,你议论的可是年纪相当于我祖母的人。"我说道,"对她放尊重一点你又不会怎么样。"我转身向门口走去,"我在呢,莱西婆婆。萝丝女士在花园里,拉文德去镇上修车了。快请进来,我给您做个三明治,萝丝女士正好有奇迹牌面包。"

纱门被推开了。"别叫我婆婆,亲爱的。"她回答,"你知道我更喜欢被称为祖母。"她对斯塔尔露出微笑,并伸出了手臂,手背上的蓝色脉管看起来就像雏鸟般柔弱。"斯塔尔探长。"

"女士。"斯塔尔回答,轻轻地吻了一下她的手背。

"花生酱奶酪火腿三明治可以吗?"我问道。

"别麻烦了,亲爱的,我的别克车里有一篮子炸鸡呢。我们在门口铺好桌布吧。探长?副探长?"她继续对玛拉副探长微笑,"你是全职的副探长,是吗,亲爱的?"

"是的,女士。"玛拉回答,站得笔直笔直。

"太好了,"莱西·桑顿老祖母眉开眼笑地说,"你们也来加入户外午餐吗?"

"我要去,"戴尔说着从屋里跑了出来,"我可以弄些冰茶来。"

"谢谢你,戴尔,那真是太棒了。"

我跟着莱西·桑顿老祖母走到门口,把她那张黄色的条纹棉桌布展开铺在地上。她带来了一顿盛宴:除了炸鸡,还有鸡蛋、卷心菜、土豆沙拉和面包卷。她把碟子拿出来时,利特尔镇长正好开着漂亮的吉普车路过。"我能加入你们吗?"他问道,从前座上拿起一个纸袋。

"请随意。"我回答。他踮着脚尖跨过来,脱掉蓝色的泡泡纱外套,并小心地把它叠整齐。"对于最近发生的不愉快的事,我深表遗憾,摩。"他说道,"我本想早点来看望你,但我还得监控飓风,我怀疑它也朝我们的方向来了。不过就算飓风来袭,你的公仆也已经做好了准备。我会开放学校,把难民聚集在那儿。"

"他们可以坐我的位子。"戴尔提议道。

利特尔镇长坐在桌布的一侧,抚了抚盖在领带上的餐巾。拉文德和萨姆一起开着拉文德的通用货车轰鸣而来,萨姆一步跨下两级台阶,递给我一大束橘黄色的玉簪花。

"我喜欢玉簪花,"莱西·桑顿老祖母念叨着,"它们美丽又坚强。"

萨姆露出了微笑,说:"是的,女士,就像摩一样。"

"这样的恭维真让人受不了。"戴尔嘟囔道,我则奔进厨房找出罐子装水,把花插起来。

到了中午,几乎半个镇子的人都到萝丝女士的院子里来了。他们各自带来了食物,边吃边聊。小帖和汤普森先生挤进了杜鹃花女士中,她们要求在花园的桌上用餐。安提拉·塞拉斯特和她妈妈也开着凯迪拉克过来了,吃着葡萄和胡萝卜条。斯基特家的人在院子里的草地上又铺上一块毯子。

当斯基特向她家的篷车走过去时,我跟上了她。"斯基特,我需要你帮我查几个钞票号码。一个是杰西先生捐款中的百元大钞,"我用力地吞咽了一下才接着说,"还有另一张五美金钞票。号码我都抄下来了。"我说着递给她一张从笔记本上撕下的纸。

"我不知道能不能查到,摩,"她不确定地说,"我有个表弟在金士顿一家银行的汽车餐厅里工作,但我不认为……不管了,先试试吧。"

萝丝女士家的电话铃响第一通时,所有人都僵住了。"斯塔尔在这儿,"我叫道,"他们有电话追踪器,你们继续用餐!"

大家点了点头。我冲进门,装出一副并不想偷听的样子,看着萝丝女士拿起了电话。"哦,你好……不,不,太可怕了,我的西红柿也是啊……"

戴尔用双手在嘴边拢成筒状,低声吼道:"是萎蔫病。"

"真遗憾。"利特尔镇长叹了口气。

拉文德把他的百事可乐小心地放在走廊扶手上,问道:"他们弄了电话追踪器来?什么型号的?"

戴尔耸了耸肩说:"不知道,就看到是有很多线的。"

"是从温斯顿-萨勒姆带来的最新装备,"我回答,拿起一个鸡蛋,"我给他们拿螺丝起子过去时,好好地看了看。有头戴式耳机和操控盘,什么都有。是玛拉副探长把它装好的,她真是个天才,哪天她要是去了FBI[1]我也不会惊讶的。"

萨姆用随身带着的小刀切开一个蜂蜜面包,"摩,要是可以的话,我真想给抓走拉娜小姐的人狠狠地来这么一下,你希望我这样吗?"

"那也得等抓到犯人。"拉文德插嘴道,拿着一袋橘子饼干,"现在一切都处于斯塔尔的控制之下,萨姆,我们能做的只有保持镇定。是吧,摩?"

我点点头,真希望自己有他说的那么肯定。

一个半小时之后电话才再次响起,吃午餐的人们已经准备散去了,但大家还是又全都僵住了,看起来就像萝丝女士家的院子里有一个野餐主题雕塑群。戴尔靠在门上,仔细倾

---

[1]FBI:美国联邦调查局的简称。

听,我的心则跳得好快。"电话推销,想卖给妈妈一个旅行计划,不过那地方除非他们给钱她才肯去。"戴尔听完这么喊道,大家才又各自向自家的汽车走去。

我用眼角的余光瞟到安提拉·西莱斯特正朝我们走来。她想干吗?

"嗨,"她说道,把两个细长的蓝色瓶子放在门廊上。从她的神态看来,她早已恢复了平时的自负。

"这是什么玩意儿?"我问。

"好看的玻璃瓶,上面还有漂亮迷人的软木塞。"

"很好,"戴尔说着给了她一个勇敢的微笑,"非常好看的玻璃瓶。"

她快速地对我笑了一下,然后又看向了别处。"我本来是把它们放在窗台上收集阳光的,但它们让我想起了你,摩。你放出去的那些瓶子实在太丑了,什么醋瓶子、酱油瓶子,看起来就跟垃圾似的,谁会捡啊?反正我不会,说不定你妈妈也一样。"她又望向我,"我觉得你用这两个瓶子的话,运气会好一些。"

我犹豫了。安提拉这是在向我示好吗?

她脸都红了。"反正,我已经对它们产生审美疲劳了,外加实在看不下去你那些瓶子,所以就干脆把它们带来了。"她在戴尔梳头发时看了他一眼,"你知道吗,摩?我一直都觉得你很幸运,有两个妈妈。"她说道,"拉娜小姐,还有幻想中的妈妈。"

从天而降的幸运

听到这个词时我感觉就像被当头浇了盆冷水。"幻想中的妈妈?"

"呃,大概幻想这个词用得不是很恰当……"

"安娜·西莱斯特!"辛普森太太高叫起来,横眉冷目,双手叉在窄瘦的腰上。

"我就来,妈妈。"

"安提拉?"我在她转身离开时叫道,"谢谢……你的瓶子,很漂亮。"

"小事一桩,摩傻。"她说完就走了。

莱西·桑顿老祖母最后一个吃完午餐,主要是因为她得把她著名的自制椰子蛋糕给切成薄片,那本是她储藏起来以备战争暴乱的。"你的家庭虽然有点古怪,但仍深为大家所爱。"她说道,切下一片蛋糕递给我。

我点点头,有些害羞。"午餐真美味,谢谢您今天的到来。"

"别客气,亲爱的,"她说着拍拍我的脸,"我也感谢你的招待。"

在她开车离开后,第三个电话打来了。

"摩,"萝丝女士紧张地叫道,"是找你的。"

我走进屋,斯塔尔对我说了几句悄悄话:"是斯莱特找你。通常我不会让一个孩子干这种事,但是……"

"别担心,我是专业人士。"

他犹豫了一下,说:"保持礼貌,保持镇定,拖他说得久一点,我们才好追踪电话来源,这样就行了。别告诉他我也在这儿，也别说我们已经确认了他的身份。"

"态度自然一点。"戴尔也挤过来悄声说道。

"我自然得很。"我低吼着抓过听筒，但我好害怕，心跳得仿佛要撑开衬衫蹦出来，"退后点，戴尔，给我留点地方，我都能感觉到你的呼吸了。"

玛拉副探长伸手示意我别说话，并调校着一个表盘。"好了。"她轻声说道，指了指我，好像我正准备上电视似的。

"我是摩·洛波，"我说道，声音听起来像玻璃，"你最好不要伤害拉娜小姐，不然我不会放过你的。"

电话那头传来的声音尖细而刺耳："是上校的孩子吗？"

"当然是我，你这爬虫脑袋！"我狠狠地说，"你想要什么？你想对拉娜小姐怎么样？上校在那边吗？"

"你是一个人吗？"

"你刚刚还跟萝丝女士通话了，我怎么可能是一个人？"我环视着屋内，斯塔尔和玛拉窝在仪器前，萝丝女士站在钢琴边搂着戴尔的肩膀，拉文德和萨姆靠在门边，就像两条猎狗。"是的，除了萝丝女士，没有其他人了。你是谁？"

斯塔尔向我竖起大拇指。

"提问的人应该是我。"

"这是谁定的规矩？"他没回答，我继续追问，"你是变态吗，给一个小女孩打电话问她是不是一个人在家？我不能和变态说话，这才是规矩，拉娜小姐给我定下的。如果你不相信我说的，你就问她。她在你身边，是吧？让她接电话吧，我也顺便再确认一下。"

没有回答。

"她根本就不在你手上，是不是？"我盘问道，声音越来越大，斯塔尔想拿走话筒，我马上背对着他躲开了。"你在哪儿？"我大吼起来，"拉娜小姐在哪儿？"

话筒中一片寂静，只有怪异的声音远远地传来：嘎吱——嘎吱，像生锈的锁链在摇晃。斯莱特的声音冷酷而恶意地重新响了起来："你还想见到活着的上校和拉娜小姐吗？"

"我当然想，你这白痴！"我咆哮起来，"快把他们给我送回来！"

斯塔尔一把抢走了电话。"你好，我是乔·斯塔尔探长，你是谁？"他眯起了眼睛，"是的，我刚刚进屋。"他掩饰道，"你真走运，因为你该找的人是我才对。"他听了一会儿，"好吧，我看看我能做点什么，但是我要先和拉娜说话，上校也行，你选吧。"

"还给我！我还有话要说！"我号叫着去抢电话，拉文德将我拦腰抱住，拖向走廊，把我推到了秋千上。

"冷静点，士兵！"他说道。

他从没叫过我士兵，我的脾气马上就变成了燃尽的灰烬。

"让斯塔尔处理吧，"他说着坐在我身旁，"那是他的工作。你做得很棒，但是斯塔尔更懂得那些心理战术之类的玩意儿。"

"你有什么发现吗？"戴尔问道，"对方真的是斯莱特？"

我耸了耸肩，被悲痛的情绪淹没。为什么我就不能管住自己的嘴呢?为什么我就是不按斯塔尔说的做?"我想是他。通话效果刺耳,还远远地传来杂音,就像……我说不好,像什么金属的摩擦声……"

"好了,别担心了,"拉文德说道,"他们会追踪到电话的。"

然而,他们没能做到。

"那就是斯莱特没错。"几分钟后斯塔尔走了出来,"玛拉说就在追踪到来电地点之前,他就挂断了。我还以为我们就要逮到他了,"他看起来有点迷茫,"但他也太聪明了。"说完,他拖了张椅子坐在我面前。

"刚才你和拉娜小姐通话了吗?"我问。

"没有,"他说,"你听到她的声音了?"

我摇了摇头。

"她应该还好。出于某种原因,斯莱特还需要她。下次我们再争取和她通话。"

"我很抱歉,"萝丝女士也走到门廊里时,我对他说,"我一直都在控制自己的脾气,但有时候,我脑子里的想法就像自己会从嘴里蹦出来。"

"你做得不错了。"斯塔尔说着,犹豫了一下,"摩,你了解上校的或者拉娜小姐的经济状况吗?"

"你是说他们有多少钱吗?"我耸了耸肩,"据我所知,拉娜小姐没什么钱,上校倒是有家咖啡馆,我猜大概值能几个钱吧,它可是盖在河岸的好地段上。您觉得呢,萝丝女士?"

"咖啡馆吗?"萝丝女士歪了歪脑袋,"大概值个八万美金吧。"

戴尔吹了声口哨,"原来你们这么有钱。"

"八万？全部吗？"斯塔尔问道。

她点点头。"你看看周围，探长，这里虽然不是温斯顿-萨勒姆，但钱就是钱。"

斯塔尔又抹了把眉毛，好像能抹出个主意似的。"八万美金……上校还有别的资产吗？比如房产或者股票？"

我摇了摇头。"他买东西用的都是放在饼干罐里的现金。"

"斯莱特提出要赎金，"他望向我的脸，"绑架犯要赎金通常都是以为被绑的人很有钱，付得起。但是这次……"

"赎金？"戴尔惊叫道，"多少？"

"五十万美金。"斯塔尔回答。萝丝女士吓得一屁股坐在我旁边。

拉文德也惊得目瞪口呆。"五十万美金？上校怎么可能有那么多钱？就算把全镇所有人的钱加在一起，也没这么多啊。"

"我知道，只是斯莱特以为上校有，还认为摩知道怎么拿出来。"

"我？"我叫道，"我不过是有点小费和零花钱而已，零花钱还会因为卧室不整洁而被扣！我有五美金就算很走运了！"

戴尔的脸色发白，"那要是……那要是他得不到赎金呢？斯莱特已经杀了杰西先生，会不会也……"

这种感觉就像风雨欲来。

"摩，"斯塔尔又问道，"你还能想起什么有帮助的信息吗？"

我本想说没有。

但我一张口，就把莱西·桑顿老祖母的炸鸡和鸡蛋吐了一地，吐在我的玉簪花上，吐在斯塔尔锃亮的黑皮鞋上。

22. 空无一人的小镇

我醒来时,发现自己舒服地窝在萝丝女士的羽毛床里,阳光透过她的蕾丝窗帘,在褪色的墙纸上顽皮地跳跃。"摩,"戴尔轻轻地叩了叩门,小声叫道,"你醒了?"

"是的,"我回答,"进来吧。"

他却在门口徘徊,问道:"你都吐完了吗?"

戴尔受不了看见别人呕吐,因为他也会被高度同化。拉文德说,如果这事也设个奥运会项目的话,戴尔会不知不觉就夺冠。戴尔把一个垫了纸巾的碟子放在我床边。"番茄三明治,"他说道,"我按你的口味做的:厚厚的自家种植的番茄片、双倍蛋黄酱,外加盐和胡椒粉。"

戴尔和萝丝女士吃的蔬菜大部分都是自己种的,他们很早就开始种植了,就在屋子后面的温室里。"谢谢你,"我说,"我快饿死了。"

我吞下三明治的时间快得都能破纪录。擦了擦嘴,我又躺回枕头上。"好安静啊,大家都去哪儿了?"

"妈妈进城去找律师了。"

"律师?有人进监狱了吗?"

"没有。妈妈想让爸爸从家里搬出去,我的意思是,永远搬走。"他说道,回避着我的视线,"妈妈说不用担心,我就没多想。"

戴尔能决定自己是否担心,就像决定要不要穿袜子一样。拉娜小姐则说我像条杰克罗素梗犬,身子不运动时脑子就会转个不停。

我看了看壁橱上的钟,说:"你妈妈要调一调那个钟了。"

"不,"戴尔回答,"现在已经是第二天早上八点了。"

我马上弹坐起来,"现在是周五早上了?"

"你睡过了整个周四下午,夜里还在继续睡。妈妈说你是操劳过度。"

"周五?"围绕着我的生活简直就像一连串的噩梦,我都快无法呼吸了,"找到拉娜小姐了吗?"

"还没有。"他移开了目光。

"上校呢?"

他摇了摇头。

我久久地凝视着萝丝女士被套上的刺绣图案,直到我能完全控制住自己不哭出来。"斯塔尔呢?玛拉呢?"

"斯塔尔还在镇上,玛拉就在客厅。斯塔尔说斯莱特要是再打电话来,玛拉知道该怎么做。"他回答,在床边小心地坐下来,向门口扫了一眼。

我试着安下心来。萝丝女士的房间很漂亮,完全没有戴尔爸爸的痕迹。壁炉上放着一个老座钟,床边有张柔软的沙发,桌子抵着墙。突然一阵狂风吹来,吹落了桌上的纸张。我马上站了起来。"我来捡,"我踩在磨旧的羊毛地毯上,把书册都整理到一起,"嘿,你们要去度假吗?"

戴尔脸上露出欣喜的神情。"我们?"

"看起来像啊,"我浏览着小册子,"农场生活博物馆,烟草博物馆……有点无聊。"

"你可以不去啊。"他说着从我手里拿过小册子,"拜托,摩,妈妈让你呕吐完进她的卧室休息,不是给你机会去翻她的桌子的。我得去给毛驴克里奥弄点水,再把烟草棚里的东西修好。"他说道,"你想去看看吗?我们还可以一边聊聊拉娜小姐的案子。"

"不是很想看,"我把脚滑进运动鞋,"但是想帮点忙。"打开门时我差点撞上玛拉副探长。"你在这里做什么?"我问道,背后蹿过一阵不安。

"我?"她笑了,将头发理到耳后,"我来看看你怎么样了。你现在感觉如何,摩?"

"好多了,可能还有点神经质。斯莱特有没有再打电话来?"

"没有。"她平静地说,"但他会再打来的,我们等着他。外面还有我们的人在继续搜寻。目前没有消息就是好消息,对吗?"

话虽如此。"斯莱特那么想要钱,为什么还没打过来?"

玛拉搂住了我的肩膀。"来和我喝杯茶吧,"她带着我走向厨房,"你们都来。"进了厨房,她像在自己家里一样忙活着。我和戴尔坐在桌边看她往杯子里倒冰块,推给我们每人一杯茶,然后她坐在我身旁。"摩,我一直在想,斯莱特相信上校有一笔巨款,"她审视着我,"可能指的是一个保险箱、一个锁起来的匣子或是一本存折。如果你想起什么的话……"

"我连听都没听过,"我对她说,"五十万美金,简直疯了。上校怎么可能会有那么多钱!"

"是啊,"戴尔说着往杯子里吐回一块冰块,"除非他去抢……噢!"

"上校也不可能是窃贼。"我坚定地说。

玛拉仰了仰脸,注视着我。"我也同意。但是斯莱特现在索要的是五十万美金——正好是十二年前他和同伙一起在温斯顿-萨勒姆抢到的那个数。多么奇特的巧合,你们觉得呢?反正我觉得很古怪,因为斯莱特的赃款还从未被找到过。"我没有答她的话。"摩,一个人很难过,我知道。我也想为你找到上校和拉娜小姐,拜托,请努力想想上校有没有什么启发性的言行。银行账户或者密室之类的,这很重要。"

戴尔和她拉开了一些距离。"她都说了不知道了,再说,摩只是个小孩,如果有人必须思考的话,那也该是你和斯塔尔吧。"

她迟疑了一下。"那当然。"她温和地说，握住我的手，"抱歉，宝贝，有时候我实在是帮忙心切。今天你们俩有什么打算吗？"

我把手抽了出来。"干活儿。"

"你也想来吗？"戴尔指了指窗外正津津有味地大嚼青草的克里奥，"克里奥是头很棒的驴，有一半田纳西州步行者的血统，喜欢的话你可以看看它。"

玛拉咧嘴一笑，看起来年轻了不少。"哪天有空了我会的。你们去哪儿干活儿？"

"烟草棚。"

她又给自己倒了杯冰茶。"好，待在我能看见你们的地方。如果有什么事发生，马上叫我，明白吗？我得在屋里守着电话，以防斯莱特再打过来。"

我们向门口走去。

"怪怪的，"戴尔在伊丽莎白女皇二世半路加入我们时说道，"她说知道一个人很难过，这话是什么意思啊？"

"她跟我说过，她也是个孤儿。"

戴尔皱起了眉，"为什么她要告诉你这个？"

"我和她说了河流上游母亲的事，说我还没找到她。"我回答，"玛拉和我有很多共同点。"

但他却嗤之以鼻。"不，你们没什么共同点。她在耍你。"

"耍我？为什么？这对她又没什么好处。"

"当然有，只是暂时还说不清楚。"他坚定地说道，"相信我,她就和我的麦克叔叔一样奸诈。"

"你不相信她,因为她是警察。"

"随你怎么说。"他耸耸肩,向烟草田里扔进一根木棍,"捡回来,莉斯!好姑娘!"

接下来的路程中,我们谁都没有说话。

一个半小时后,斯基特出现了,向我们挥舞着旧文件包。"嘿,我正好和妈妈顺路过来,所以就不打电话吓你们了。她给你们带了炖花椰菜。"

我吸了口气。

"炖花椰菜?你妈妈的黑暗料理?"戴尔从脚边一堆杂乱的破旧铁犁上抬起头,惊呼道,"又有谁出事了吗?我们怎么没听说?"

"没有!"她马上回答,"噢,抱歉,摩,一切都很好。只是我们不知道该为绑架案做些什么安慰食物好,然后绑架又同样是……有人离开了。不管了,希望你喜欢。"

"谢谢。"我回答,心跳终于恢复正常,"你们实在是太好了。"

她打开文件包,"另外,我有事要汇报。我们查了钞票号码,摩,捐赠的一百美金钞票都是银行被抢走的钱。"

戴尔吹了声口哨,"那么,当年杰西先生也参与抢劫了。"

"至少分赃有他的一份。"她说,"但那张五美金的是清白的。"

"是吗?"一时间我觉得自己就像有五十万美金一般,尽管我永远也碰不着它们,"太棒了。"

"五美金钞票?"戴尔问道,"什么五美金?"

"一会儿告诉你。"我说,"多谢了,斯基特。"

"不用谢我,我表弟一点忙也没帮上。去谢安娜·西莱斯特吧,她婶婶在威明顿管理一家银行,是萨莉向安娜开的口。"她瞥了眼萝丝女士的房子,看到她妈妈正和玛拉一起向篷车走去,老朋友般有说有笑,"下次见啦,绝命徒们。"

斯基特离开之后,戴尔从地上捡起一段纠缠的旧缰绳,玩耍般地解开缠在一起的绳结。我能从他的沉默中感觉到他的愤怒。他怎么了?

哦,对了,五美金钞票。

"你在想那五美金的事儿吧?"我说道,见他头都没抬一下,"是我手提箱里应急用的那张,一直都放在里面。我觉得它有可能是条线索。"

"那你为什么不告诉我?"

"我也不知道。"就连我都听得出来这是句谎话。

"你担心上校也参与了抢劫,所以不告诉我,而是自己去查号码。"他照实说道,"如果今天回来的结果是另一种呢?如果它确实是赃款,那你还打算告诉我吗?"见我不回答,他摇了摇头,"我还以为我们是搭档。"

"我们是啊,我没告诉你只是……我不知道,我早告诉你就好了。"我辩解道,他的手指又拉又拽地想要解开绳结,"别逼我,戴尔。玛拉说得对,如果我不把这件事查清楚,我就孤身一人了，我只剩下河流上游的母亲，还找不到她。"

"孤身一人？"他把缰绳扔在地上，愤怒地对我吼道，嘴唇都气白了，"那么多人开车来陪你，给你带吃的。除了斯基特在帮你之外，萨莉还打破了家规帮你调查。连安娜·西莱斯特都帮你了，即使她看你不顺眼。你有我，有我妈妈，有拉文德，可你却察觉不到大家的存在，说得好像整个镇子空无一人。"他越说越气了。

"我听够你关于河流上游母亲的事了，你以为你是世界上唯一一个被抛弃的孩子吗？你不觉得安娜·西莱斯特每次遭到她妈妈冷言冷语的时候，就和被抛弃一样吗？你不知道我在爸爸每次发怒的时候……"

他猛地闭上了嘴，突然间看起来就像一个又愤怒又疲惫的老年人。他跳了起来，从我身旁跑过，冲进了家。

一个小时后，我敲响了拉文德老卧室的门。"戴尔，"我转了转古老的瓷质门把，推开门轻声问道，"我可以进来吗？"

"想进就进。"戴尔的声音冷若冰霜。

他侧坐在窗边一把垫得厚厚的椅子上，腿悬在椅子扶手上，正心不在焉地翻着一本赛车杂志。莉斯蜷在椅子下面。"我很抱歉。"我说道。

"真的？"他眯着眼打量杂志上的图片。

我叹了口气，戴尔有时候很固执的。

"我知道你、你妈妈还有拉文德为我做了很多，我非常感激。我也知道当你爸爸露出本性时，你们也很难熬。"他又翻了一页。"我恨他,因为他打你,戴尔。"

他耸了耸肩,"我们从没说出去过……"

"但我看到伤痕了。如果他敢当着我的面这么做,我一定把他打翻。"他不信地挑起眉,"我可是天生的拳击手,还在学空手道。"我提醒他。

终于,他的视线离开了杂志。"他的体型是你的两倍大,摩,而且他可不像空手道之夜的李先生。我爸爸打人的时候可不是摆摆姿势而已。最近他越来越恶劣了,所以妈妈把他赶了出去。"

"李先生说过,不管对手多么强大……"

"'也别攻击他,除非你一击必杀。'摩,"他完全望向了我,"我说真的。"我听到自己咽了口口水。"嘿,我有个想法,"他平淡地说,"我们来说一些你比较确定的事吧,比如那五美金钞票。"

我坐在拉文德的旧床旁边,看了看四周,屋里堆满了孩子用的旧物。"斯塔尔说要查查咖啡馆门上那五美金时,我也想起了我的那张。我没有告诉你是因为……"我盯着碎布地毯,"因为我觉得羞耻。"

他合上了杂志。"因为上校?"

"因为我自己,因为我的不坚定。我很抱歉,我希望你能原谅我。"我说着望向窗外,萝丝女士的晾衣绳上有一条床单正在飘扬。

戴尔用手撑着下巴,打量着我,满是雀斑的脸上,一双

从天而降的幸运

蓝眼很是严肃。然后，雨过天晴了。"好吧，我原谅你了。"

戴尔简直要杀了我。"这样就行了？"我从不原谅，我报复心太强了。

"是啊。目前为止，我都是要么永不原谅，要么很快就不计较了。但是，现在我们要明确一下，摩，还想做搭档，就做搭档；不想做，就算了。你来决定，马上决定。"

"做搭档啊。"

他跳起来叫道："太棒了。我们先一起给伊丽莎白女皇二世洗个澡吧。拉文德要来吃晚饭，我想让它闻起来香香的。"

"戴尔，"我叫住他，"你真是我最好的朋友。"

"我知道。"他咧嘴一笑，"来吧，绝命徒，你负责洗，我负责擦干。"

亲爱的河流上游的妈妈：

已经是夜里，大家都睡了。拉娜小姐和上校还是没有消息，感觉就像夜空里没有一颗星星。

今天我和戴尔吵架了，但后来又和好了，还一起给狗狗洗了个澡。

拉文德来吃晚饭，穿着牛仔裤，格子衬衫的袖子挽了起来。他和萨姆明天就要开车去西卡莫尔了，一路上得翻山越岭。他们的比赛就在周日。他说车况非常好，漆上广告后更显得价值不菲。

玛拉副探长也来了，她做了份土豆泥。"恭喜你即将实现梦想,"她对拉文德说,"那种感觉一定很棒。"

拉文德舀了一勺绿洋葱洒进他的卷心菜里,说道:"是很棒,但梦想总是在变,当你有机会靠近,以为它触手可及时,它就又变成了别的样子。"她露出了大部分女人看到拉文德时都会露出的微笑,但我能看出来她是觉得他疯了。

飓风转向了查尔斯顿,希望吉迪恩不会有事。

我又准备好了三个漂流瓶:两个蓝色的,一个透明的。

拉文德一路向西时会帮我把它们放出去,你总能看见其中一个吧。希望你不会介意,这次的留言是这样的:"寻人:拉娜小姐,三十六岁,身高一米七,红头发,五十九公斤重。失踪前头戴黑色假发,身穿红色和服。有消息请联系图珀洛镇的摩,252-746-0000。"

如果你见到拉娜小姐,请帮帮她。我确定上校能照顾好自己。

摩

23. 超乎预期的混乱

第二天一早,飓风艾米遇上了大西洋暖流,掉头向北。"它往这儿来了。"萝丝女士说着关上了电视,"你们整理一下屋子,我去洗个澡,然后采购些东西——电池、蜡烛、饮用水之类的。戴尔,把晶体管收音机找出来,宝贝儿,确保它还能用。再把马棚加固一下。摩,你能帮他一把吗?"

我点点头,努力不去想拉娜小姐和上校,但我失败了。

萝丝女士拿起钥匙,快速地抱了抱我。"摩,你知道为什么斯塔尔还没找到拉娜,对不对?"

"因为斯莱特是条卑鄙的爬虫,普通人想不出他会往哪儿爬?"

"因为斯莱特又贪婪又聪明。但他相信拉娜值五十万美金,相信我,他会一直保证她的安全,直到现金到手。"她分析道,"我们会找到她的,摩,我们只需要更有信心,好吗?"

"好的,女士。"我回答,希望她说得对。

她开车离开时,我的视线越过了院子。在东边,云层正像侵略士兵般聚集起来。

戴尔和我一起把家具都绑牢,然后走向马棚。

风越来越大,一阵一阵地刮过田野,拔起比较脆弱的烟叶。我望着笼罩过来的云层,突然做了一个决定。"如果斯莱特再打电话过来,我就付赎金。"

"怎么付啊?"戴尔问道,快速地沿着粗木梯子爬上马棚的阁楼,"我们连十美金都没有。"

"可斯莱特又不知道这一点。"

"你脑子坏了?站远点。"他叫着扔下一大捆干草。我用他的小刀割开上面粗糙的束绳,抱起带着甜香但很扎人的干草往克里奥的围栏走去。"它一定快饿死了,"戴尔说着望向天空,"一到有暴风雨来临它就饿,就和我一样。"

他让克里奥进了马棚,卸下鞍具。"你会没事的,"他抚摸着它的身子,对它说道,"你干得很好。"

整个上午我们都在收拾东西,绑牢和加固任何可能会被吹走的东西。云层越来越厚,天色越来越黑,莉斯开始紧紧地跟着我们。"它好黏人,"他说道,用腿挪开它以免挡着路,"它知道暴风雨要来了。"

午餐时,半边天空都被暴风雨占据了。幼松柔韧的树冠在风中摇曳,巨大的松树和胡桃树则在狂风中呻吟或者折断。"副探长,"戴尔关上后门,冲进厨房时喊道,"你要份黄瓜三明治吗?"

一阵安静。

我们发现玛拉躺在长椅上张着嘴睡着了,她手里还握着手枪。"飓风就要来了,她怎么还能睡得着?"我惊讶地说。

"嘘……"戴尔悄声说道,"她很晚才回来的。"

"她没管我们?为什么?而且她不是应该等斯莱特的电话吗?"

戴尔耸了耸肩说:"我们吃我们的吧。"

我们踮着脚走进厨房。三明治才做了一半,电话就响了起来,吓了我们一跳。"斯莱特!"我叫道,冲向电话机。

戴尔拍开我的手。"不,我们得追踪这通电话,等我去叫副探长玛拉来。"他说着转身冲了出去。没有他在旁边阻挡,我马上接起了电话。

"斯莱特,我是摩·洛波。你赢了,你这人渣。我知道那五十万美金在哪儿,只要你把上校和拉娜小姐放了,我就给你。一手交钱,一手交人,怎么样?"

从电话线里传来的声音又嘈杂又尖利。"士兵?"

我心里就像烟花一样炸开了。"上校?"

"听我说,我逃出来了……"他说着,信号中断了几秒,然后突然又好了起来,"斯莱特在追我……不过……我和他错过了……回去……放走拉娜。"信号又中断了。

"上校?"

"……我的衣柜……架子……给萝丝的包裹……别相信

任何人……"

"但是斯塔尔说——"

"别信任……斯塔尔。"

"为什么?"我听到咔嗒一声,副探长玛拉切进了我们的线路。

"快跑……"他说道,声音里满是焦急。

"我没必要这么做,白痴。"我突然说道,希望上校能反应过来,配合我演下去,"我已经告诉过你,我不想要你那个愚蠢的免费度假计划,玛拉副探长也一样。要不你自己问问她好了,蠢蛋,她刚好在听呢。"

我的暗示起效了。

上校挂断了电话。我站在厨房里,心跳得像弹簧。上校逃出来了,很快拉娜小姐也会的!我真想大声笑出来。他逃出来了,他逃出来了,我的心脏像水泵似的又有了动力。

玛拉副探长走过来时,我赶快抹去了脸上的笑容。想想看,如果我告诉她上校逃出来了,她肯定第一时间联系斯塔尔,而上校警告过我别信任斯塔尔。我咬住嘴唇,试图回忆玛拉是否见过上校,如果她见过,也许会听出他的声音。不过这个疑问很快就通过她的问题得到了回答。"又是推销电话?"她在进屋时问道。

我点点头,装出一副沮丧的样子。我必须回自己家,在暴风雨开始之前找到那个包裹并再回到这儿来。"是啊,"我说道,"假警报。你可以回去接着睡。"

"我已经休息够了。"她伸了个懒腰。

"昨天夜里你怎么出去了?"我问道,"斯莱特有可能打电话来啊。"

"乔说需要我帮忙弄些报告,"她说着去拿蛋黄酱,"这是可以控制的风险。那个推销员在推销什么啊?"

"旅行,"我笑了笑,"参观飓风。来,戴尔,我们还得继续把烟草棚里架子上的东西绑好。"

"倒不如让它们随风而去。"他抱怨道。

玛拉忍住一个呵欠。"待在我能看到你们的地方。"她在我们走出门时叫道。

我用十秒钟的时间向戴尔报告了最新的线索。"我们得去我家。你发誓一定要保密,要是把我捅出去了,你会活得连鹅的口水都不如。"

"你觉得你这样威胁搭档合适吗?再说,鹅才不会吐口水。"他说着抓住我的手臂,"你家现在是犯罪现场,我去了会被禁足一辈子的!"他尖叫起来,好像刚刚才想起这回事似的。不过,很可能他就是刚想起。

"至少我们能一起被禁足。"

"棒极了。"他嘟囔道。

"你到底加不加入?"我问道。

"当然加入,"他可怜兮兮地说,"但你要记得自己欠我一次,摩·洛波。"

我和戴尔推着他的红色旧自行车快速地穿过院子。快上马路的时候,戴尔跨上了车。"快点,"他说道,"坐上来。"我利索地坐在车前杠上。很快我们就在路上飞速前进,戴尔身体悬空,用力地踩着踏板。我向后仰着,还得注意脚别伸进车轮里。

一路上,我们只看见一辆卡车经过。

"那是我爸爸。"戴尔喘着气说。我点点头,尽量忽略他呼出的热气喷在我脖子上和背上的感觉。

"他居然没开得歪七扭八。"我欣慰地说。

"你知道什么,"戴尔声音中的嘲讽都能把我的头发吹卷,"比起清醒的时候,他喝醉后开得要直得多。"

五分钟后,我们经过了"欢迎来到图珀洛镇"的标牌。一阵大风吹来,刮断了路边树上的枯枝,从断口处散发的树木清香在风中弥漫。"经过摇摆小猪连锁店时小心点,"我告诉戴尔,"别让人看见我们。"戴尔没有像我预期的那样左转,而是迅速地反向踩住脚踏板,猛地将车停了下来。惯性把我弹了出去,我跳下来跑了好几步才刹住脚步。

"你想指挥的话,就自己来骑。"他说着,热得满脸绯红,"你最近都吃了什么啊,老大?"

"吃了你妈妈做的饭啊。"我说着跑回他身旁,"上来吧。"

接下来的路换我骑车载他,一直到咖啡馆。"嘘……"我对戴尔比划着,掀起门前黄色的警戒胶带。屋里看起来很阴森,漆黑幽暗,除了厚厚的云层遮住了光线之外,地上的家具也七零八落。"这边。"我轻声说道,向上校的营房走去,推开了门。"衣柜就在这儿。"我边说边把一张椅子从松木地板上拖过来。

戴尔看着上校的军用手提箱旁如哨兵般整齐摆放的伞兵靴,不由得叹道:"上校真爱整洁。"

"上校一直说,保持私人空间的整洁是他应对外部空间创意性杂乱的训练方式。如果没有这个避难所,他估计早就一枪击中拉娜小姐了。扶好椅子,戴尔。"

"富有创意的杂乱,"戴尔小声地重复,"这就说明问题了。"

我踩上椅子,在上校的架子上摸索起来,推开了一个鞋盒、一副旧游戏棋盘,还有拉娜小姐三年前在烘烤节上剩下的水果蛋糕。我踮起脚尖,往更深的地方寻找。"啊哈!"我从最里面的角落拖出一个包裹,吹了吹上面的灰尘。"哦,抱歉。"在戴尔咳嗽时我赶快说道。我揭开包裹深褐色的表面,看到里面文件夹封皮上潦草的字体时,吓得呼吸都停顿了。"怎么会……"

我把文件夹递给戴尔。

"斯莱特!"他念道,"上校怎么会有写着斯莱特的东西啊?!"

"我不知道。"我跳了下来,翻看里面的内容。是一些剪报。我扫了一眼标题——《斯莱特被定罪》《斯莱特未被判刑》,下面则是一些法律文件和备忘录,全都是上校潦草的字体。我不禁口干舌燥,上校怎么会有关于斯莱特的记录?

我把文件夹塞到衬衫里,再把衬衫下摆扎进裤子,让我的身板厚得像个裁判员。"回去再仔细看里面的东西。"我对戴尔说，把包裹的封套放回原处，"现在走吧。"

就在我们穿过起居室时，门廊那儿传来了沉闷的脚步声，还有人在轻声咒骂。

"躲起来！"我们逃进拉娜小姐的套房，熟练地躲在她的床下。

我屏住呼吸，看着脏兮兮的靴子从我们面前走过。拉娜小姐的衣柜门被抢开了。"假发？这一定是那个疯女人的房间。"一个男人自言自语地说，然后他退了出去，向上校的房间走去。我闭上眼睛，听着他一边乱翻上校的柜子一边咒骂。终于他走向前门，准备离开。

"一定是斯莱特。"戴尔小声说着，匍匐向前。

"等等！"我抓住他的胳膊。似乎还有第二个声音？我趴在地上，努力地从风声中分辨那个人声。"我们走。"我说道，和戴尔一起爬向起居室。

门口的阴影与其说是看到的，不如说是身体感觉到的。我转过身，发现玛拉副探长正站在我们身后，手里还举着枪。"好嘛，看看这都是谁啊！"她说道。

"别开枪。"戴尔惊叫着举起手来。

枪口连动都没动。

"玛拉副探长，"我双臂抱在胸前——主要是上校的包裹前，"你怎么在这儿？"

"我更想问你们怎么在这儿。"

"别开口，戴尔。"我警告道。戴尔安静地站着，一动不动。

他讨厌枪械。

"我们对你没有威胁,"我对她说,"你没必要用枪指着我们。"

她缓缓地眨了眨眼。"没错,"她放下枪,"当然没有。我只是……一时没反应过来你们是谁。"她说着,目光却瞟向上校的房间。

"这里只有我们两人。"戴尔呼吸急促地说道。

"才刚要上六年级,"我补充道,仍然瞪着那支枪,"是两个无害的孩子。"

玛拉把枪塞回枪套。"是吗?那么,你们两个小孩在犯罪现场干什么?"

毫无疑问,她刚刚肯定看见斯莱特了——难道没有吗?

我故意天真地笑了笑,"我们在找线索呀,就像所有履行职务的侦探一样。要是找到了什么,我肯定会第一个告诉你,好帮助你升职。可惜,虽然我们很期待,目前却还是一无所获。"

她走近几步,眼神严厉。戴尔和我忍不住往后退,直到退进上校的营房。"斯塔尔可能遗漏了什么,"我继续说道,见她的目光在上校的行军床和靴子上游移,"再说我好想自己的家人,我好想家。"

"但我告诉过你们,要待在我看得见的地方。"她生硬地回答。

她以为她是谁啊,敢用这种老师腔调对我们说教?

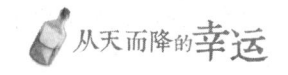

她一直挡着门,手搭在枪上。我望向她的眼睛,觉得像在望着一双蛇眼。上校警告我不要相信斯塔尔,但也许我该担心的根本就不是斯塔尔。

也许正是副探长玛拉。

"我知道这看起来好像是我们没听你的话,但你要这么想就也太非黑即白了。"我继续说道,"拉娜小姐说过,任何事物都不是只有简单的黑白两色,除了斑马和黑白电影之外。连梦境都不是黑白的,除非做梦的是狗狗。"

这是个低级的小花招,但和所有的低级小花招一样,它很管用。我必须思考,因为这十一年来戴尔从不思考。这会儿我给了他一个关于狗狗的话题,他没让我失望。"伊丽莎白女皇二世就经常做梦,副探长玛拉,"他略显放松地说道,"你看过狗狗做梦时的样子吗?"

"我不养狗。"她回答,目光一直盯着我。

"有时候伊丽莎白女皇二世睡着了还会连蹦带跳,它的爪子会轻快地抬起来,咧开嘴摇晃着脑袋,好像正跑过满是蝴蝶的原野。有一次,我觉得它一定是在梦里逮到了兔子。我确定它是逮到了什么,因为它的脑袋扎下去又抬起来。不过也有可能是只松鼠吧,我希望最好不是耗子。"他越说声音越低,然后看向我,"不过,莉斯的梦是黑白的这事儿,我不知道你是从哪儿听来的。它又不可能亲口告诉你,我确定。"他犹豫了一下,"它告诉你的?"

"当然不是,"我回答,"可能是拉娜小姐告诉我的,她是从广播节目里听来的。除非是我弄错了,最开始应该是广播里说狗狗的梦境是黑白的。"

副探长玛拉打断了我们。"很好,是拉娜小姐弄错了。"

"那你觉得狗狗的梦是彩色的?"戴尔惊喜地问道,"我也这么认为!"

"我是说,拉娜小姐关于事物黑白的说法简直毫无意义。生活中有很多绝对的事情,你们认识得越快越好。就拿你举个例子吧,"她瞪着我说,"你在违法时被我逮到,就说明你这会儿绝对有麻烦了。"

"违法?"我反问道,"我只不过是来了这里而已。"

"你只不过是对警察说谎,从监护下溜走,然后闯入犯罪现场而已。"她说道,"还有,你害得戴尔也有麻烦了。"

"戴尔是陪我来的,"我争辩,"他只是出于礼貌。"

"他用自行车载你来的行为,已经让他成为你的同犯了。"她的目光转向戴尔,"你爸爸告诉我他在公路上看到了你。当然,我没有因为酒驾把他抓起来,算他走运。"

戴尔不安地晃悠起身子来。"爸爸回家了?妈妈呢?"他边问边望向我,眼里满是恐惧,"我得赶快回家。"

"怎么了?"她冷笑道,"现在怕起暴风雨来了?"

不,我心想,我怕的是你。

我向门边移动了一步。"是啊,但我们还有几项任务要做。"

"我不这么想。"她一把抓住我的胳膊,手指故意掐进我的肉里,就像用生锈的自行车链条牢牢地勒住了我,然后用

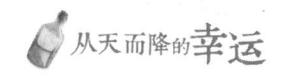

力晃了起来。

"你不该这样摇晃一个孩子,"我控诉她,手肘紧紧夹住身体两侧以免上校的包裹滑落出来,"会导致脑损伤的。"

她凑近我的脸。"给你打电话的人到底是谁?"她问道,"你又在这里干什么?"

"没人给我打电话,我们也没干什么。"我回答,她又晃了我一下,让我的脑袋向后一仰。

"嘿!"戴尔叫着冲了过来,"别碰她!"

玛拉脸上的愤怒就像麦田上蔓延的野火。"我听够你们的狡辩了!"她用另一只手一把推开戴尔。

"冷静,戴尔,"我说道,"她不会伤害我的。她还没有蠢到陷入虐童指控。"听到我的话,她脸上闪过一丝疑虑,手也松开了一点——一点点。

她为什么如此愤怒?不过是两个孩子从她那儿溜走了而已。我晃了晃胳膊,试探她抓握的力道。"为什么你知道来这里找我们?"我问。

"我说过了,是戴尔的爸爸告诉我的。"

"胡说,"我嚷道,"我们根本就没告诉他要去哪儿。"

"没错,"戴尔说道,"而且我们走的是公路,好让你找不到车轮印。"

她危险地眯起眼睛。"我是怎么知道的,完全不关你们的事。"

玛拉副探长不是来找我们的,不可能是,她是带着自己的目的来的。要么就是她听到了上校的通话,要么就是斯莱特告诉她的。她气成这样是因为我们先她一步。她又晃了我一下,这次上校的包裹从我的衬衫下滑落出来了。"那是什么?"她说,伸手去够。

"戴尔!"我喊道,"准备!开赛!跑位!跑位!跑位!"

戴尔向门口冲去,我后退三步,看他完成了反身接球的动作。上校的包裹在空中飞过,掠过玛拉的指尖,落在戴尔伸出的手里。玛拉转身向他扑了过去,让我有机会拿起上校靴头镶嵌了钢板的军靴,用尽全力向她扔了过去。她伸手挡住脑袋,在打蜡的地板上意图闪躲时滑倒了,后脑勺撞上了行军床的一角,然后就像一袋烂洋葱似的倒在了地上。

"天哪,"戴尔停下来惊叫道,"你把她杀了。"

"我没有。"虽然我希望如此。她呻吟了一声。"你看!她还活着,快帮我把她绑起来。"

"不,"戴尔向后退去,"你不能在袭击警察之后还把他们绑起来,这连我都知道。"

"我没有打她,至少没打中,是她自己滑倒的。快帮我,戴尔,拉娜小姐需要我们。"我跑到衣柜旁,拽出上校所有的领带。"接着。"我把有红鹤图案的那条扔给戴尔。

"上校还系这个?"他展开看时说道。

我抓起另一条来自查尔斯顿海军博物馆的领带,缠住了玛拉副探长的嘴。"拉娜小姐,圣诞前最后一次。"我自言自语地说,"快点!"我们把玛拉的手别到背后,用红鹤领绑好,

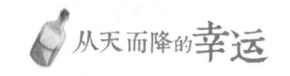

然后把她的鞋带全系在一块儿。最后,我找到了包裹,还带上了上校的刺刀。

当我跑到门口的台阶时,戴尔已经到了屋子外面。"戴尔!"我喊道,"你忘了自行车!"

他没有回头。

狂风摇晃着松树,枫树叶子也嚓嚓作响。我把包裹放在玛拉的车旁,发现戳漏车胎比预想得要困难一些,但是戳到第四个时我差不多掌握技巧了:先把刀尖对好,再用石头用力砸向刀柄底部。车子完全趴下来时,里面的通话器里却响起了乔·斯塔尔的声音:"玛拉!过来!"

我注视着它。要是没人应答,斯塔尔肯定会去萝丝女士家里查看的。我马上拿起了通话器。"嘿,乔。"我压低声音说道。

"玛拉,情况还好吗?为什么你不在电话机旁?"

我尽可能低沉地回答他:"我在确认车子的状况。"某种意义上说,这倒是真话。

"我在利泽尔家避一下暴风雨,你留在原地,注意保护孩子们的安全。通话结束。"

希望她一直留在原地,我想。我看了看上校的包裹。"哦,不,"我喘息道。大风刮开了它,卷起里面的纸张向河流飞去。我跳了起来,尽可能地抢回一些塞进文件袋,然后看了看天色。

"戴尔!"我边喊边跑向自行车,"等等我!"

24. 就在眼皮底下

戴尔把踏板踩得像龙卷风一样快速转动着,我在车前杠上尽量保持平衡,以免狂风将我们刮倒在柏油路上。戴尔踩着踏板站了起来,喘着气,前轮发出嘎吱嘎吱的呻吟。这个声音让我想起了什么,金属声,模糊而遥远的金属摩擦声……

"停下!"我喊道,"我知道拉娜小姐在哪儿了!"

他捻紧刹车,又把我甩了出去。"在哪儿?"他喘息着问。

"就在我们眼皮底下。"

戴尔低头望去,眼前是一片大海般的玉米地,绿色的叶子在乌云下看起来近乎银色。"我没看见她啊。"他说道,"回来上车。"

"是老布莱洛克的家。"我说着指向玉米地中一条绵延的砂土小路,"那是个完美的藏身处,去年冬天布莱洛克小姐死了之后就再没人去过了——除了上次我们去找水仙花之

从天而降的幸运

外。拉娜小姐一定就在那条路的尽头,我确信。"

"可斯塔尔已经让人搜过所有的空屋了。回来吧。"

"那是玛拉副探长去搜的。"我更正道。

戴尔迎风张开手臂说:"爸爸可能在家,摩,我得走了。"

"只要几分钟就好。"我乞求道,挡在了自行车前面,"还记得布莱洛克小姐家的旧水塔一刮风就乱响吗?那正是我在斯莱特的电话里听到的声音。"风抹平了他的发型,"我的计划非常简单,五分钟就够了,五分钟用来救拉娜小姐的命还不行吗?"

他咬住了嘴唇。"我不知道。我听说布莱洛克家的房子不太平。拉文德说过,她家的电视会自己打开,自己换台。"

我不屑地哼了一声。"你多大了?五分钟就好,你会变成英雄。"

他叹了口气。"就五分钟,摩,不能再多了。"

十分钟后我们从自行车上下来,把车藏在一株绣球花后面。"压低身子。"我小声地说,望着院子里的木造水塔,"斯莱特显然就躲在这里,就像我显然名叫摩·洛波一样。"我补充道,指了指车道上的车胎印。

"也可能是随便哪个人留下的。"他说,"你的简单计划是什么?"

"我正在想。"我说道,绞尽脑汁,"首先我要监视四周,然后再解释我的战术。相信我,绝对是天才计划。"

他的肩膀垮了下来。"你压根就没有计划,是不是?我就知道。"他说着,热泪盈眶,"我就知道不该在刮飓风时和你到闹鬼的田里来。"

"嘘,我正在侦查现场。"我说道,打量着白色的小屋,目光落在锁住的前门上,"它上锁了,就像人们常说的那样。"

"那是什么?"戴尔悄声说,"你听见电视的声音了吗?"

"没有,一点都没听到。"我回答,但是不安的感觉就像抚上脖子的冰冷的手。我用力吞咽着,将注意力放到侧院和旧水塔上。水塔弯着腿,肚皮外凸,风车少了一个叶片,但还是猛烈地旋转着与暴风作战。

然后我听到了微弱的声音:嘎——吱,嘎——吱。

"毫无疑问,这就是我曾听到的声音,除了在布莱洛克家里,别处都不可能听到。斯莱特就是在那幢屋子打的电话。"

"感谢上天。"戴尔轻声说道。

"他一定是在离水塔更近的地方。"我望着水泵屋,它厚厚的窗帘被撕烂了,一定有人打开过那扇门。"拉娜小姐肯定在水泵房里。"我说道,心跳开始加速,"来,我们有个搜救任务了。要是你看见斯莱特,就给我个信号。"

"我会学猫头鹰叫。"他建议道。

"很好,要是你看到斯莱特,就学猫头鹰叫。现在,我们扇形散开。"

戴尔摇了摇头说:"可我们只有两个人,至少要三个人才能形成扇形啊。"

"好吧,别管什么形了。我们包围水泵房,你绕到后面去,我走前门。"

"不要。"他坚定地说,"后面会有蛇,我要走前门。天气好的时候蛇都很会暴躁,更别提飓风来袭时它们会是什么心情了。"

我深吸了一口气。上校说有时候领导者能做的就是顺应群众,走在前面。现在看来正是这种时候。"好吧,"我说,"我们一起从前门进去。跟我来。"我压低身子,穿过庭院来到水泵房,戴尔紧跟着我。

"拉娜小姐?"我轻声叫道,"你在吗?"

嘎——吱。

我抓住门上生锈的门阀。"拉娜小姐?"一道闪电刺穿了乌云,我看到屋里有一箱罐头、一把生锈的耙子和一只烂了一半的木桶。"她不在里面。"我说完,心脏开始颤抖起来。

"哦,不!"戴尔说着踢向一个玻璃瓶,"抱歉,摩,我们回家吧。"

在我们身后,树枝猛烈地拍打着房屋的一侧。"什么东西?"他回头向屋子望去,然后尖叫起来扑向我的脚边,声音刺耳得就像剃刀。

"怎么了?"我叫道,也趴在了地上,"你看见斯莱特了?那不是该学猫头鹰叫吗?"

"是布莱洛克小姐回来了!"他哭叫起来,脸色灰白。

"在哪儿?"

"在屋子里。"他的眼睛蒙上了一层恐惧,"从窗户那儿飘过去了。"

唰。

我眯起眼睛,看着笤帚般扫来扫去的树枝。"是有人在里面。"

我跑过庭院,来到后门廊里。

布莱洛克小姐沉重的黑色后门倒在厨房褪色的油布地毯上,果然如流言所说,厨房里的一切还跟她死去时的那个早晨一模一样:单人用的小桌上,旋口瓶里装着曾压在书里的干水仙花,炉子上还放着煎锅。

"拉娜小姐?"我轻声叫道。风呼啸着掀动屋顶,发出嚓嚓的声音。"我们去客厅看看。"我尽量不去看那张小桌子,那看起来太孤单了,就像是被遗弃了一样,就像是马上会活动起来一样。

戴尔抓住了我的胳膊。"什么味道?"他抽了抽鼻子。

我看看厨房,发现柜台上有一堆比萨盒子。

"这里还有人送比萨来?"他惊叫道,走过去把最上面的盒子打开闻了闻,"空的,但味道很新鲜。"

"看来拉娜小姐至少没挨饿。"我悄悄走进客厅,里面的装修很规矩,破了的窗帘在窗框旁不断飘荡。"这就是你看到的鬼魂。"我说道。等眼睛适应了里面的光线,我又看到了别的东西:血。地板上有血,碎了的灯上有血,褪色的墙纸上有血。

"拉娜小姐!"我忍不住大喊起来,"你在哪儿?"

我们在屋子里四处奔跑，打开各个房间的门，叫着她的名字。"她不在这儿。"戴尔喘着气说，脸白得就像纸一样。

"跟着血迹找。"我回到客厅，将我的手按上墙纸上她的血手印，"这儿。"我指了个方向。我们穿过房间，来到了一扇门前。当我把门打开时，风掀了一下，把我也带到了门廊上。

脏兮兮的车道上新磨损的痕迹消失在两道交叉的轮胎印里。"她搏斗过。"戴尔说，声音弱弱的，"搏斗是好事。"

胡桃树在愈发黑暗的天幕下疯狂地摇摆，旧的肥料袋被吹得滚过了院子。第一阵暴风雨啪嗒啪嗒地落在了尘土中，砸出一角钱硬币大小的坑。

"他把她转移了，我们得找人来帮忙。"我说道。

"走吧，最近的就是我妈妈了。"他说着跑向自行车，"她应该知道该怎么办。"

25. 飓风中的聚会

"妈妈!"

我们冲进大门,戴尔喘着气叫道:"帮帮我们!"

萝丝女士正在客厅里站着接电话。"你们俩到底跑哪儿去了?"她把话筒放低一些,尖叫道,"副探长玛拉呢?"

"拉娜小姐受伤了。"我喘息着说。

"拉娜?她在哪儿?"

我的声音听起来像从远方飘来:"在布莱洛克小姐的家。"

"你在和谁打电话?拉文德吗?"戴尔问道,伸出手去,"让我来说。"

拉文德?我抱紧衬衫下的文件袋,抽泣起来。

萝丝女士又举起了话筒,"拉文德,他们回来了,而且……听得见吗?你听得见吗?"她放下了电话,"信号断了。"

她温柔地推着我坐在长椅上,戴尔也在我身旁坐下。"告诉我发生了什么事。"她拉过一张椅子，靠近我们，"深呼吸，然后从头开始讲。"

我一点一点地开始讲述，萝丝女士倾听着，绿色的眼睛不断地打量着我们的脸庞。"斯莱特现在在哪儿？"

"我不知道，之前上校说会把他从拉娜小姐那儿引开，然后再回去救她，接下来斯莱特就出现在我家了。我只知道这么多。"

她向后靠去，望着窗外。风卷过烟草田，带来凌乱的雨点，不停地撞着门。我听到远方传来树木断裂和倒在地上的声音，灯也在不断地闪烁。一张躺椅从院子里跌跌撞撞地飞过，扑在一道铁丝网上。"如果上校说了要去救拉娜，那他就肯定会去的。"她说道。

"你是没看见那里的一片狼藉。我们必须去救她。"

萝丝女士握住我的手。"那是谁的手印还不知道呢。"

"我知道，我都看见拉娜小姐的手印了。"

"即使那确实是她的手印，我们也只能知道她手掌上有血，但还是不知道那是谁的，是怎么弄上去的。一定要猜的话，不如想得乐观一点。我打赌上校会说到做到。"她走过走廊，然后拿着把猎枪回来。"不过，万一斯莱特想来打个招呼的话，我们得准备一下好好接待他。"

"去找乔·斯塔尔呢？"

她的目光变硬了，眼睛就像绿色的翡翠。"玛拉愚弄了我，"她说道，"乔·斯塔尔说不定也一样。我们先把他们当

Three Times Lucky 259

一路货吧,直到另外有所发现。希望他不会到这里来。"

"他不会的,他在利泽尔小姐家。我在给玛拉的车胎放气时,听到他在通话器里说的。"我说。

"你给玛拉的车胎放了气?"

萝丝女士一下子就转变成了妈妈模式,就像狼人在月圆之夜变身一样。"算是吧。"我把上校的包裹放在咖啡桌上,"让我回忆一下。"我打量了她一阵,"我只是很好奇,想知道对于给车胎放气这种事,你会怎么看?"

她眯起了眼睛。"我们来仔细想想。玛拉每天坐在我的桌前,却在密谋对付我们,不但绑架了我的朋友,还用枪指着你和戴尔。如果你确实给车胎放气了,摩,我不会在意的。"

"她是坏人,从一开始就是。"我说道,见她笑得露出了酒窝,"那么,我们有什么安排吗?"

"安排就是,注意安全,等待暴风雨。"她伸出手像交警一样拦截了我想说的话,"现在出门太晚了,也太危险。我们就静等暴风雨结束吧——之前还因此发现了上校呢。你能把蜡烛都点起来吗,姑娘?"她递给我一盒火柴,灯又开始闪烁起来,"戴尔,到厨房来帮我。"

我不喜欢这样的安排,但也知道她是对的。我及时点燃了蜡烛,灯在萝丝女士和戴尔抱着一大堆零食走向咖啡桌时熄灭了。零食有奥利奥饼干、奶酪泡芙、薯片和椒盐脆饼。戴尔笑着说:"飓风来时我们吃的东西本来很没意思,但是妈妈会让你找到家的感觉的。她是天生的女主人。"

"谢谢你，萝丝女士。"一到飓风时节，所有的女人都会用面包和牛奶塞满食品柜，只有拉娜小姐额外还要买糖果、蛋糕和锥形蜡烛。"万一暴风雨时我死了，那也是在烛光中甜死过去的。"她总这么说。她的飓风聚会名声远播，一直传到查尔斯顿。

萝丝女士从柜子里拿出扑克牌桌。"别客气，摩。戴尔，去拿牌。我们开始聚会吧。"

接下来的几个小时里，我们边打牌边吃着所谓的垃圾食品。飓风艾米拍打着房屋，在窗外拼命尖叫。剃刀般的雨点不断落下，打碎树叶，削断树枝。

谁要是说自己不怕飓风，那他要么是在说谎，要么就是个白痴。上校就是这么评价的。飓风能把你轻松地卷走，把整个世界都席卷而去。在飓风中感觉不到时间，看不到太阳的升降，不知道月亮的盈亏。你能做的只有呼吸，别去想门外破碎飞舞的世界。

保持冷静，打扑克牌，吃吃零食，开怀大笑。

连续地出错几张牌后，我瞪着手里的四张 A。戴尔咬着下唇，明显是在虚张声势。"孤注一掷。"他说道，向罐子里扔进三块可怜的筹码。

"好吧。"我将两大把筹码推到桌子中间。

萝丝女士从堆成小山的筹码后望过来，说道："你们俩都在故弄玄虚，孤注一掷。你有什么牌啊？"

戴尔把牌翻过来。"一对 4。"他开心地说。

"四个A。"我哼了一声,伸手去拿筹码罐子。这时门突然被吹开了,暴风雨呼啸着闯进屋子,吹灭蜡烛,掀翻了台灯。伊丽莎白女皇二世又叫又跳,萝丝女士也猛地站了起来。"戴尔,去关门!"

戴尔向门口冲去,衬衫被风吹得紧紧贴在他瘦弱的胸口上。一个男人在黑暗之中走了进来,脸藏在头巾下面。"戴尔!"我尖叫起来,"是斯莱特!"

萝丝女士冲了过去,把戴尔拽到身后。"滚出去!"她叫道,然后使出全身的力气撞向男人的胸膛。

男人后退了几步,又冲了上来,抓住她的肩膀。"给我闭嘴。"他含混不清地说,把她扔进了屋子。

当他走进来时,头巾散落下来,露出了他的脸。

"爸爸,"戴尔向后退去,"你来干什么?"

26. 对不起

"你觉得我是来干什么的,你这小废物?"马肯先生骂道,拉上了门,"你认为我该在这种天气还待在外面,而不是回到自己可爱的家吗?"他像外面的松树一样摇摇摆摆,水从外套夹克上不断滴落下来。

"戴尔,"我叫道,声音尽可能地柔和,"后退。"我眼角的余光瞟到萝丝女士正摇晃着站起身来。

戴尔急促地吸了口气,向后退去。萝丝女士把他护在身后。她说:"马肯,你喝醉了,而且你不该来这儿。"

马肯先生看向她的目光就像猫在看着一只小鸟,眼睛狂热得发亮。"所以呢?那你怎么还不打电话把你的警察男朋友叫来做伴啊?你以为我不知道他?"他向她逼近,"去,打电话啊。"

原来如此。"斯塔尔探长不是萝丝女士的男朋友,马肯先生,他和利泽尔小姐正在热恋。"我补充道,"当然你也不需要听我的说明。再过几分钟他就会过来,你自己问他好了。"

"闭嘴,摩,"他吼道,仍然死死盯着萝丝女士,"你话太多了。如果你是我的孩子,我早就把理智敲到你的脑子里了。我会的吧,戴尔?去啊,萝丝,打电话求救啊。"见她不动,他冷笑着继续嘲讽,"怎么了?电话线断了?"

她却看了我们一眼。"戴尔,摩,点燃蜡烛,屋里太黑了。"

于是我去拿火柴。我见过很多次马肯先生喝醉的样子,但没有一次是这样,这么凶恶,这么无耻。屋外,一棵树被吹得折断在地上,但眼下外面的暴风雨已经不算什么了。萝丝女士试图安抚他:"马肯,如果你坚持留下的话,至少先坐下来,然后表现得……"

"嘿,儿子,你妈妈告诉你她跑去签什么文件了吗?"他责问道,面容扭曲,"她想把我从自己家里赶走,她告诉你了吗?"

戴尔点蜡烛的手直发抖。"她说你以后不会住在这里了。"

"哦,"他说道,"那今天你走运了,我又搬回来了。你,"他对萝丝女士说,"去给我弄点吃的来。"萝丝女士犹豫了一下,我知道她不想让我们和他单独相处。"你听到了吗?"马肯先生又吼道。

每次马肯先生醉醺醺地去咖啡馆时,上校总是让他吃东西,说是吃东西有助于恢复清醒。"我去给你弄,马肯先生。"我马上说,"用奇迹牌面包做个花生酱火腿奶酪三明治?"

"我要你多嘴了吗？"他冲我吼道，一拳砸在萝丝女士的书桌上，导致她的蓝色花盆晃悠了几下，"我叫你给我弄吃的了吗？给我乖乖闭嘴坐下，不然我就把你堵住嘴巴绑起来，让你跟你那个大嗓门的养母一样的下场。"

我的怒火像被点燃的油一般蹿了上来。"关于拉娜小姐，你还知道些什么？"

"马肯，"萝丝女士说，"要是你伤害了拉娜，我发誓我会……"

马肯先生的手猛地伸出来，抓住萝丝女士的上衣把她拽了过去，拎得她跐起了脚。"你会怎么样？"他咆哮起来，"把我从自己的房子里赶出去？"

"爸爸！"戴尔叫道，"松开妈妈！"

接下来的一切就像慢镜头回放。马肯先生的手抡出一个利落又险恶的弧形，扇在了萝丝女士的脸上，把她的头打得向后一仰。她向一旁挣扎了几步，弯下膝盖倒在了地上。

"戴尔！"我叫道，"空手道！战斗姿态！"

我冲到萝丝女士身前，抬起了手。马肯先生大笑起来，像只大猫似的一把抓向我。我向后一跳，准备好了要踢他。"戴尔！"

马肯先生做了个鬼脸，"戴尔不会帮你的，他就是个胆小鬼。"

这样就够了。我用尽全力踢了出去——向前，旋身，带上了全身的重量，让他的膝盖正中我完美的一记侧踢。他的

Three Times Lucky

膝盖毫无抵抗力,脸也因为疼痛而扭曲,倒在挣扎着想站起来的萝丝女士身旁。我冲过去正想用手肘给他的下巴再来一下,萝丝女士却抓住了我的胳膊。"住手,"她惊叫起来,"他会杀了你的。马肯,拜托,她只是个小孩……快坐下来,对不起,我去给你做吃的。"

马肯先生疯狂地大笑着,笑声像碎玻璃般扎人。他就像没听见她的话似的,朝我走过来,并且高高地举起了拳头。

突然一声枪响,书桌上的蓝花瓶被击得粉碎。

我转过身去。戴尔站在长椅上,惨白着一张脸,手里举着萝丝女士的猎枪,瞄准他爸爸的心脏。他的目光对上了马肯先生的眼睛。"从这幢房子里滚出去,不然我就杀了你。"戴尔说道。

马肯先生的笑声打破了沉寂,却听起来微弱和摇摆不定。"你不会对我开枪的。"他向前一步,戴尔不由后退一步,咬住了下唇。

他说得没错。戴尔不过是虚张声势,绝不可能扣下扳机。"他当然会对你开枪,"我说道,"我相信这是正当防卫。"

"别说话,摩。"萝丝女士开口了,声音里满是恐惧,"戴尔……"

马肯先生又逼近了一些,戴尔不断后退,直到后背撞上了走廊的门。

再有一步马肯先生就能碰到猎枪了。然后会怎样呢?我开始寻找别的武器,却一无所获。我扫了一眼戴尔惊恐的脸庞,叫道:"扣下扳机!"

马肯先生不屑地哼了一声。"你没那个狗胆,小子。"

"也许是吧,"有人从黑暗的走廊里走了出来,走进了门,"但你最好相信我有那个胆子。"

是上校!上校的手越过戴尔的身体,拿起了猎枪。"干得好,孩子,"他说道,"下面的事交给我吧。"上校用枪瞄准了马肯先生。"跪下来,手放到脑后去,你这叛徒。"他命令道,"士兵?"

"是,长官!"我哽咽地回答。

"找个东西把这懦夫绑上,"他环视了一圈,"拉娜呢?"

"她不是和你在一起吗?"

恐惧像闪电般划过他的脸。"暂时没有,但很快就会了。"

他再次瞪向马肯先生。"我让你跪下来。士兵,你还好吗?"

我眨眨眼把眼泪忍了回去。"很好,长官。可惜你没有看到我作战的模样,"我补充道,挺直了肩背,"徒手战斗,对手的体型是我的两倍大。"

他好几天没刮过的脸上浮出一朵微笑。"期待你的战斗报告。"他说道,"现在,我们得先处理这个囚犯。"

马肯先生狂笑了起来。"囚犯?你在说什么?把枪放下!"他舔了舔薄薄的嘴唇,"萝丝,对不起,我伤害了你。"他望向她,说道,"但你让我太生气了,我控制不住自己。"

"戴尔,去给你妈妈拿些冰块来。"上校吩咐道,"把后

从天而降的幸运

门再加锁一下,拜托了。恐怕我进来时把锁弄坏了。"他说话的时候,枪一点都没晃,"马肯,跪下。"

马肯先生膝盖着地,高举双手。"真可恶,"他对上校抱怨道,"你的孩子踢起人来就像野驴。"他又向萝丝女士露出一个病态的微笑,"我说了,对不起。"

"我同意,"上校说道,接过我从墙上扯下来的电话线,"你现在的样子确实很对不起人。坐下,自己把脚绑上。士兵,去找找看还有没有绳子。"

上校把马肯先生的双手捆在一起时,戴尔捧着一手帕冰块回来了。"马肯,拉娜在哪里?"上校问道。

"我怎么知道?"

"那么斯莱特,你的同伙呢?"

萝丝女士惊喘了一声:"他的同伙?"

"我们不算同伙。"马肯先生说道,"斯莱特只是雇我开车到布莱洛克家送点比萨而已。"他像被挑在木棍上的蛇一般扭动起来,"我不知道是你和拉娜被关在里面,我发誓我并不知道。"

"他说谎。"我说道,上校点了点头。

马肯先生无助的表情一下子消失了,又回复了平时的冷硬。"很好。"他吼道,"告我啊!送比萨又不犯罪。"

上校坐在萝丝女士的高背椅上,附身靠近他。"如果拉娜出了什么事,那就是一级谋杀,斯莱特还有你都跑不了。"

"马肯,"萝丝女士哀求道,"看在上天的分上,如果你知道什么的话……"

"去杰西·塔特姆家找找,"他回答,"斯莱特曾提起过那儿。"

"当然,"我看着戴尔给萝丝女士的眼睛做冷敷,他的手法轻柔熟练,似乎做过很多次了,"罪犯总会返回犯罪现场。我早该想到的。"

"闭嘴,摩,"马肯先生打断了我,"你的话太多了,难怪你妈把你给扔了。"听到这话,戴尔僵住了,上校握枪的手也收紧了。

终于有人把这话大声地说出来了。不过令我吃惊的是,这听起来一点杀伤力也没有。

我直直地盯着马肯先生的眼睛,"也许她是把我扔了,也许没有。但就算如此,她也只能做一次,你却每天都在抛弃自己的家人,即便他们一点错都没有。"

接着我望向上校,"下一步计划,长官?"

上校稳稳地坐在那儿,安静得像只兔子,手指修长、指节分明的双手优雅地在猎枪上交握。"我们得向萝丝女士借一下她的品拓车。"他终于开口了,"如果她答应,等暴风雨一停,我就去找拉娜。"

但不要独自前往,你并不是孤身一人。我心想。

但我仍然点了点头,等待时机。

27. 狂风大作

上校将一把手枪放在门口,和马肯先生的电锯放在一起。

"我的枪没用,"马肯先生冷笑着说,"没子弹。"

"斯莱特不知道就行。"上校回答,检查着电锯里的燃料。

戴尔窝在沙发里,新开了一包薯片。"玛拉副探长从头到尾都在耍我们,"他看着他爸爸说道,"看来她一直都在为斯莱特办事。摩,我真觉得我们不如叫绝傻徒侦探。"他说着,把一片薯片喂进莉斯嘴里。

"她欺骗了我,但是被你发现了。"我说,"可是,为什么她要与斯莱特那样的败类为伍呢?"

"只有两种可能,"他回答,"钱或者感情。"

"以她来说,可能这两者都有。"上校分析道,把他的背包也放在门边,"士兵,你找到我放在衣柜里的包裹了吗?"

我指了指咖啡桌。"抱歉,长官,有些剪报被风吹走了。

又要戳轮胎又要收集文件,实在是没法同时做好。"

"这倒是,真得不能再真了,亲爱的。"他拿起文件袋,消失在厨房里。

过了一会儿,我去厨房,看到他坐在咖啡桌旁,用手撑着额头,桌上的蜡烛已经烧得很短了。他抬起头,烛光映亮了他瘦削的面颊。"士兵。"他说,把剪报一张张抚平。我滑进他身旁的椅子,等待他再次开口。"我必须坦诚地告诉你,亲爱的,当拉娜把这些剪报给我时,我真希望她又是在演戏玩儿。可是仔细读过它们之后,我发现我确实不知为什么与斯莱特的劫案有关。"他的声音里充满悲伤,"不然,我根本不会有这些笔记。显然,斯莱特至少有一个帮凶,我只希望那不是我。但是,我们也要做好那就是我的心理准备。"

我点点头,对他说:"你可以逃走,长官。"

烛光中他的笑惨淡而苍白。"逃跑不是我的天性,更不该是你的。我会接受未来将要面临的任何可能性,不管那会是什么。"他说着把剪报塞回文件袋,"我们无法改变过去,士兵,但要庆幸的是,生活中的每天都又是新的一天,我们可以继续前行。"

"是的,长官。"我依偎在他身旁,"你让我好自豪,先生。"

他微笑起来,"我也为你骄傲。你昂首挺胸地经历了所有的一切,展现出了超乎常人的勇气。现在我们只需要再勇敢一点点,就能面对接下来的事了。"

暴风雨仍在肆虐,戴尔和莉斯却打起了盹。马肯先生还是满脸不高兴,萝丝女士则开始祈祷。上校像猎豹似的来回走动,我拿出了笔和编年史第六卷。

亲爱的河流上游的母亲:

我写道,然后又把这句划掉,改为:

亲爱的拉娜小姐:

坚持住,我们会找到你的。

摩

狂风呼啸时,上校也徘徊个不停。每次走到窗边,他都忍不住靠过去,将额头轻轻地贴在玻璃上。"上校?"我匆匆跑到他身旁,"你还好吗?"

他搂住我说:"我很好。只是这种感觉好熟悉——风暴,还有威胁。"雨点抽打在玻璃窗上。他回头望向屋子另一边的萝丝女士,看到她正坐在长椅上,紧闭双眼。

"她在祈祷。"我轻声说道。他一直等到她睁开眼睛。

"萝丝,风暴快停了。"

"是的。"她回答,把品拓车的钥匙掏出来。

"我要从后面的小路开车到杰西家,不走镇上的大路。在树林里被倒下的树砸到的可能性,反而比在开阔地带要小,因为开阔地的那些树毫无遮挡,更容易被吹断。不过这一路会经过一小片田地,那里的风倒会是最大的。开到倒下的松树那儿之后,我就沿着河边的小路过去。"

他望向马肯先生,对萝丝女士说:"如果马肯还敢找你的麻烦,你就朝他开枪。"他这么说着,眼里却有一丝微笑。

"谢谢你,上校,"萝丝女士回答,"你真是太好了。"

"我和你一起去,长官。"我叫道。

"谢谢你,士兵,但这不行。你和萝丝女士待在一起。这是命令。"

我摇了摇头说:"我在飓风中失去了亲生母亲,我不能再这样失去拉娜小姐。我要去,上校。"

戴尔也从躺椅上坐直了身体。"摩主意已定的时候就别和她争了。"他说道,"我和摩是搭档,她去我也去。"

即便这不是我最美好的时光,但把一切加起来之后也已经很接近了。

我保持立正,或多或少吧,直到上校点了点头。"萝丝?"他问道,同时也在用眼神询问。

"你要保证……"萝丝女士迟疑地说。

"我用生命保证。"上校回答。

"你要带着这两个孩子一起去?你疯了吧?"戴尔回屋拿雨衣时,马肯先生吼道,"这孩子是个胆小鬼,除了碍事什么用都没有。"

上校却摇了摇头。"胆小鬼?戴尔所表现出来的担当,两个你都做不到。"

"给你,摩。"戴尔说着扔给我一件雨衣。

上校从门口拿起背包和电锯,打开门奋力走上了门廊。我们从窗户里看到他摇晃着走下台阶,飓风就像校园里欺负人的小坏蛋般推搡着他。他用力拉开品拓车的前门,把电锯扔进去,然后像个柔术演员般弓身坐了进去。

萝丝女士不停地整理着我们的雨衣,直到品拓车的前灯闪了起来。"我帮你们拉住门,"她说,"你们俩互相扶好,坐到乘客座上去。上校也会帮一把的。"她想要亲亲戴尔,却被戴尔躲开了。

"呀,妈妈。"他扭开肩膀时说道。

"别这么嫌弃。"她说。

她打开门,我们慌忙地跑进了风里。风紧紧地抓住我们,让我们像溜冰似的在地上打滑。"坚持住!"萝丝女士叫道。戴尔抓住了我的胳膊。我们奋力向前走下台阶时,风不断地想推倒我们,绊住我们的小腿,甚至想把我们抓离地面带走。

"干得好!"上校鼓励道。我和戴尔刚刚以蜗牛般的速度爬进后车门,风就把门狠狠地拍上了。上校弓着背转动方向盘,将车缓缓开上路。飓风艾米拍打着我们的小车,用尽全力。

"感觉像坐在一面鼓里。"我吼道,把车窗上的雾气擦掉。

"帮我留意倒下的树。"上校也吼道。我和戴尔马上开始观察,前方能有十米的能见度已经算走运。

有两次我们停下车来,等待倒下的树被狂风吹离前方的路面。

Three Times Lucky 275

从天而降的幸运

"你还好吗,长官?"在绕过第二棵断树时我问道。他点点头,但绷紧了下巴,抓住方向盘的手指指节发白。

当我们到达那片开阔的、附近有倒下的松树的田地时,上校停下了车。"再检查一下你们的安全带。"他说道,然后才把车从树林里开出来。

风抓住了车的前部,想要掀翻我们。"抓紧!"他大吼起来。小车在不断地打滑,几乎要被风推下路面。挡泥板在倒下的松树上蹭过去时,连上校也抽了口气。渐渐地,车子被推得滑向桥的方向。

"解开安全带!"他吼道,"准备紧急跳车!"

我紧张地摸索安全带的锁扣时,上校把油门一踩到底。狂风中我几乎听不见引擎的轰鸣,但能感觉到车轮又转了起来,终于又抓住了湿乎乎的地面。车子摇晃着驶过桥,车前灯的光束散乱地投进树林,我们跌跌撞撞地开上了杰西家的那条小路。

大树减弱了风势,这时我都能听见戴尔唱歌安抚自己了。我们在杰西先生的车道上缓慢地前进。"在这儿下车。"上校说,拉住驾驶座的车门,等我们从车里费劲地爬出来。"别用手电筒,"他警告道,"待在我身后。不要出声,保持警惕。"

我们俯身前行,爬过倒下的树干,脚踩在杰西先生门口的湿草地上直打滑。上校像雾一般,无声地一个前滚翻靠近了门廊,我们也紧紧跟上。"斯莱特在里面,"我从窗沿偷偷瞥了眼屋内的情况,"拉娜小姐呢?"

"你们俩待在这里，"上校对我们说，"我去找她。"

他的身影消失在雨中。

屋子里，斯莱特正在杰西先生的懒人沙发上支起一个手电筒，用两个靠垫把它固定住。他的手枪就在电筒旁边，圆头型的枪管看起来很凶恶。我和戴尔屏住呼吸，看着斯莱特拿起一根撬棍，把杰西先生家的地毯掀开。

他满头大汗，光头闪闪发亮，汗水不断地流下脸颊。他把撬棍的一头插进一块木地板，然后用力踩下另一头。随着一阵烟尘，地板被撬开了。

"他在找什么？"戴尔问道。

"找那五十万美金吧。"我轻声回答。

看着斯莱特埋头苦干的样子，我的脑子飞快地运转起来。关于这栋房子我们都知道些什么呢？老旧，木质，坐落在离地近两米高的砖基上以便防水？是这样吗？"杰西先生的房子是用砖头撑起来的吧？"我低声问道。

"是啊，"戴尔回答，看着斯莱特撬开了第三块木地板，"牢固的砖头。怎么了？"

斯莱特一块接一块地撬开地板，直到弄出一个足够大的洞。然后他拿起手电筒俯下身，观察着地板下方的黑暗空间。

"进攻。"我小声地说。

"但上校说……"

"随机应变！进攻！"我们摸进了门，穿过房间。斯莱特就跪在我们面前，用手电筒拼命向地板下面照着，还发出猪

从天而降的幸运

一般的喘息声。我指了指杰西先生的大橡木咖啡桌,戴尔便悄然地移动过去。

"上!"我叫道,从背后给了斯莱特一记完美的飞踢。斯莱特大叫一声,一头栽进了地板下面。"桌子!"我叫道,和戴尔一起把咖啡桌拖过来,盖住地板上的洞口,接着一起跳到桌上,拼命抓紧粗而短的结实桌腿。桌子的大小很合适,刚好留出了空间,让我们能看到下面斯莱特手电筒的光线。

"现在该怎么办?"桌子被撞得向上弹起来时戴尔惊叫道。

"等上校来。"我喊道,"你听到了吗,斯莱特?我们的援军马上就到!"

斯莱特踢了一脚桌子,挫败地号叫着,然后又是一脚。"放我出去!"他喘着气咆哮道。我能听出他在下面艰难地转过身好背朝地面,探索他的新囚室,手电筒的光束不时地从咖啡桌的边缘透出来。他的声音既冷酷又狡猾。"如果你们走开,我就给你们每人一百美金,如何?二百美金?那样你们想买什么就能买什么了。嘿,摩,你甚至还能雇个真正的侦探去寻找你的亲生母亲。怎么样?"

戴尔靠近我,问道:"他怎么知道……"

"肯定是玛拉说的。"我提醒他。

"难道你就不关心自己真正的家人吗?当然,这也不关我的事。戴尔,你会拿这笔钱做什么?要是我就去买几张赛车比赛的门票,你也会喜欢的,不是吗?"

"少来这套,斯莱特,你以为我是白痴吗?"

"我以为你是你爸爸的儿子。"他说道,手电筒疯了似的到处乱照。"让我出去!"斯莱特又怒吼了起来,猛地一推咖啡桌。桌子几乎飞了起来,把我和戴尔都弹了出去,摔在地板上。"你们真以为这样就能困住我?"他喊道,一只手抓住我的脚踝,将我一把拽过去。

"放开她,斯莱特。"上校的吼声响了起来,迅速把我拽到一旁,然后用马肯先生的空膛手枪抵住斯莱特的脸,"告诉我拉娜在哪儿,快!"

"我怎么知道?"斯莱特吼道,"我不知道她在哪儿,也不关心这件事。"

这时,屋顶的灯亮了起来。"哇哦,"戴尔叫道,像猫头鹰似的眨了眨眼,"死人都比我们更先获得光明。"

这时我看到了斯莱特手上渗血的绷带,还有头上的伤口。"你之前好像出了点意外啊。"我说道。

"还不是你那个疯婆子养母,用台灯打我!"他气急败坏地说,"我差点就死了!"

我笑了。"难怪布莱洛克的房子里到处都是血,你没有失血而死真是太可惜了。"

戴尔点了点头说:"估计你只能让狱医缝合头上的伤口了,斯莱特先生。蹲大牢以后,至少这一点还不错,有免费医疗啊。"

"斯莱特,把手放到脑后。"上校命令道,"摩?"

"收到,上校。"我从墙上扯下一段电话线。"对着他。"

他说着把没子弹的手枪递给我,然后将斯莱特的手绑了起来。

"你觉得这样安全吗?"我故意问道,"鉴于我刚刚的经历,我说不定会失手扣下扳机。"上校将斯莱特拖过屋子。

"戴尔,把他的脚也绑上,孩子。"

"是,长官。我可是学过童子军的打结技术。"这可真让我伤心。戴尔加入过男童子军两次,直到马肯先生拒绝给他买制服,他才不得不退出。戴尔学童子军技巧的高兴劲儿,堪比我得到一辆哈雷摩托车。

"现在,我再问一次,"上校说着拿过枪,指着斯莱特,"拉娜在哪儿?"

"她从我手上挣脱之后就跑了,"斯莱特回答,躲避着枪口,"我不知道她在哪儿。"

"我知道。"一个声音从门口传来。

"斯塔尔!"我惊叫道。斯塔尔站在门口,举着手枪。

他究竟是敌是友?

上校转过身,把枪指向斯塔尔。

"她在这儿。"斯塔尔说着,侧身让开。

拉娜小姐向我跑过来,伸出了双臂。

"谢天谢地,"在她搂住我时,上校低声说道,"谢天谢地。"

28. 从未想到

我们在杰西先生家里，等待飓风平息。

拉娜小姐和我窝在杰西先生难看的格子花纹沙发上。我紧紧地依偎着她，不停地抚摸她的手，只想一直听她说话，怎么也黏不够。她告诉我们斯莱特是怎么将她绑架，她又如何与上校齐心协力弄开绑住上校的绳索，好让上校逃走。"当你没回来找我时，我就知道肯定出事了。"她对上校说，"后来斯莱特又想把我转移到别的地方，我意识到形势更严峻了，只好奋力一搏。"

"差点就奋力把我杀了。"斯莱特抱怨道。

"下次吧。"戴尔嘟囔道，对拉娜小姐微笑起来，"我和摩拼命想抓住斯莱特，主要是为了你，拉娜小姐。"

"多么可爱的孩子，"她说着揉乱了他的头发，"你们一定会因此获得奖章的，我想。"

"也许吧。"戴尔脸红了。

拉娜小姐望向上校,"我逃出来后,去了利泽尔家,以为斯塔尔会在那里。拉文德刚刚打电话说……"

"拉文德?"我的心就像一只野猫,在肋骨形成的笼子里疯狂乱撞。

"是的,宝贝儿。他在萝丝那儿时,听你说过我可能有麻烦了,就赶在电话线路瘫痪前勉强联系到了利泽尔,还有斯塔尔,然后我披头散发、脏兮兮地跑到了利泽尔家门口。接着我和斯塔尔马上开车去萝丝家,结果发现你们已经沿着小路上杰西家来了。"

我们一边说,乔·斯塔尔一边将斯莱特铐起来,然后他从地板的洞里向下看。"很好,很好。看看这是什么?"他从里面拽出一个铁箱。

"是斯莱特抢劫银行得到的赃款。"我说道,"也是杰西先生周六夜里捐款的来源。"

"为什么这么说?"上校问道。

"因为杰西先生捐献的钞票号码都符合赃款的号码。"我说道,满意地看到斯塔尔一脸震惊,"这是绝命徒侦探自己弄到的情报。总之,我觉得这会得到核实的。"

"确实如此,"斯塔尔说,"但你怎么会有钞票号码?"

"抱歉,我们要保护消息传递者。"

上校皱起了眉。"但是这笔钱为什么在杰西的屋子下面?"

"因为,"我靠在拉娜小姐的臂弯里接着说道,"就在斯莱特和多尔夫·安德鲁斯从温斯顿-萨勒姆的银行里把钱抢出来之后,杰西先生就把钱带过来了。杰西先生也参与了抢劫,是吧,斯莱特?"

斯塔尔警惕地看着斯莱特。"确切地说,"斯塔尔说道,"我不能确定杰西先生有没有参与抢劫,但他的表弟倒是参与了。"

"那个死了的表弟?"戴尔问道。

"是的。杰西·塔特姆的表弟本是那家银行的保安,在劫案发生时中了一枪。斯莱特被指控谋杀,但有一个巧舌如簧的律师却成功地为他做了辩护。"斯塔尔拍拍手上的灰尘,望向上校,"这听起来是不是有点耳熟?"

上校连眼都没眨一下。"为什么?"他反问。

"是这样吗,斯莱特?"我问道,"杰西先生有没有参与抢劫?你最好现在就说,免得被你的女朋友抢先。"

斯莱特瞪着我,胖脸上一片茫然,"什么女朋友?"

"副探长玛拉啊。"我说道,"不过她很快就会变成你的污点证人了。"

斯塔尔挠了挠头。"你和玛拉·艾弗雷特?"他说着,坐在杰西先生的钢琴凳上,表情和拉娜小姐做填字游戏时一模一样,"我得承认,她连我也骗过去了。"

"你就没想过为什么斯莱特总是先你一步吗?"我问道,"是谁安排了毫不起作用的公路巡察?谁追踪斯莱特的电话却追踪不到?又是谁去搜查的布莱洛克家?是玛拉,她一直都在为斯莱特做内应。"

戴尔从厨房里找来一袋奶酪泡芙,大吃起来。他突然觉得不好意思,把袋子递向拉娜小姐,拉娜小姐却摇了摇头。只有戴尔才会吃那些东西。

"关于玛拉,利泽尔曾警告过我。"斯塔尔喃喃地说,"利泽尔一点也不相信玛拉,尤其是看到她和孩子们相处的情形以后。"

他把斯莱特拎了起来,推到杰西先生的旧钢琴边。"你和玛拉·艾弗雷特!"他又说了一遍,愤怒让他的声音紧绷得就像一根钢琴线,"我一定是老了,竟然从未想到。"

可怜的乔·斯塔尔。

"你确实是在变老,但是也别难过。我才十一岁,不也没发现么?你呢,戴尔?"

戴尔配合地摇了摇头,脸上沾着的面包屑真醒目。"但我确实知道她是个骗子,探长,虽然认识她只有几周的时间。"

斯塔尔把斯莱特铐在钢琴腿上。"上校,我想和你去厨房说句话,请。"他说着,从口袋里拿出一张报纸展开来。我马上觉得身旁的拉娜小姐身子有些僵硬。

上校看了看我们,挺直了肩膀跟上斯塔尔,然后他们紧紧地关上了厨房门。"这是怎么了,拉娜小姐?"我问道。

"一切都会没事的,摩。"她抓住我的手。我能感觉到,她的沉默蔓延出来的紧张情绪就像马上要绷断的旧橡皮筋,我从未见过她如此苍白。

厨房门开了。

"这是诽谤！"上校吼道，大步走进客厅。

"先生，"斯塔尔叫道，"这张报纸证明了我所说的一切。"

"不管上校以前干了什么，他现在都是无辜的。"我站起来说道。

上校从斯塔尔手里一把抽过报纸。"这上面写的都是废话，"他说道，"我才……"他扫了一遍新闻标题，然后失手任报纸掉在地上。

我目不转睛地看着报纸。

那是张整版照片，照片上的人正是年轻的、头发乌黑的上校。他穿着一身一看就很昂贵的套装，长发扎了起来，脸刮得光光的。

上校满脸惊恐地向后退开。

"上天，救救我吧！"他呜咽着说，一屁股坐进杰西先生的沙发里，用手捂住了脸，"我是个律师。"

从天而降的幸运

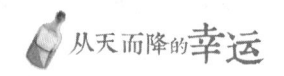

29. 亲爱的河流上游的母亲

忙碌的两周过去后,咖啡馆终于又重新开业了。

这两周里,我和拉娜小姐以及戴尔修好了所有破碎的窗户,把飓风带进屋的垃圾全部从餐厅里扫了出来,还修整了屋顶。"律师莫入"的老牌子被摘了下来,换了个新的:"欢迎朋友"。

这段时间里,萝丝女士也有两次惊人之举。首先,她和马肯先生离婚了,然后开始了自己的生意——19世纪30年代风格的原生态烟草地旅游业。"每天接待两辆旅游巴士,这个暑假剩下的日子已经全部预定满了。"戴尔告诉我说,露出了笑容,"她一直瞒着我们,直到自己确定方案可行。当然,也得等我把烟草棚里的垃圾都清理完才行。"

其他人也忙得很。

斯莱特和玛拉副探长被同时指控绑架上校和拉娜小姐,

还有谋杀杰西先生和多尔夫·安德鲁斯。至于污点证人,正是马肯先生。

那只叫绒毛狗的猫在飓风中跑丢了,是的,又丢了。小帖雇了绝命徒侦探们帮他寻找,是的,又雇了。"我们会尽力找到它的,但也只有这次了。"戴尔说着,擦掉了招牌上"免费寻回宠物"的字样。

拉文德像英雄般荣归故里——但却完全不是我想象的那样。

就在飓风来临的那一天,我们也听到了拉文德比赛的结果。当时电视信号还没恢复,杰西先生的收音机里倒是传出了主持人语速飞快的声音:"今天,西卡莫尔200的赛场上……"

"是拉文德的比赛!"戴尔叫道,"天哪,哦,宝贝。"他一边念叨一边调试着收音机的旋钮,广播里传来一阵噼里啪啦的声音:"……戏剧性的结果……现在在我身边的是冠军获得者——32号车的车手……"

"是我们的车!"戴尔大喊起来,"我们赢了!拉文德赢了!"

"车手汉克·里士满。"广播里说道。

"汉克·里士满?那是谁啊?"我惊讶地说。

当然后来我们才知道,就在比赛前,拉文德把车卖了,买主就是汉克。

"想想三万美金在手的感觉,实在是太诱人了。"拉文德回家后向大家解释。他为我和戴尔在银行里开了个账户,存

从天而降的幸运

进了一千美金,然后把剩下的钱交给了萝丝女士。"我更喜欢改装车子,"他说,"我的新车在新年时应该就能接受检验了。"

但他没有说的是,几乎整场比赛的时间里他都和警察们待在一起,拼命想跟乔·斯塔尔取得联系,好帮助营救拉娜小姐。

那么上校呢?这一切上校都错过了,托乔·斯塔尔的福。斯塔尔带他去了温斯顿-萨勒姆,以便解决一大堆法律细节问题,接着还送他进了医院,从头到脚检查了一遍。

"我这辈子永远都不要再和乔·斯塔尔说话了。"在咖啡馆举行重新开业仪式的那天早上,我不高兴地对拉娜小姐说。她给了我和戴尔各一顶栗色的贝雷帽,然后调整了一下自己的假发,双手沿着胯骨抚平了闪亮的粉色裙装。

"摩,一切都挺好的。上校本来也需要时间找回之前的生活细节啊,还要唤醒记忆。Jamais say jamais,宝贝儿。"

"什么?"戴尔问道,看着手里的帽子就像看见了公路上被意外碾死的动物似的。

"永不说永不。"她翻译道,打开了门,"大家各就各位。"

仪式于七点正式开始。"Bonjour,欢迎光临咖啡馆,Monsieur Mayor[1]。"我说道,整了整头上的贝雷帽,戴尔早把他那顶塞到点唱机后面去了。

"Bonjour,摩。"利特尔镇长回答,打量了一下四周:

---

[1] 意为镇长先生。

调味瓶全都换成了埃菲尔铁塔造型的瓶子,桌布斜着铺开,屋子里回响着轻快的音乐。"回到巴黎的感觉真好。"他说着,沿着腹部抚平了冰粉色的领带,走向了吧台,锃亮的皮鞋每走一步都在地板上敲出清脆的响声。他还向杜鹃花女士们眨了眨眼。

"早上好,安娜·西莱斯特。"他说道。安提拉和她妈妈坐在窗边,吸食着煮得嫩嫩的鸡蛋,就像一对衣着华丽的黄鼠狼。"希望你夏天过得愉快。"镇长说。

"很愉快,谢谢你,镇长先生。"她一边说,一边扬了扬阳光般的金发,"我们刚从海边度假回来,离家的感觉真好。"

我端着一杯冰水走了过去,突然间竟不好意思起来。"嘿,安娜,我用了那两个蓝色的瓶子,"我告诉她,"谢谢你把它们送给我……还有你所做的一切。"然后我给了她尖下巴的妈妈一个微笑,"今天的早餐免费,辛普森太太,想吃什么就吃什么,你们俩都是。"

安提拉瞥了一眼冰水。"我猜这是戴尔送的。你能不能帮我告诉他……不好意思,我不渴。"

"没问题。"我回答。

更何况那本来就不是给你的,我心想。

她点点头,移开了目光。一阵诡异的安静在我们之间弥漫。

不互相攻击的话,我们之间突然就什么关系都不是了。

"假期不能出去玩真是太可怜了,摩傻。"她终于说道,"你看起来真是……我都不知道怎么说好——白得不像活人。"

从天而降的幸运

"白只是一时的事,安提拉,"我笑了起来,"讨人厌可是一辈子的事。"

我转身走近旁边的桌子。"嘿,莎拉曼卓,"我打了个招呼,"谢谢你为我做的一切,太感谢了。"萨莉微笑起来,点点头。"早餐免费,"我告诉她,把冰水放到她面前,"这杯是戴尔给你的。"我对她挤挤眼睛。在屋子的另一头,戴尔把手插进衣袋,傻笑起来。

萨莉当时就把水杯碰翻了,冰水向斯基特的法律书奔涌而去。

我把一沓纸巾递给她们时,拉文德溜达了进来。"早上好,拉文德。"我叫道。他在莱西·桑顿老祖母旁边坐了下来。

"早上好啊,福尔摩斯。"拉文德说着,对我露出一个坏坏的笑容。

福尔摩斯!一个昵称!

"嗨,戴尔,"丁克斯叫道,"来杯咖啡?"

"好的哇,"戴尔含混不清地说,想用法语回答却说不出来,"别着急,就来了。"

我来到拉文德身旁,手里拿着点菜单。"今天有两种特选餐:拉娜小姐的早餐舒芙蕾,还有专门提供给熬夜人士的果汁饼干,你想要哪一种呢?"

"熬夜专用果汁饼干啰。"他回答,长腿一直伸到过道里,露出了微笑。拉文德真是太会穿牛仔裤了。"上校什么时候回来?"他问。

"随时都有可能。"我笑着说。

"他现在完全不迷茫了吧？"利特尔镇长问道。我点了点头。

"我真为你高兴，摩，我知道你很想他。"莱西·桑顿老祖母说，"给我来份拉娜小姐的舒芙蕾，亲爱的，如果这不麻烦你的话。"

门又被推开了。

乔·斯塔尔对着屋内扫视了一圈，他的眼睛看起来就像冬日的天空。"要一个双人桌，麻烦你了，摩。"他说道。我领着他和利泽尔小姐走到点唱机旁的座位边，这时拉娜小姐也从厨房里走了出来。

"朋友们，欢迎光临。"她唱到，用餐刀敲了敲玻璃杯，示意大家安静，"谢谢大家赏脸过来。在上校回来之前，有些流言我想解释一下。"

咖啡馆的嘈杂收拢着平息下来。

"大家编了一些关于我和上校的有趣故事，"她微笑起来，虽然她第一次听到那些流言时完全笑不出来，"我没有时间一一解释，我只想告诉大家我们真实的故事，好让一切真相大白。"

"需要的话，可以站在我的百事板条箱上，拉娜小姐。"我说道。

"谢谢你，宝贝儿。"她踩上了我的小小舞台，"十五年前，我与上校在查尔斯顿一见钟情，很快便打算私奔，去巴黎度蜜月。"

"哦——啦——啦。"利特尔镇长感叹道,把手肘撑在桌上,做出开始听故事的神态。

"当时,上校是斯莱特的辩护律师,斯莱特正因抢劫和抢劫期间谋杀保安的罪行被起诉。那个保安,现在大家都知道了,就是杰西先生的表弟。因为上校的辩护,斯莱特逃脱了一级谋杀的罪名,只承担了一般杀人罪和抢劫罪。在他离开法庭时,他逼上校去找到他的赃款并保存起来,不然他就杀掉每个和案子有关的人。上校并没有在意他的话。斯莱特都是进监狱的人了,还能做什么呢?

"可第二天早上,上校发现自己的女秘书死了。"

一位杜鹃花女士手里的杯子掉在了地上,戴尔赶紧拿着扫帚和撮箕飞奔过去。

"上校无法原谅自己,"拉娜小姐继续说道,"他认为正是自己的傲慢导致这个无辜的女人失去了生命。"

"难怪他那么恨律师。"丁克斯低声说道。

"那天下午上校给我打了个电话。'收拾行李',他说,'我们去巴黎开始新的生活'。他对能想起来的和斯莱特一案有关的每个人都发出了警告,然后出发和我会合,尽管当时有场飓风正要登陆。路上,我想他大概想起了杰西·塔特姆,便专门绕路去警告他。"

"倒下的松树。"小帖喃喃地说,拉娜小姐点点头。

"一周后我找到他时,他抱着一个漂亮的婴儿,却想不起我是谁。"说到这里,她眨了眨眼睛,以便忍住眼泪。她站在那儿,独自一人,蒸腾的热气模糊了她的脸,让她一时看起来又像照片上那个年轻的自己,那个如花初绽的女孩。

"我能做的只有一件事——留下来，期待他会再次爱上我。"

萨莉擦了擦眼角，小帖却举起了手。"是谁杀了上校的秘书？"他问道，"斯莱特不是被关起来了吗？"

"副探长玛拉。"我猜测道，用余光瞥到戴尔正望着窗外，还皱起了眉头。

"我也是这么想的。"斯塔尔说，"后来斯莱特来这儿找杰西·塔特姆，听到杰西说赃款不在自己手上，他就把杰西杀了。然后，他认出了上校，希望钱在上校手里。于是他绑架了拉娜小姐，好逼上校交出钱来。只是，上校完全想不起任何事。"

戴尔靠着窗户踮起了脚，向外使劲张望。

拉娜小姐的眼睛湿润了。"这就是我们的故事。我骗了你们，我的朋友们。"她说道，"但这一切都是为了爱，希望你们能原谅我。"

咖啡馆的气氛顿时悬在了半空，就像钟摆荡到了最高处。

"好吧，我的天哪，"利特尔镇长打破了僵局，"也就是说，其实你们并没有被通缉？"

"他们没有。"斯塔尔说道。

欢呼声在咖啡馆里爆发了。戴尔转向我，使劲地挥了挥手，然后指了指外面。我穿过人群走向他。"怎么了？"

"跟我来。"他跑进厨房，跑向旁门，"是小帖的那只傻猫，"他说着往口袋里塞了条煎过的培根，"它向河岸跑去了。"我们穿过拉娜小姐的花园，向河岸追了过去。两周前洪水涌来时在树干上留下黑色的水迹，比我的头还要高一点。"在这里!"他喊道。一团橘黄色的毛球穿过了草丛,戴尔像子弹般蹿了出去。

我正要追他,眼角却捕捉到一抹闪光。那只是个玻璃瓶,斜躺在波浪中,瓶盖在阳光中闪闪发亮。"戴尔!"我对就快消失在草丛中的戴尔喊道,同时紧紧盯着那个漂流瓶。

终于,我的心对我说,终于。

只是垃圾!我的理智却提出异议,那只是被暴风雨冲过来的垃圾。

我蹚进水中,捞起了瓶子。在我身后,绒毛狗喵了一声。"我抓住它了!"戴尔得意地宣布。

拧开瓶盖往里看时,我的心跳平息了下来,内心也变得安静。里面躺着一张卷起来的纸条,就像梦境中的一样——一条信息。

正是我一直想要的。

或者不是?

我好像看到了当初上校把我从洪水中拽出来,把一个睡袋在星空下整理开,好像看到他坐在萝丝女士的桌边,用手掌扶着额头。我看到拉娜小姐抱着满怀的飓风糖果奋力向前,看到她送我上幼儿园,看到她认真地写着给杰西先生的悼词。我看到他们和我一起大笑时的模样,斥责我时的神情,还有,在咖啡馆里,他们教我怎样坚持到底。

我试着把他们换成别的人。

"摩?"戴尔叫道。他站在岸边,手里抱着绒毛狗。"噢!"他了然地叹息着,目光落在漂流瓶上。

我拿出纸条,把它展开,心跳得好快,丝毫顾不上黑色的河水正拍打着我的膝盖。我的双手发抖,在我阅读时,那些字变得好模糊。

"上面写了些什么?"戴尔问道。

我深深地吸了一口气。"亲爱的河流上游的母亲……"我读道,然后声音消失了。

他也趟进了水里,和我站在一起。"我很遗憾,摩。"

我抬起头,看到田鸟车正开进停车场,随着一声轰鸣停在了树荫下。上校从车里探出身体走了下来,对着咖啡馆盯了一会儿,然后伸出了双臂。阳光亲吻着他白色的衬衫和剪得短短的头发。

咖啡馆的门应声而开,拉娜小姐跑向了他,也同样伸出了双手。他把她抱了起来,在原地转圈。朋友和邻居们都涌进了停车场,欢笑尖叫,为上校的归来鼓掌叫好。

当我看到他们在一起的样子时,我的地球找到了轴心,我的星辰也找到了它们的宇宙。

我把纸条揉成一团。"谢谢,戴尔。"我看着他说,"谢谢你说很遗憾,但是你知道吗,我并不觉得遗憾。"

我涉水上岸,笔直地穿过花园,身后紧跟着戴尔。

"上校!"我高喊道,"欢迎回家!"

他和拉娜小姐一齐向我迎来,"谢谢你,士兵。"他说着伸开双臂,"回家的感觉真好。"

图书在版编目（CIP）数据

从天而降的幸运/（美）特内奇著；何禹葭译. —昆明：晨光出版社，2013.10（2025.4重印）
ISBN 978-7-5414-6075-3

Ⅰ.①从… Ⅱ.①特… ②何… Ⅲ.①儿童文学－长篇小说－美国－现代 Ⅳ.①I712.84

中国版本图书馆CIP数据核字（2013）第228187号

Copyright © 2012 by Sheila Turnage
All rights reserved including the right of reproduction in whole or in part in any form. This edition published by arrangement with Dial Books for Young Readers, a division of Penguin Young Readers Group, a member of Penguin Group (USA) Inc.

本书中文简体版由黛尔儿童出版公司〔美〕授权云南晨光出版社有限责任公司独家出版。未经出版者许可，任何单位或个人不得以任何方式复制、摘录或抄袭本书中的任何内容。

著作权合同登记号 图字：23-2013-077号

CONG TIAN ER JIANG DE XING YUN
从天而降的幸运

出 版 人　吉　彤

作　　者	〔美〕希拉·特内奇
翻　　译	何禹葭
绘　　画	李广宇
项目策划	禹田文化
责任编辑	李　政　常颖雯
版权编辑	杨　娜
美术编辑	刘　璐
封面设计	萝　卜
版式设计	辰　子
内文排版	呼世阳

出　　版	晨光出版社
地　　址	昆明市环城西路609号新闻出版大楼
邮　　编	650034
发行电话	（010）88356856　88356858
印　　刷	北京润田金辉印刷有限公司
经　　销	各地新华书店
版　　次	2014年1月第1版
印　　次	2025年4月第29次印刷
开　　本	145mm×210mm 32开
印　　张	9.5
ISBN	978-7-5414-6075-3
字　　数	122千
定　　价	26.00元

退换声明：若有印刷质量问题，请及时和销售部门（010-88356856）联系退换。